## 고모비로아

바이트의 마술 스승.
마왕 자리를 아일리아에게
넘겨주고 대마왕이 됨

## 파커

바이트의 사형인
해골 마술사.
원래 인간이었음.

## 카이트

원로원 직원이었다가
우여곡절 끝에 바이트의
부관이 된 탐지술사

## 뤼니에

워로이의 죽은 형의 외아들.
미랄디아로 건너와서 견문을
넓히려고 여러 나라를 여행 중.

## 워로이

드니에스크 가문의 차남.
좀 강압적이지만
대범하고 솔직한 성격.
'드니에스크의 난' 이후
미랄디아로 건너옴.

## 바이트

이세계에서 인랑으로
환생한 일본인. 마왕군에
소속된 마왕의 부관이자.
미랄디아 연방의 평의원.

## 아일리아

교역도시 류하이트를
다스리는 여자 태수.
남장미인. 마왕으로 취임.

〈북벽 산맥〉

산악도시
드라우라이트 ■

성새도시
슈베름 ■

■ 농업도시
바헨

종교도시 ■
이올로 랑게

■ 농업도시
알료그

■ 고도 베스트

〈마족의 수해〉

〈불화의 황야〉

◎ 고도
베르네하이넨

◎ 그룬슈타트 성

◎
공업도시
투반

교역도시
륜하이트 ◎

해적도시 ◎
베르자

〈남정해〉

# 지난 줄거리

## The story so far

바이트와 고모비로아 마왕이 여행을 떠난 지 한참 후.
도시를 다스리던 륜하이트의 태수 아일리아는
부자연스러운 것이 발견됐다는 광산으로 조사단을 파견했다.
그 광산에서는 마법 도구인 '잔'을 손에 쥔 시체가 움직이기 시작했고
그와 동시에 대량의 해골병이 튀어나와서 광산 밖의 도시들을 침공했다.
그러나 때마침 바이트가 귀환해준 덕분에 미랄디아는 궁지에서 벗어날 수 있었다.

마왕군은 광산에서 발견된 '잔'을 조사하기 시작했다.
그런데 그 도중에 아일리아는 돌연 '잔'에게 몸을 빼앗기고 말았다.
'잔'은 기억을 읽어내서 아일리아로서 완벽하게 대응을 했다.
그러나 사소하지만 확실한 행동의 위화감을 눈치챈 바이트가 질문을 던졌다.
"당신은 누구지?"
정체를 들킨 '잔'은 '용사를 만들어낸다'는 사명을 다하기 위해
마력을 모으려고, 아일리아의 육체를 빼앗은 채
바이트 일행의 곁을 떠나서 행방을 감춰버린다.

어떻게든 아일리아를 구하고 싶었던 바이트는
'잔'이 원하는 마력을 이쪽에서 공급해주기로 마음먹었다.
그래서 화국한테서 빌려온 '아손의 보물'을 꺼내 왔다.
그리하여 아일리아는 용사가 될 정도로 방대한 마력을 양도받았는데
그녀는 용사 대신 마왕이 되는 길을 선택한다.
그리고 이 사건을 통해
서로의 진정한 마음을 알게 된 바이트와 아일리아는 연인이 되었다.

그 후 고모비로아 마왕의 계획에 의해
아일리아는 마왕으로 취임했고, 고모비로아는 대마왕이 되었다.
그리고 바이트는 새로운 마왕 아일리아의 부관으로서,
또 한 인간 여성인 아일리아의 남편으로서
미랄디아에서 새로운 생활을 시작하게 되었다.

# Contents

# 제10장

인랑으로 다시 태어나 마왕의 부관이 되었고, 미랄디아에서 인간과 마족의 나라를 건국한 후에도 이런저런 일이 있었다.

특히 죽은 원로원이 남겨놓은 폭탄인 용사 제조 장치, 통칭 '드라우라이트의 보물' 때문에 한때는 정말로 큰일이 났었다. 아일리아가 그놈에게 조종당한 것이다. 그 결과 아일리아는 현재 제3대 마왕이 되어버렸다.

그리고 내가 모시는 아일리아 마왕 폐하는 내 옆에서 자고 있었다.

내 주군인 마왕 폐하. 그분은 내 아내이기도 했다.

"몇 시지……?"

요새 나는 매일 아침 아일리아와 한 침대에서 눈을 떴다. 기분 좋은 아침이었다.

가을이 되어서 날이 많이 쌀쌀해졌는데, 아일리아와 딱 붙어 자면 따뜻해서 마음이 편안해졌다. 처음에는 긴장했었지만. 의외로 빨리 익숙해졌다.

아일리아의 품속에 얼굴을 묻고 잠을 청하면, 포근해서 금방 푹 잠들어버렸다.

그런데 아일리아도 같은 생각을 했나 보다. 아일리아는 내 품에 파고들려고 했다.

서로 품속에 파고들려고 하다가 어느새 자연스럽게 잠들어버리는 것이 최근에는 일상이 되었다.

어젯밤에는 내가 아일리아의 품에 파고드는 데 성공했다. 그래서 성취감을 느끼며 편안하게 잠들었을 것이다.

그러나 눈을 떠보니 아일리아가 내 품에 파고들어 곤히 잠자고 있었다. 자는 사이에 반대가 되었나 보다.

평소에는 성실하고 착하게 열심히 업무를 처리하는 아일리아도 지금은 완전히 무방비한 표정으로 잠자고 있었다. 깨우기가 미안할 정도였다.

하지만 밖이 밝아졌으니까 슬슬 일어나야 할 것이다. 어차피 시녀 중 누군가가 깨우러 올 것이다.


잠자리에서 일어난 우리 부부는 서로의 예정에 관해 의논하면서 아침 식사를 했다.

나는 아일리아 마왕 폐하의 부관이다. 고로 그녀의 일을 보좌하는 것이 내 일이다.

"어제 신시가의 술집에서 베르자 해병대의 병사와 로초 투창대(投槍隊)의 병사가 몸싸움을 벌인 것 같아."

벤겐 위병대장의 보고서를 들여다보면서 내가 아일리아에게 그 사실을 알렸다.

주둔 부대들끼리의 싸움이므로 가볍게 생각하면 안 된다. 정치적 문제나 도시 간의 대립으로 발전할 가능성이 있으니까.

불화의 싹은 일찌감치 밟아버려야 한다.

"이건 당신이 나설 만한 일은 아니니까 내가 처리해야겠군. 잘 중재해볼게."

"너무 겁주진 말아요, 알았죠?"

아내의 걱정스러운 표정. 나는 쓴웃음을 지었다.

"내가 그렇게 겁을 준 적이 있었나?"

"당신의 무명(武名)은 미랄디아 전체에 널리 알려져 있잖아요. 당신 생각보다 훨씬 더 굉장할걸요?"

나는 잠시 생각해보고 나서 예정을 변경했다.

"그런가……. 그럼 륜하이트 위병대를 통해 양측 대장과 상담해볼게. 당사자를 호출하는 것은 관두고."

"네, 그래요. 당신이 직접 호출하면 그 자체가 심각한 문제로 여겨질 거예요."

진짜? 음, 활동하기 어렵네…….

이제는 내가 활동하면 그것 자체가 정치적인 색채를 띠게 되었으니까. 무슨 일을 할 때도 꼭 남에게 맡길 수밖에 없었다.

카이트를 놓아준 것은 실수였을지도 모른다. 하지만 다른 부관을 만들면 그 녀석이 화낼 테니까, 역시 넓고 얇게 남들에게 일을 맡기는 수밖에 없을 것 같았다.

"역시 인재 육성이 급선무인가."

"네, 그러게요. 열일곱 개 도시 전체의 동향을 살펴보는 것은 불가능하고, 진행해야 할 계획이나 처리해야 할 문제도 산더미같

illustration:Xishi(E)

이 쌓여 있으니까요."

마왕군은 단순한 조직이고 규모도 별로 크지 않아서 편했는데.

역시 앞으로는 안심하고 일을 맡길 만한 인재가 필요할 것 같았다. 그런 의미에서도 남들을 소중히 여겨야겠다.

"할 일이 너무 많아서 전혀 한가해질 기미가 안 보이네."

그러자 아일리아가 쿡쿡 웃었다.

"하지만 당신은 그래서 기쁘잖아요?"

뭐, 그렇지. 미래도 중요하지만, 현재도 중요하다.

특히 중요한 것은 각 세력 간의 갈등을 처리하는 것이다.

인간과 마족, 북부와 남부, 휘양교와 정월교. 그 외에도 이것저것 많았다. 모두 각자의 입장이 있고, 피치 못할 사정이 있다.

각 세력의 지도자들과는 부담 없이 상의할 수 있는 사이였지만, 그들도 저마다 자신이 이끄는 세력에 대한 책임이 있었다.

물론 새삼스러운 일도 아니지만, 모두 좀 더 원만하게 지내주면 안 될까……?

단, 인간과 마족의 관계는 태수 출신 마왕이 탄생함으로써 상당히 편안해졌다. 인간도 마족도 아일리아에게는 순종하니까. 역시 내 아내는 훌륭하다.

"아일리아, 계란 하나 더 먹을래?"

"네? 갑자기 왜요?"

"잘 먹어야지, 안 그러면 기운이 안 나잖아."

나는 아일리아의 매니저인 동시에 아일리아의 대리인이기도 했다. 공식 행사가 두 개 동시에 생긴다면, 그중 하나에는 내가 가서 대리인으로 활동하기도 한다.

그리고 나에게는 또 하나의 중요한 역할이 있다. 아일리아의 방파제이다.

오전 집무 시간. 내가 방파제가 되어야 할 안건이 찾아왔다.

"마왕 폐하에게 요청할 것이 있다고?"

나는 바다 건너에서 날아온 친서를 읽고 눈살을 찌푸렸다.

이것을 가져온 사람은 해적도시의 태수 거쉬였다.

"응. 로초를 경유하면 그냥 묵살당한다면서, 나한테 울면서 달려왔어."

페트레 영감님에게는 읍소란 것이 안 통한다. 그는 합리적이고 냉철한 상인이므로.

한편 거쉬는 전형적인 두목 스타일이고 마음도 은근히 약한 편이라서, 교역에 관해 곤란한 일이 생기면 모두 거쉬를 통해 평의회에 하소연을 하곤 했다.

친서를 보내온 것은 저 남정해 건너편에 있는 대륙의 나라였다. 미랄디아 남부를 이탈리아나 스페인, 남정해를 지중해라고 생각한다면 그곳은 북아프리카 연안에 해당될 것이다.

그 나라의 이름은 크월 왕국이었다.

연안 지역에 항구를 여러 개 가지고 있는 해운국이었다. 미랄디아와는 먼 옛날부터 교역을 해왔다고 한다. 저쪽 동네는 촌락이 전국 각지에 흩어져 있는 부족 사회가 주류이므로, 국가라고 불릴 만한 규모의 세력은 적었다.

참고로 저쪽 대륙 사람들은 주로 정월교를 믿었다. 그러니 하나로 뭉치지 못하는 것도 이해가 갔다.

"국왕의 친서. 그렇다면 가볍게 다룰 수도 없군……."

이것을 가져온 사자를 냉정하게 쫓아내는 페트레 영감님도 굉장한데, 사실 바다가 사이에 있으니까 웬만한 일로는 침공당할 걱정은 없었다. 굳이 침공해봤자 손해만 보는 것이다.

물론 페트레는 사자가 난감해하다가 베르자 시로 달려가리란 것도 알고 있었을 것이다. 귀찮은 일을 거쉬에게 떠넘긴 것이다. 참 악랄한 영감님이다.

친서의 내용은 크월 국내의 치안 유지를 도와 달라는 것이었다.

무역의 권익을 둘러싸고 국왕과 연안 지역의 제후가 대립하는 바람에, 언제 내란이 발생할지 모르는 상황이 되었다고 한다.

궁핍한 재정 때문에 국왕이 항구에 무거운 세금을 부과한 것이 원인이라는데, 해운조합이나 제후와는 아무런 상담도 하지 않았던 것이 문제를 더욱 복잡하게 만들었다. 그리고 그 재정난은 별궁을 너무 열심히 만든 결과인 듯했다.

나는 그걸 보고 탄식했다.

"이 나라의 왕은 바보구나. 예산 범위 내에서 돈을 사용하는 것은, 미랄디아의 어린아이들도 할 수 있는 일인데."

그러자 거쉬가 팔짱을 꼈다.

"그건 그래. 페트레 영감님은 '자국 상인의 권익을 지켜주지도 않는 놈이 우리의 권익을 지켜줄 리 없지 않느냐!'라는 말도 했어."

오, 당신, 페트레 성대모사가 수준급인데.

이참에 크월 왕에게 은혜를 베풀어두는 것도 좋을 테지만, 이

왕에게 은혜를 베풀어봤자 소용없을 거란 느낌이 강하게 들었다. 크월 주변에는 우호적인 부족이 많이 있는데 그들도 하나같이 모르는 척하고 있다고 한다.

뭐, 말하자면 그런 거다. 모두에게 버림받은 것이다.

"애초에 왜 이제 와서 친서를 보내는 거야? 미랄디아 연방이 탄생할 때 사신을 보냈어야 하는 거 아냐?"

"음, 그렇지. 바로 얼마 전까지만 해도, 우리가 무슨 말을 해도 그쪽은 외면만 했었어."

거쉬가 불쾌한 듯이 고개를 끄덕였다. 나도 똑같이 고개를 끄덕거렸다.

"새로운 마왕은 인간, 그것도 륜하이트의 태수야. 성격은 온화하고, 총명하고, 배려도 잘하고, 미인이고……."

지금 무슨 이야기를 하는 중이었지?

"어, 잠깐 이야기가 옆길로 샜는데. 아무튼 새 마왕 폐하한테는 뭔가 부탁하기 쉬울 거라고 생각한 거겠지. 뻔뻔한 녀석이야."

"으, 응."

거쉬가 고개를 끄덕였으므로 나도 진지하게 끄덕거렸다.

"그런데 의문이 있어. 이 녀석은 왜 미랄디아에 의지하는 걸까?"

내 질문에 거쉬가 어깨를 으쓱했다.

"어디 사는 부관 씨가 롤문드인지 뭔지 하는 나라에 가서, 친(親)미랄디아파 공주님을 황제로 만들었다는 이야기를 들은 거겠지."

"그 소문이 바다 건너까지 퍼졌다고?"

"응, 당연하잖아? 미랄디아인한테는 국가적인 자랑거리니까.

태수부터 뱃사람까지 모든 사람이 이야깃거리로 삼고 있어."

제발 그만해주면 안 될까.

그건 그렇고, 미랄디아와의 무역을 책임지고 있는 각 항구의 해운조합은 당연히 반(反)국왕파였다. 상인들의 우두머리는 연안 제후인 것이다.

그들은 미랄디아의 로초 시나 베르자 시와 100년 넘게 관계를 맺어왔다.

물론 페트레 영감님에게도 그들은 소중한 거래처이므로, 크월 왕이 아무리 울고불고해도 매정하게 외면하는 것이었다.

나도 누군가를 편들어줄 거면 이쪽이 더 낫다고 생각하는데.

궁전 짓기를 좋아하시는 임금님은 그냥 열심히 우시라고 해야 겠다.

"하지만 일국의 왕이 보내온 친서니까. 대충 무시할 수는 없어. 우선 마왕 폐하께 보여드리고, 다음 평의회에서 검토해보자. 사자에게는 내가 편지라도 써서 줄게."

"그럼 나도 체면이 서서 좋긴 한데. 괜찮겠어?"

"세월아 네월아 검토하다 보면 어차피 저쪽 동네에서 내란이 일어날 거야. 혹시 안 일어나면 우리가 도와줄 필요도 없고. 어느 쪽이든 우리는 괜찮아."

내가 생각해도 참 너무하긴 한데, 치안 유지를 도와준다는 것은 파병을 한다는 것이다. 그것도 정세가 일촉즉발인 상황에서.

즉, 타국을 위해서 미랄디아인의 목숨을 위험하게 만드는 짓이다. 우리 평의원에게는 책임이 있다.

아무튼 무서워서 싫다.

*     *

〈두목의 고민〉

"도대체 왜 매번 나한테 가져오는 거야……?"

마왕의 부관의 집무실에서 빠져나온 거쉬는 수염을 쓰다듬으면서 한숨을 쉬었다.

바이트에게는 그냥 간단히 설명만 했는데, 사실 그월의 태수들과는 꽤 깊은 관계를 맺고 있었다.

특히 무역항으로써 이름난 밧자의 태수는 거쉬의 돌아가신 아버지의 은인이었다. 그 대단한 페트레조차도 함부로 대할 수 없는 상대이다 보니, 거쉬로선 어떻게 해보지도 못할 사람이었다. 교역에 관해서도 그분이 이것저것 편의를 봐주고 계셨다. 그 의리를 저버릴 수는 없었다.

그런데 또 국왕의 친서를 들고 와서 울상을 짓는 사절단을 보면, 냉정하게 쫓아낼 수도 없는 것이었다.

'그나마 바이트가 인정 많은 녀석이라 다행이지만, 번번이 둘 사이에 껴서 괴로워하는 사람의 입장도 좀 생각해보란 말이야.'

마왕군이 진짜 '인정사정없는' 놈들이었다면 거쉬는 지금쯤 스트레스로 쓰러졌을 것이다. 다행히 마왕군의 실질적 최고 책임자인 바이트가 인간보다도 더 인간다운 인랑이라서, 인간과 마족이 이렇게 어떻게든 협력하면서 살고 있지만.

그래도 자꾸 부탁만 할 수는 없었다. 그럼 이번에는 바이트가 스트레스로 쓰러질 것이다. 혹시나 그의 심신에 무슨 문제라도 생긴다면, 인간과 마족의 협조 노선은 고작 몇 년 안에 붕괴될 것이다.

'그 녀석도 지금은 신혼이잖아. 쓸데없는 고생을 시키고 싶진 않은데……'

그런 생각을 하다가 문득 떠올렸다. 신나게 아내 자랑을 하는 바이트의 얼굴을.

평소에는 오로지 일만 열심히 하는 더럽게 고지식한 놈인데. 참으로 행복해 보이는 표정이었다.

'바이트, 미안하다.'

의리 있는 거위는 다시 한번 한숨을 내쉬더니 머리를 긁적거렸다.

아무튼 이로써 크월 왕가에 대한 의리는 어떻게든 지켰다. 편지를 전달해줬을 뿐이니까, 항구를 가지고 있는 제후들을 배신한 것도 아니고.

거위는 집무실 문을 돌아보면서 저도 모르게 쓴웃음을 지었다.

"빌어먹을 페트레 영감님처럼 냉철해지면 좋을 텐데. 너도, 나도."

\*　　　\*

그 후에도 크월 왕의 친서가 몇 번인가 날아왔다. 그래서 "이 계절에는 수송선을 구할 수 없다"든가 "군대를 재편하는 중이니까 좀 기다려 달라"는 식으로 대충 넘겼다. 사실 그것은 좀 과장하긴 했어도 거짓말은 아니었다.

미랄디아에서 병사를 수송선에 실어 보내더라도 기껏해야 100~200명 정도가 한계이다. 수송력이 없는 것이다.

미랄디아의 군선은 연안 경비용이므로 선체는 튼튼하고 속도도 빠른 편이다. 기울어졌을 때의 복원성도 우수하며, 다른 배로 건너갔을 때의 백병전에도 강하다. 하지만 그 대신 탑재량을 희생시켰으므로, 대량의 병사들을 장거리 운송하는 것은 불가능했다.

그렇다고 상선을 빌릴 수도 없었다. 전시(戰時)의 보상 같은 것 때문에 골치 아파지니까. 그래서 나는 강 건너 불구경을 하기로 했다.

다만 정변이 일어날 경우를 대비해 계속해서 정보를 수집하라고 로초와 베르자에 명령했다. 그리고 화국도 남정해에 면한 동맹국이므로, 관성중의 후미노를 통해 그쪽에도 연락했다.

그럼 이제는…… 아, 그래.

크월어 공부라도 좀 해둘까.


아무래도 바다 건너의 저쪽 동네가 어수선한 것 같으니, 나는 서둘러 미랄디아군을 재편성하기로 했다.

원로원 시대의 군정은 엉망진창이었다. 귀족 계급의 장교인 기사들, 시민 계급의 병졸인 상비병들, 또 업무 위탁을 받은 용병들이 마구 뒤섞여 있었다. 그래서 어쩔 수 없이 지금은 전부 다 평의회에서 관리하고 있었다.

이중에서 가장 탐나는 것은 기사였다.

귀족의 일원인 그들은 농사를 짓지는 못하니까, 앞으로도 군인으로 계속 고용할 수밖에 없었다.

반면에 그들의 능력은 뛰어났다. 전술 및 지휘 전문가이고, 글도 읽을 수 있으며 계산도 할 줄 알았다. 군령과 법률도 비교적 잘 지키는 편이었다. 산적이나 마찬가지인 용병과는 하늘과 땅 차이였다.

그래서 나는 미랄디아 전역의 기사들을 모아놓고 이런 제안을 했다.

"제군의 충성심과 용맹함은 평의원뿐만 아니라 마왕군에게도 잘 알려져 있다. 과거에 서로 적이었을 때, 제군은 마왕군에게는 최대 강적이었다."

이는 거짓말이 아니었다. 그래서 나는 제대로 힘주어 말했다.

아무튼 사기가 떨어지지도 않고, 장비는 훌륭하고, 좋은 음식을 먹어서 그런지 체력도 좋고. 진짜로 상대하느라 애먹었다.

원로원이 기사단을 난립시켜서 현장을 혼란스럽게 만들지만 않았어도 마왕군은 훨씬 더 고전했을 것이다.

"현재 제군은 평의회 직속이야. 하지만 미랄디아를 통치하는 것은 마왕 폐하이다. 마왕의 군대가 불가결한 거야."

워로이도 과거에 "황제의 군대가 필요하다"고 강하게 주장했었는데, 나도 그건 동감했다.

현재 인간 병사들은 평의회 의결을 거치지 않으면 움직일 수 없었다. 그래서 사용하기 불편했다.

한편 마왕군은 마왕이 마음대로 움직일 수 있지만, 구성원이다 마족이었다. 타국으로 파견하고 싶어도, 병참이나 현지에서의 활동 등을 생각하면 좀 곤란했다.

남정해 건너편에 있는 크월 왕국의 동란이 걱정되기 때문에, 저쪽으로 보낼 수 있도록 미리 군대를 재편성하고 싶었다. 즉응성과 유연성이 높고 사기와 숙련도가 뛰어난 군대가 필요했다.

"그래서 마왕군에서는 인간 장병을 편입해서 전력을 증강시킬 계획이야. 마왕군은 미랄디아의 인간과 마족을 지키기 위해 존재하는 거야. 그러니까 임무 자체는 달라지지 않을 거다."

나는 가능한 한 온화하게 말했지만, 역시 기사들은 긴장한 것 같았다. 냄새로 알았다.

나는 그들을 설득하기 위해 신중하게 이야기했다.

"현재 마왕 폐하는 아일리아 마인공이다. 륜하이트의 태수로서, 또 인간으로서, 제군도 어느 정도 그분에게 친밀감을 느끼고 있을 것이다."

내가 이렇게 발언한 순간, 기사들의 표정이 약간 부드러워졌다. 냄새로도 분위기를 알 수 있었다. 온화한 분위기였다.

나는 얼굴이 조금 뜨거워지는 것을 느끼면서 헛기침을 한 뒤 이야기를 계속했다.

"마왕군에 편입되기를 원하는 사람은, 평의회 직속 기사와 구별하기 위해 '마전기사(魔戰騎士)'란 칭호를 쓰게 될 거야."

"마전기사라고요……."

기사들이 약간 술렁거렸다.

그들에게는 직함이나 명성이란 것은 굉장히 중요했다.

미랄디아의 기사와 기사단은 마치 프로 운동선수와 구단 같은 측면도 있었다. 유명한 기사단에서 높은 지위를 차지하면 그만큼 높은 연봉을 받게 되는 것이다.

그러려면 역시 기사로서의 명성과 과거의 전적이 매우 중요하다. 그들은 괜히 허영심이나 취미 때문에 명예를 추구하는 것이 아니었다.

여기서 나는 그들에게 슬쩍 미끼를 던져줬다.

"마전기사는 마족과의 협동 작전 등, 고도의 임무를 담당하는 상급직이다. 이는 제군 같은 역전의 기사만 해낼 수 있는 일이야."

일동이 고개를 끄덕거렸다. 모두 직업군인으로서 자부심이 있었다. 그들은 기사 가문의 일원으로서 어릴 때부터 다채로운 고도의 훈련을 받아왔기 때문이다.

이 세계에서 '읽기와 쓰기가 가능하고, 전략적 관점에서 전쟁을 이해하고, 법과 도덕을 중시하는 전사'란 것은 의외로 귀중했다.

"그리고 마전기사는 마왕 직속 기사로서, 기사 중에서 가장 위험한 임무를 배정받게 될 거야. 미숙한 사람을 마전기사로 임명하면 그는 살아 돌아오지 못할 테지. 그러나 그동안 수라장을 거쳐 온 제군이라면 그 어떤 임무도 완수할 수 있을 것이다."

요컨대 엘리트 부대에 들어오라고 권유하는 거야. 대충 그런 뉘앙스를 풍겼다.

"물론 대우는 좋아질 거야. 봉록은 다소 늘어날 테고, 무기 등의 경비는 마왕군이 부담한다. 그러니 최고의 장비를 사용하길 바란다."

그리고 또 중요한 것이 있었다.

"상병(傷病)으로 은퇴한 마전기사에게는 장해 연금이 지급된다. 전사했을 경우에는 유족에게 연금이 30년 동안 지급된다. 그리고 건재하다면, 근속 10년 단위로 농지를 제공할 것이다."

군인에게 이 정도로 완벽한 대우를 보장해주는 것은, 아직 이 세계에서는 어디서도 볼 수 없는 일이었다.

화국과의 교역을 통해 국고가 좀 넉넉하게 채워졌으니까. 그것을 인건비로도 활용하기로 했다.

국가는 인간이 모여서 이루어진 것이다. 고로 인간을 소중히 여겨야 한다.

나는 일부러 얼굴에 힘을 주고 무서운 표정으로 그들에게 이야기했다.

"즉, 그만큼 위험한 이적이라는 거다. 겁쟁이에게는 절대로 이 일을 맡길 수 없어."

과장되게 탄식하면서 고개를 절레절레 흔들었다.

"마왕군은 죽음을 두려워하지 않는 용맹한 전사만 원한다. 전혀 강요할 생각은 없어. 쉽지 않은 판단일 테니, 봄까지 천천히 생각해서 결론을 내려줘."

그러자 한 중년 기사가 앞으로 나서서 말했다.

"부관 각하, 죽음을 두려워하지 않는 용맹한 전사라면 여기 있습니다. 부디 저에게 마전기사의 임무를 맡겨주십시오."

즉시 다른 기사들도 나섰다.

"저도 위험 따윈 두려워해 본 적이 없습니다! 마전기사가 되고 싶습니다!"

"마왕 폐하를 지킨다는 대임을 마족한테만 맡겨놓을 수는 없습니다!"

"각하, 저도 하겠습니다!"

오, 다들 넘어왔다, 넘어왔어.

나는 더없이 진지한 표정으로 무겁게 고개를 끄덕였다.

"과연 용맹하기로 이름난 미랄디아의 기사들다워. 앞으로 마왕군 동료로서 제군과 함께 싸울 수 있다는 것을 자랑스럽게 생각한다."

선왕님……이 아니라, 프리덴리히터 님, 마침내 인간 기사들을 마왕군으로 데려오는 데 성공했습니다. 이런 날이 올 줄은 전혀 예상하지 못했지만요.

나는 즉석에서 지원자들에게 마전기사 임관 절차를 밟게 하고, 그들 한 명 한 명과 악수를 나눴다.

훗날 그들에게는 마왕 아일리아가 직접 관직을 내려줄 것이다. 다른 사람들도 그걸 보고 천천히 결정하면 된다.


나는 속으로 빙그레 웃으면서 집무실로 돌아왔다.

그리고 용인 기사단장 바르체에게 연락한 뒤, 집무실에서 사정을 설명했다.

"그런고로 앞으로는 인간 기사들을 등용하기로 했어요. 다소 다루기 어려울지도 모르지만, 잘 부탁드리겠습니다."

쌍검의 달인으로 알려진 푸른 기사 바르체는 온화한 표정으로 수긍했다.

"저에게 맡겨주세요, 바이트 님. 저도 인간들과의 대화에는 어느 정도 익숙해졌으니까요. 잘 해낼 수 있을 겁니다."

"네, 다행이네요."

무표정하고 고지식한 것으로 유명한 용인족 중에서는 바르체는 꽤 밝은 편에 속했다.

용인 장병들은 '저분은 늘 장난만 치는데도 역전의 용사이고, 군무도 정무도 뭐든지 다 잘하신단 말이지……'라고 생각하는 것 같았다.

'매우 우수하지만 은근히 나사 빠진 캐릭터'인 걸까. 글쎄, 나한테는 바르체도 그냥 고지식한 인물처럼 보이는데.

그는 태도가 부드러우니까. 그 점이 용인들에게는 신기하게 느껴지는가 보다.

내가 아직 신임 장교였던 시절에도, 고참 간부인 바르체는 상하관계를 따지지 않고 친근하게 대해줬다. 그래서 나는 그를 무척 신뢰했다.

우리는 평소처럼 한동안 일에 관한 잡담을 좀 나눴다. 그러다가 붉은 기사 슐레의 이야기가 나왔으므로 내친김에 한번 물어봤다.

"그런데 슐레 님하고는 요새 어떻게 지내십니까?"

슐레는 용인족 여성인데 바르체의 동료였다. 용인족 최고의 미녀……라고 한다. 바르체는 그런 슐레에게 완전히 반해버렸고.

그 순간, 바르체는 허둥거리기 시작했다.

"슈, 슐레 님……? 그건, 어, 그러니까…….."

인간적인 반응을 보여주는 용인. 이건 확실히 특이했다.

재미있어서 조금 더 놀려보기로 했다.

"바르체 님, 오늘 군무는 이제 끝났잖아요? 수입산 당밀주가 있으니까요. 리큐어로 묽게 해서 마십시다."

남쪽 대륙에서 수입되는 당밀주의 재료는 사탕수수였다. 설탕을 만들 때 생기는 부산물인 당밀로 제조한 술이었다.

롤문드에는 사탕무가 있고, 남쪽 대륙에는 사탕수수가 있다.

기후가 다른 미랄디아에서도 그것들을 재배하긴 하는데, 수요를 충족시킬 정도로 수확량이 많지는 않았다. 그래서 설탕은 비쌌다. 서민의 디저트는 주로 건과일이었다.

나는 투명한 당밀주에 감귤류 과즙을 아주 조금만 섞었다. 그리고 귀중한 설탕도 좀 섞었다. 다이키리*를 만드는 것처럼.

단, 셰이커도 얼음도 없으므로 그냥 가볍게 저어서 완성하기로 했다.

"바이트 님, 왜 그렇게 미안해하시는 겁니까?"

"어, 그게…… 실은 훨씬 더 맛있게 먹는 방법이 있거든요."

셰이커와 얼음과 유능한 바텐더가 있으면, 이 세상의 낙원과도 같은 맛을 만들어낼 수 있습니다만.

이런 조잡한 칵테일을 내놔서 미안합니다.

"이 과즙은 향이 강하기 때문에 오늘은 15:1의 비율로 섞었습니다. 몽고메리지요."

---

*럼, 설탕, 라임 주스를 섞은 칵테일.

31

"그게 뭡니까?"

"옛날에 그런 이름의 신중한 장군이 있었어요. 그는 15:1 정도로 자신이 우세하지 않으면, 적을 공격하지 않았다고 합니다."

전생에 주워들은 이야기이므로 나도 자세한 것은 모른다.

애초에 그것은 마티니 이야기라서 다이키리와는 상관없다. 아니, 프로즌 다이키리라면 헤밍웨이라는 연결고리가 있으니까, 어떻게든 상관이 있다고…… 에이, 그게 뭐가 중요하냐.

"나도 기본적으로는 몽고메리 장군과 같아요. 압도적으로 우세한 상황이 아니면 싸울 용기가 없거든요."

내가 그렇게 말하자, 바르체는 신기해하는 표정을 지었다.

"열세여도 개의치 않고 단신으로 돌격하는 당신이 그런 말씀을 하시는 겁니까?"

"나 혼자 돌격하면, 전멸해도 나 혼자만 쓰러지는 거잖아요?"

나는 씁쓸하게 웃으며 그렇게 대꾸했다. 그리고 바르체를 향해 잔을 내밀었다.

둘이서 건배를 했다. 나는 당밀주 칵테일을 한 모금 마셨다. 과즙이 들어가서 상쾌한 맛이 났다. 마시기가 훨씬 편해졌다. 그래, 역시 15:1이 정답이었어.

그런데 칵테일치고는 미지근한 것이 못내 아쉬웠다.

"병력은 눈으로 보면 15:1인지 아닌지 금방 알 수 있지만, 인간관계는 눈으로 볼 수 없다는 것이 문제입니다."

"네, 숫자로 표현할 수 있는 것이 아니니까요."

그러면서 바르체는 고개를 끄덕였다.

하긴 그래. 게임처럼 알기 쉽게 되어 있으면 참 편할 텐데.

"나는 원래 겁쟁이거든요. 그래서 인간과의 교류가 두려웠어요. 아니, 지금도 두려워요."

"지나친 겸손이십니다."

바르체가 웃었다. 하지만 나는 인간이었기 때문에 인간의 무서움을 잘 알고 있었다.

바르체는 미소 지으면서 조용히 술잔을 기울였다.

"그래도 바이트 님은 인간들과 화해했고, 더 나아가 인간을 아내로 맞이하셨잖아요. 신기한 분이십니다."

"아니, 저, 연애는 특히 난해했어요……. 이론으로 파악할 수 없는 것은, 저한테는 자신 없는 분야라서."

"동감입니다. 여자 마음이란 것은 마치 바람 같아요. 눈에 보이지도 않고 붙잡을 수도 없지만, 분명히 내 비늘을 떨리게 만든단 말이죠."

시인이시군요. 바르체 님.

"바이트 님은 어떻게 마왕 폐하의 마음을 사로잡으신 겁니까? 저도 참고하고 싶습니다."

"실은 나도 그걸 전혀 모르겠어요……. 넓은 바다에 떨어져서 발버둥 치다가 저절로 파도에 떠밀려 바닷가에 도착한 기분입니다."

드라우라이트의 보물 사건이 없었더라면, 아마도 나와 아일리아는 여전히 동료 관계였을 것이다.

겁쟁이인 나는 15:1 정도로 우세하지 않으면 행동에 나서지 않는다.

그리고 연애의 경우에는, 도대체 어느 정도의 거리감이 15:1인지 전혀 알 수가 없었다. 지금도 모르고. 아마 앞으로도 모를 것이다.

그래도 이것 하나는 말할 수 있었다.

"하지만 필승을 확신할 때까지 기다리기만 하다가는 십중팔구 기회를 놓치게 될 겁니다. 실은 나도 위험했어요."

"그렇군요……."

바르체는 가만히 생각에 잠겼다. 그 후 술잔을 비웠다.

"좋은 이야기를 들려주셔서 감사합니다. 역시 기혼자의 의견은 참고가 되네요."

그가 벌떡 일어났다. 나는 고개를 갸우뚱했다.

"벌써 돌아가시려고요?"

"네. 볼일이 좀 생겼거든요. 이만 실례하겠습니다."

바르체가 콧노래를 부르면서 내 집무실로 상황을 보고하러 온 것은 그로부터 며칠 후였다.

축하합니다. 바르체 님.

그리고 이때 내가 대충대충 만든 다이키리는, 바르체가 수다를 떨어준 덕분에 그 제조법이 널리 퍼졌다고 한다.

이후 그것은 '인랑의 일격'이니 '부관의 가호'니 하는 별명으로 불리게 되면서, 무모한 승리를 가져다주는 행운의 술로서 륜하이트의 술집의 기본 메뉴가 되었다.

그건 그렇게 맛있는 것도 아닌데…….

현생에서 나의 어머니는 바네사라는 이름의 인랑이다. 호쾌하고 믿음직한 어머니.

그리고 물론 지금은 그분이 마왕 아일리아의 시어머니였다.

"아들이 인간을 아내로 맞이한 것도 놀라웠는데, 그 아내가 마왕군의 가장 위대한 분이셔서 또 한 번 놀랐다니까."

어머니는 마왕군 병사는 아니므로 아일리아의 부하는 아니다. 마족 민간인이다.

민간인이긴 해도, 변신하면 위병 몇 명은 한꺼번에 날려버릴 수 있지만.

지금은 나와 아일리아와 어머니가 셋이서 저녁 식사를 하고 있었다.

아일리아는 롤문드식 소고기찜을 먹으면서 수줍게 웃었다.

"바이트 님 덕분에 마왕이 된 거나 마찬가지예요. 그날 창문을 통해 뛰어 들어온 것이 이분이 아니었다면, 저는 이미 죽었을 테니까요."

왠지 좀 부끄럽군. 참고로 그때 깨뜨렸던 창문은 깔끔하게 교체돼서…… 최근에는 좀 더 좋은 유리로 교환됐다.

어머니는 싱글벙글 웃으면서 와인을 벌컥 마셨다. 변함없이 주량이 세시구나.

"이 애는 옛날부터 싸움을 싫어했어. 그래서 군인이 되겠다고 말했을 때는 좀 놀랐다니까. 당연히 마법사가 될 줄 알았는데……."

"그래도 마왕군의 원조를 받을 수 있게 됐잖아?"

내가 그렇게 말하자, 어머니는 힘차게 고개를 끄덕거렸다.

"네가 출세한 덕분이지. 다들 너한테 고마워하고 있어."

인랑 부대에 가입하지 않은 인랑들은, 서쪽의 대수해(大樹海)에 있는 인랑의 숨겨진 마을에서 조용히 살고 있었다. 사냥과 밭일을 하면서.

어머니는 진지하게 내 얼굴을 들여다보더니 문득 추억에 잠겼다.

"너의 그 온화한 성격은 아버지를 쏙 빼닮았어. 그이도 인랑인 주제에 희한하게 평화적이어서, 어디서 싸움이 나면 당장 뛰어가서 중재했었어."

하지만 그 중재 방법은 아마도 폭력적이었을 것이다.

내 성격은 전생과 거의 다르지 않을 텐데, 그 성격이 돌아가신 아버지와 닮았다고 한다. 말투나 몸짓 같은 것도 똑같다고 하고.

어쩌면 그런 인연 덕분에 여기서 환생한 걸지도 모른다.

아일리아가 나에게 질문했다.

"그런데 바이트 님은 아버님을 잘 모른다고 했죠?"

"응. 내가 한 살 때 다쳐서 돌아가셨으니까."

나도 만나보고 싶었다.

전생의 아버지는 집에 거의 없었기 때문에, 나는 아버지가 어떤 존재인지 잘 몰랐다.

내가 '이상적인 아버지는 이런 느낌일까?'라고 생각한 상대는 프리덴리히터 마왕님이었다.

만약에 내가 아버지가 되는 날이 온다면, 프리덴리히터 님처럼 행동하고 싶다.

아아, 왠지 좀 숙연해지는군.

그때 어머니가 그 분위기를 눈치챘는지 아일리아에게 이런 말을 했다.

"아 참, 이 애는 옛날부터 잠에 취하면 헛소리만 줄줄 늘어놓는데, 그건 괜찮니?"

"네? 아, 저…… 네, 괜찮은 것 같아요."

아일리아의 얼굴이 붉어졌다. 아마도 와인 탓은 아닐 것이다.

어머니가 계속해서 쓸데없는 이야기를 했다.

"그러고 보니…… 여름이 되면 이 애는 매일 밤마다 잠꼬대로 '에어컹…… 이모컹, 어디 있지?'란 말을 했었어."

그건 아마 에어컨과 리모컨일 겁니다. 어린 시절의 나는 그렇게 발음이 안 좋았었나?

내가 자아와 기억을 되찾은 것은 세 살 무렵이었는데, 그 후에도 한동안 머릿속이 안개 낀 것처럼 흐릿해서 뭐가 뭔지 잘 몰랐다.

발달 도중인 유아의 두뇌로서는 머신 파워가 부족했던 것이리라.

나는 적당히 얼버무렸다.

"이상한 헛소리를 하는 것은 다른 애들도 마찬가지였잖아? 니베르트는 '가~ 가'랑 '아. 에. 에'란 말밖에 안 했었어."

전자는 형인 가베르트이고, 후자는…… 도무지 정체를 모르겠다.

그런데 가베르트는 그 녀석을 엄청나게 귀여워했었지. 아, 부럽다. 형제.

나는 고부관계가 어찌 될지 걱정했었지만, 다행히 현재로선 괜찮은 것 같았다. 우리 어머니가 호쾌하고 낙천적인 성격이라 다행이었다.

물론 아일리아의 인품이 훌륭해서 그런 것이기도 하고.

어휴, 정말 다행이야. 이 두 사람이 시어머니vs며느리 싸움을 시작했다가는 태수 저택이 반쯤 날아가 버릴 것이다.

식후에도 우리 셋은 한동안 환담을 나눴다.

어머니는 아일리아가 구운 파운드케이크를 먹으면서 안도한 것처럼 웃었다.

"이 륜하이트에도 인랑 거주지가 생긴다며? 정말 고마운 일이야."

인랑 부대와 그 가족들을 위해서 신시가에는 인랑 구역이 신설됐다.

별명은 '인랑 거리'. 좁은 구역에 정육점이 세 개나 있는, 그야말로 인랑 거주지다운 곳이다. 거기서 구입한 고기는 즉석에서 구워 먹을 수 있다.

"어머니는 륜하이트로 이사 올 생각 없어? 마을 주민들도 다 불러오고 싶은데."

"으음, 글쎄……."

어머니는 힐끔 아일리아를 보더니 이렇게 대답했다.

"실은 앞으로도 한동안은 숨겨진 마을을 지키려고 했어. 혹시나 인간들과의 관계가 틀어지기라도 하면, 너희들도 마을로 돌아오게 될 거 아냐?"

나와 인랑 부대는 쭉 인간과 접해왔지만, 마을에 남아 있는 동료들은 달랐다. 인간에 대한 경계심이 강했다.

아마도 나는 어머니에게 걱정을 많이 끼쳤을 것이다.

그런데 어머니는 웃으며 말했다.

"물론 륜하이트 태수님이 마왕이 되셨으니까 이제는 괜찮을 테지만."

그러자 아일리아가 가슴에 손을 대고 진지한 얼굴로 고개를 끄덕였다.

"네, 마왕으로서 약속합니다. 륜하이트의 법을 준수하는 한, 저는 모든 마족을 환영하고 그들의 안주를 보장할 겁니다."

그렇다. 이제 륜하이트는 진정한 의미에서 마족이 안심하고 살수 있는 도시가 되었다. 아무튼 현재 마왕은 륜하이트의 현역 태수이니까. 인간 측의 압도적 지지를 받고 있다.

그리고 그 마왕은 역대 마왕과 마찬가지로 마족을 소중히 여겨줬다.

나와 프리덴리히터 님이 꿈꿨던 사회가 완전한 형태로 실현된 것이다.

어머니는 아일리아를 물끄러미 바라보더니, 온화한 미소를 지으며 고개를 끄덕거렸다.

"당신은 맹한 우리 아들과 결혼해줄 정도로 착한 사람이니까, 인랑도 안심하고 살 수 있을 거야. 마침 수확도 끝났고. 고구마를 짊어지고 다 함께 이사라도 올까?"

"그래, 더 이상 마물이나 굶주림을 두려워할 필요도 없어. 여기서는 인랑이 할 수 있는 일이 아주 많아."

워드 영감님이나 메리 할머니를 보면 알 수 있듯이, 인랑은 변신만 가능하다면 평생 현역 전사로 활동할 수 있다.

막노동도 특기이고, 그 뛰어난 후각도 다방면으로 활용할 수 있다. 호경기를 누리는 륜하이트에서는 얼마든지 먹고 살 수 있을 것이다.

인랑뿐만 아니라 견인이나 용인도 륜하이트로 이주하고 있었다. 또 극소수이긴 해도 거인이나 도깨비도 있었다.

머잖아 버섯인도 이쪽으로 올 테니까. 점점 더 북적북적해지겠구나.

아, 맞다. 버섯인에 관해 스승님과 상의해봐야겠다.

다음 날 나는 스승님과 함께 차를 마시면서 이야기를 나눴다.

"버섯인이 묘지를 파헤치지 않도록 잘 타일러야 할 거예요."

"음, 그렇지."

버섯인은 생물의 시체를 신성시한다. 그래서 그 목숨이 영원히 이어지기를 바라면서 시체를 배지(培地)로 삼는다. 나무든 동물이든 마족이든 가리지 않고.

그들의 입장에서는 무한한 경의를 표하는 공양일 테지만, 그런 짓을 륜하이트에서 하는 것은 곤란하다.

"륜하이트 법률을 지키라고 한 번 더 단단히 일러둘까?"

스승님이 그렇게 말씀해주셔서 나는 안도했다.

우리는 버섯인족의 시련을 돌파했으므로 그들은 우리의 말을 잘 들어줬다.

자, 그럼 이제 대학 이야기라도 해볼까.

"어때요, 교관들 육성은 잘되고 있나요?"

태수의 연줄을 이용해 다양한 분야의 전문가들을 긁어모았는데, 그들 중 대다수는 단체 수업을 해본 적이 없었다. 교육 방법에 관해서는 문외한이나 마찬가지였다.

내 질문에 스승님은 즉시 고개를 옆으로 흔들었다.

"글렀어. 완전히 글러 먹었지. 교수법의 기본이 안 되어 있어."

"역시 그런가요."

예상 적중이라 나는 한숨을 쉬었다. 그때 스승님이 봇물 터진 것처럼 말을 쏟아내기 시작했다.

"그 녀석들은 가르치는 대상이 달라지면 교수법도 달라진다는 사실을 이해하지 못하고, 무엇을 위해 가르치느냐 하는 목적의식도 없어."

"아, 네. 스승님이 중시하시는 부분이네요."

스승님은 제자의 지식수준이나 관심 분야, 잘하는 것과 못하는 것, 집중력 지속 시간 등을 항상 관찰하고 계셨다. 그리고 그걸 바탕으로 가장 좋은 교육 방법을 생각하셨다.

전생의 세계에서는 그것이 일반적인 교육 방법이었지만, 이쪽 세계에서는 가히 획기적이라고 할 만했다.

게다가 스승님은 '이 수업을 통해 제자에게 어떤 능력을 길러주고 싶은가, 또 그 능력은 무엇에 도움이 되는가'라는 것도 생각하셨다.

나도 전생에 교육 실습을 하러 갔는데, 그런 이야기를 많이 들었다.

스승님의 교수법이 얼마나 시대를 앞서가는 것인지 충분히 알 만했다. 대현자라는 칭호는 거저 얻은 것이 아니었다.

나도 스승님의 가르침을 받았으므로 마법을 쓸 수 있게 된 것이라고 생각한다. 본디 나는 학습력이 안 좋은 편이니까.

"스승님의 지도 방법이 선진적이라서 그래요. 그래서 우수한 제자들이 많은 거지만요."

"학자에게 교육 방법이란 것은 중요해. 지식과 기술은 남에게 전해줘야지만 비로소 가치가 있는 것이니까. 세대를 뛰어넘어 계승되기 때문에 학문이 발전하는 거야."

스승님은 대학 교관들이 마음에 안 드시는지, 뺨을 불룩하게 부풀린 채 화를 내셨다.

하지만 그들을 비난하는 것은 가혹한 짓이었다.

"네, 저도 동감이에요. 그러니까 교수법 지도도 잘 부탁드립니다. 스승님의 교수법도 남에게 전해줘야지만 비로소 가치가 있는 것이잖아요."

"끄응……."

스승님은 의자 위에 책상다리를 하고 앉아서 발목을 붙잡은 채 테이블 위로 엎어졌다. 행동 하나하나가 진짜 어린애 같았다.

모자가 테이블에 닿아 찌그러졌을 때, 스승님이 입을 열었다.

"그대의 말이 옳아."

대현자인데도 은근히 순순하셨다.

아니, 그렇기 때문에 대현자인 건가.

대학이 개교하려면 아직은 시간이 많이 있었다. 1기 학생이 될 뤼니에는 지금도 로초에서 경영학과 상법을 배우고 있었다. 그 외 1기 학생은 샤티나와 필니르, 태수들의 자제, 마족의 젊은 사관 등이다.

미랄디아의 사회가 좀 더 크고 근대적인 형태로 발전할수록, 그만큼 할 일은 늘어나고 복잡해진다.

훌륭한 인재가 나라의 기둥이 되어준다면 나도 좀 편해질 것이다.

그런 생각을 하고 있는데, 스승님이 갑자기 뭔가 생각난 것처럼 나에게 말했다.

"그대도 협상술 교관으로 채용할 예정이야. 미리 준비해둬라."

"네, 저요?!"

"그래, 그대는 예전에 마왕군 장병들을 상대로 인간학 강의를 하지 않았느냐. 그게 상당히 괜찮았으니까."

아뇨, 그건 엉망이었다고 생각하는데요…….

하지만 스승님은 벌써 제자 자랑 모드에 돌입하신 것 같았다. 차를 드시면서 생글생글 웃었다.

"그대는 인간이든 마족이든 구별하지 않고 전부 다 아군으로 끌어들여버리지. 심지어 서로 목숨 걸고 싸웠던 적조차 아군으로 만들지 않느냐. 그 협상술도 남에게 전해줘야지만 비로소 가치가 있는 것이다. 안 그러냐?"

아차. 생각도 못 한 곳에서 내가 내 무덤을 팠구나.

"하지만 스승님, 저의 협상 방식은 애초에 인랑의 능력이 있어서 가능한 거고⋯⋯."

"그 점을 잘 생각해봐서 누구나 쓸 수 있는 방식으로 발전시키는 것이 교관의 역할이 아니더냐. 마왕의 부관이 직접 가르쳐주면 학생들도 기뻐할 것이야."

"⋯⋯알겠습니다."

이렇게 쉽게 설득당하는 녀석의 협상술이란 것이 과연 쓸모가 있을까⋯⋯?


이런 식으로 내가 비교적 평온한 나날을 보내고 있을 무렵, 바다 건너에서는 크월 왕과 연안 제후가 계속해서 대립하고 있었다.

남정해에 면한 화국에서도 크월과 교역을 해볼까 생각하는 모양인데, 누구와 협상을 하면 좋을지 고민하는 듯했다. 현지에 닌자들을 보내서 정보 수집을 꾸준히 하는 것 같았다.

물론 미랄디아 측도, 해운도시 로초의 태수 페트레 영감님이 중심이 되어 정보 수집을 하고 있었다.

"페트레 님, 크월의 정세는 어떤가요?"

최근 들어서 몸이 좀 약해진 페트레 영감님은 평의회 모임에 자신의 손자를 대신 보내고 있었다. 할아버지처럼 유능한 이 손자는 뤼니에와도 좋은 학우가 되었다고 한다.

그런데 오늘은 웬일로 영감님이 직접 오셨다. 그래서 오랜만에 차분히 이야기를 나누게 되었다.

"크월은 이미 엉망진창이 되었어. 그 멍청한 왕이 다른 제후까지 끌어들였거든."

페트레 영감님은 내륙의 추위를 견디기 힘들다고 말했지만, 그래도 아직 정정해 보였다.

나는 페트레를 위해 난로의 장작을 추가하면서 그의 이야기를 들었다.

크월은 본디 대하(大河)인 메지레 강의 은혜를 받아 발전해온 나라라고 한다. 그래서 그 구불구불한 메지레 강 유역에 오래된 도시들이 줄줄이 자리 잡고 있었다.

이 유역 제후들은 하천의 권리를 독점했는데, 바다에 면한 항구는 소유하고 있지 않았다. 그래서 이번 소동과는 전혀 무관했다.

그런데 연안 제후와의 대립으로 입장이 난처해진 크월 왕이, 이 완벽한 제삼자인 메지레 강 유역의 제후들에게 울면서 매달린 것이다.

그 결과 이번 소동은 연안 제후와 유역 제후의 대립으로 발전해버렸다고 한다.

나는 기막혀하면서 페트레에게 뜨거운 탕약을 권했다.

"골치 아프게 됐네요. 그런데 페트레 님, 이야기 도중이지만 이것 좀 드세요. 뿌리채소로 만든 차인데 냉증에 효과가 있어요."

"오, 고맙군. 변함없이 자네는 참 센스가 있어."

노인을 상대하는 것에는 익숙하니까요.

나는 라시가 대량으로 구워둔 생강 쿠키도 산더미처럼 테이블 위에 쌓아놓았다. 그리고 대화를 계속했다.

"무릇 지도자란 것은 사람들의 이해관계를 잘 조정해서 대립을 회피하고, 집단을 유지해 나가야 하는 것이야. 국왕은 그 대표격이고. 그런데 스스로 불화를 초래하고 있으니, 앞일은 안 봐도 뻔하구먼."

원로원과 오랫동안 대립해온 페트레 영감님은 마치 무슨 스위치라도 눌린 것처럼 점점 흥분하면서 말했다.

"애초에 항구에다가 뜬금없이 세금을 부과한 게 문제야. 그래서 설탕도 당밀주도 값이 폭등해버렸잖아. 나 참, 아주 괘씸해."

"음, 그렇다면 그쪽을 도와줄 이유는 없겠네요……."

크월의 수입품은 다양한데, 그중에서도 가장 매력적인 상품은 설탕이었다.

그쪽에서는 사탕수수 같은 것을 넓은 밭에서 재배하고 있으므로 설탕이 비교적 저렴했다. 그것을 태수의 독자적 루트로 더욱 싸게 구입해서 미랄디아 국내에서 판매하면 떼돈을 벌 수 있다. 미랄디아에서는 설탕을 거의 만들어내지 못하니까.

단것을 거부할 수 있는 인간은 드물 것이다. 그건 마족도 마찬가지였다.

몹시 분개하는 페트레 영감님에게 열심히 쿠키를 먹이면서 나는 앞일을 생각해봤다.

"내전이 터질까요?"

"모르겠다. 내전이 터지기 전에 국왕이 암살될 수도 있고, 반대로 유역 제후의 체면을 봐서 연안 제후가 얌전히 입을 다물 수도 있고."

딱딱한 쿠키를 으적으적 씹어 먹으면서 페트레는 여전히 화를 내고 있었다.

"그러나 국왕과 연안 제후의 불화는 이미 결정적이야. 이제 그런 왕 따윈 어떻게 되든 상관없어. 나는 연안 제후만 있으면 되니까."

그거야 그렇겠죠.

이럭저럭하다 보니 어느새 겨울이 되었고, 크월의 정세는 파악하기 어려워졌다. 계절풍과 해류의 영향으로 바다가 거칠어져서 선박의 이동이 줄어들었기 때문이다.

그동안에는 또 많은 일들이 있었다. 워로이가 규칙을 만들어 나가고 있는 새로운 스포츠 '전구(戰球)'의 시합에 본의 아니게 참가하기도 했고, 밭에서 흙투성이가 된 아슈레이에게 붙잡히기도 했다.

대학 개교 준비도 했고, 마왕군 재편도 했다.

마왕군에 고용된 인간들은 마전기사나 마전병이라는 직함을 가지고 활동하게 되었다. 그들에게는 혹시 모르니까 크월어 일상 회화 공부도 시키기로 했다.

또 마찬가지로 평의회에서 고용한 문관들에게도 좀 더 본격적인 크월어 공부를 시켰다. 무슨 일이 있을 때에는 그들을 바다 건너로 보내야 하니까.

이윽고 내 앞으로 크월의 급보가 들어왔다.

크월 왕이 유역 제후에게 소집 명령을 내림으로써 연안 제후와의 대립을 결정적인 것으로 만들어버린 것이다.

이미 각지에서 유역 제후의 군대가 모여들어 궁전을 지키고 있다고 한다.

연안 제후도 자기들이 공격당할 것을 경계하여 무장을 개시한 듯했다. 미랄디아에도 비공식적이긴 해도 구원 요청을 했다.

그 소식을 들은 나는 긴급 평의회를 소집했다.

"어쩔까. 파병을 하는 게 좋을까요?"

내가 단도직입적으로 물어보자, 맨 먼저 페트레 영감님이 발언했다.

"파병을 하고 싶구먼. 크월의 항구가 전란에 휘말리면 로초와 베르자의 교역은 엄청난 타격을 입을 거야. 대형 수송선이 입항할 수 있는 장소는 한정되어 있으니까."

해운도시로 계속 발전하고 있는 로초의 태수로서는 당연히 무역상들의 생활을 지키고 싶을 것이다.

마찬가지로 해적도시 베르자의 태수 거쉬도 손을 들고 말했다.

"우리도 크월과는 거래를 하고 있어. 베르자가 건설될 때부터 사귀어온 사이니까 그냥 내버려 둘 수는 없어. 의리라고나 할까, 앞으로의 신용과도 관련된 문제야."

모르는 척할 수는 없다는 것이 항구도시 태수들의 의견인 듯했다.

나도 그들의 심정은 이해했다.

그러나 역시 걱정되는 점이 있어서, 미리 못을 박듯이 말했다.

"타국의 내전에 간섭하면 결과가 좋지 않을 거요."

"허, 뭐냐? 마왕군에는 그런 지침이라도 있어?"

페트레 영감님이 미간을 찡그렸다. 나는 고개를 가로저었다.

"생각을 해보세요. 미랄디아에서 보내줄 수 있는 전력은 한도가 있어요. 가령 1만 명의 병사를 준비하더라도, 그들을 태울 수 있는 배가 없으니까."

나는 전생에 이런 종류의 골치 아픈 역사를 봤었다. 그래서 파병은 신중하게 하자는 파였다.

머나먼 적지에서 위험한 싸움을 해야 하니까. 이겨봤자 얻을 것도 별로 없고.

북부 태수들도 아직 롤문드의 재침공을 경계하고 있으므로 파병에 대해선 부정적이었다.

남부 태수들 중에서 교역도시 샤르딜의 태수 아람과 미궁도시 자리아의 태수 샤티나, 그렇게 두 사람은 크월을 동정하는 눈치였다.

"선생님, 어떻게든 해줄 수 없나요?"

샤티나가 걱정스럽게 말하자, 아람도 한마디 거들었다.

"우리의 조상님은 크월인입니다. 심정적으로는 역시 크월이 평온했으면 좋겠어요."

그 마음은 이해한다. 나도 크월 사람들이 평화롭게 살았으면 좋겠다.

그러나 역시 아직은 파병하지 않는 게 좋다고 생각한다. 한번 병사를 보내면 그때부터는 돌이킬 수 없으니까. 여기서는 신중하게 행동하자.

"그럼 '미랄디아 상선 보호 및 현지 정보 수집'이라는 명목으로 외교관들과 마전기사들을 조금만 파견해볼까. 페트레 님, 군선을 준비해주세요."

"군선만 있으면 돼? 육상전을 위한 병사는 어쩌고?"

"우리가 육상 전력을 대량으로 보내면 크월 왕을 자극하는 꼴 이잖아요. 그럼 무슨 일이 생길지 모르니까……."

우리의 파병이 원인이 되어 내전이 터진다면, 크월인들은 영원 히 우리를 원망할 것이다.

"이번 결정은 크월 연안 지역에 대한 미랄디아의 영향력을 유지 하기 위한 것. 크월 연안 지역이 초토화된다면, 외화를 벌 장소가 줄어드니까 곤란해요. 미랄디아 남부에만 한정된 문제는 아니오."

크월과의 무역이 확대되면 나랏돈이 많아지고, 그만큼 교육과 의료와 토목 등에 충분한 예산을 배정해줄 수 있을 것이다. 근대 화를 위해서라도 여기서는 어떻게든 무역을 보호해야 한다.

"그러니까 우리가 내전의 원인이 된다면 그건 주객전도나 마찬 가지. 한번 전쟁에서 어느 쪽을 편들면, 도중에 취소하기도 쉽지 않아요."

무엇이 정답인지는 나도 모른다. 아마 여기 있는 사람 중 누구 도 모를 것이다.

하지만 이 선택이라면 적어도 미랄디아가 멸망하진 않을 것 이다.

마왕 아일리아가 고개를 끄덕였다.

"그렇다면 제 부관의 제안을 채용하겠습니다. 혹시 이의 있으십니까?"

특별한 이의는 없었다. 즉시 그 결정이 실행에 옮겨졌다.

로초와 베르자에서 군선을 한 척씩 제공받아서 외교관과 마전 기사를 파견하기로 했다.

그리고 크월인의 후손인 정월교도를 중심으로 외교관을 선발했다.

"현지의 정보는 아무리 사소한 것이라도 괜찮으니까 이쪽으로 전해줘. 무슨 단서가 될지도 몰라. 또 가능하다면 유역 제후와의 인맥도 쌓아줬으면 좋겠어."

군선은 그대로 어딘가의 항구를 경비할 예정이었다.

평의원이기도 한 워로이가 팔짱을 끼고 히죽 웃었다.

"미랄디아의 군선이 있는 항구를 크월 왕이 공격한다면, 우리는 대놓고 연안 제후에게 협력할 대의명분이 생기는 거다. 어때, 그런 거지?"

"응, 그런 거야. 그래서 제일 공격당할 확률이 높은 항구로 군선을 보낼 거야. 그러면 크월 왕도 함부로 건드리지 못할걸?"

"이 악당 같은 놈. 또 이국에다 태풍을 보내려는 거구나?"

"그렇게 기뻐하는 표정 짓지 마. 당신은 안 보낼 거니까."

연안 제후도 우리의 의도는 이해할 테니까, 이것으로 다소나마 그들에게 은혜는 베풀 수 있을 것이다.

아, 맞다. 페트레 영감님과 그쪽 사람들에게는 미리 주의를 줬다.

"만약에 정말로 군선이 공격을 당하면, 미랄디아인과 크월 시민을 구출해서 즉시 바다 위로 탈출하게 해줘."

"그 정도는 나도 안다. 군선으로 보병이나 기병과 싸워봤자 의미도 없지 않느냐."

페트레 영감님은 불쾌한 것처럼 뚱하게 있었지만, 속으로 기뻐하고 있는 것이 느껴졌다.

나 참, 나이 드신 분은 상대하기 어렵다니까…….


본격적인 겨울이 오자, 미랄디아의 갤리 군선 두 척이 출항하여 크월의 가장 큰 항구 밧자에 입항했다.

외교관들은 마전기사들의 호위를 받으면서, 그들이 고용한 미랄디아 상인 통역사를 데리고 각 도시로 흩어졌다. 그리하여 연안 제후를 만나고 정보를 수집하기 시작했다.

이제는 아무 일도 일어나지 않기를 기도할 뿐이지만, 틀림없이 무슨 일이 일어날 것이다.

내가 아는 역사에서는 대체로 그랬다.

맨 처음에 도착한 것은 건조시킨 곡물이었다. 옥수수를 닮았는데 그보다 좀 더 작았다. 혹시 진주조라는 것이 이거랑 비슷한 느낌일까.

마왕 아일리아가 신기해하는 표정을 지었다.

"이런 것을 보내다니, 외교관들은 도대체 뭐 하는 걸까요……?"

"아니, 이것은 현지의 문화와 정세를 이해하기 위해서 내가 부탁한 거야. 크월인의 주식이거든. 역시 평의회 직속 외교관이라 그런지 다들 우수하구나. 내가 부탁했던 대로 열매가 맺힌 상태로, 이파리와 줄기까지 전부 다 보내줬어.”

잎사귀만 봐도 이것이 외떡잎식물이란 것은 알 수 있었다. 옥수수도 진주조도 볏과 식물이므로, 이것도 아마 볏과 식물일 것이다.

크월어로는 ‘메지’라고 하는데, ‘메지레의 은총’을 줄인 말이라고 한다.

굉장히 유서 깊은 이름이지만. 너무 심하게 줄인 게 아닐까?

“크월에서는 이 작물을 메지레 강 유역에서 재배하는 것 같아. 크월 사람들은 모두 이것만 먹는대.”

“맛있는 걸까요?”

“글쎄…….”

전혀 수입되지 않는 것을 보면, 아마 미랄디아인의 입맛에는 안 맞을 것이다.

아일리아는 첨부된 조리법 메모를 읽다가 문득 고개를 갸웃거렸다.

“그런데 이걸 어떻게 활용하려고요?”

“일단 이것을 잘 빻아서 빵이라도 만들어볼까? 다 함께 시식해보는 거야.”

그러고 나서 외교관들에게 다음 지시를 내리자. 운이 좋으면 이것이 유역 제후에 대한 돌파구가 될지도 모른다.


그 후 나는 크월의 주식인 곡물 ‘메지’에 관한 추가 조사를 명령했다. 특히 ‘메지레 강 유역의 풍토병과 그 치료법을 조사해라’란 말을 전해뒀다.

그러자 외교관들은 내가 예상했던 대로 조사 내용을 보고했다.

다음과 같은 편지가 도착한 것이다.

『부관 각하, 보고드립니다. 크월에는 성하병(聖河病)이라는 풍토병이 있는데, 메지레 강 유역의 넓은 지역에서 확인되고 있다고 합니다.』

『현지 의사에게 물어보니 성하병은 주로 농민들이 걸린다고 합니다. 초기에는 얼굴에 발진이 돋습니다. 그 후 속이 안 좋아지고, 구역질이 나고, 입안이 헐어버립니다. 심각할 때는 정신을 잃고, 심지어 사망하는 경우도 있다고 합니다.』

십중팔구 틀림없었다.

펠라그라. 니아신 결핍증이다.

나는 마왕 폐하와 함께 갓 구운 빵을 먹으면서 이 보고의 의미를 설명했다.

"수확량이 많은 곡물이라는 것은 편식의 원인이 되기도 해. 그것이 병을 일으키는 거야."

예를 들어 옥수수의 경우에는 니아신 결핍증을 일으킨다. 소석회나 숯 등으로 알칼리 처리를 하면 괜찮다고 들었지만, 나도 구체적인 방법은 모른다.

작물이 다르기 때문일까, 아니면 알칼리 처리를 하지 않았기 때문일까. 크월에서는 니아신 결핍증이 만연하는 것 같았다.

게다가 또 흥미로운 보고도 있었다.

『유역 도시의 의사는 성하병 치료 방법으로 전통적인 전지요법을 권장하고 있습니다. 강에서 멀리 떨어진 곳에 가서 해수욕을 하면 회복된다고 합니다.』

나는 이것도 마왕 폐하에게 설명해드렸다.

"이 병은 단순히 몸에 필요한 자양분이 일부 부족해져서 생기는 것이므로, 바닷물고기를 먹으면 병이 나을 거야. 그런 이야기를 전생에 들었어."

참치나 가다랑어나 고등어나 방어나 정어리 같은 것. 아니면 명란젓도 상관없다.

아, 왠지 모르게 배고파졌다.

그때 아일리아가 중얼거렸다.

"식사로 병을 치료할 수 있다면, 굳이 전지요법을 실행할 필요가 없잖아요?"

"그렇긴 한데, 그냥 입 다물고 있자."

그리고 내륙 지방에서 니아신을 섭취하고자 한다면 동물 간을 먹어도 되지만, 서민이 고기를 충분히 먹기는 어려웠다. 안정적으로 손에 넣을 수 있는 고기는 기껏해야 닭고기인데, 이것도 실은 사치품이다. 배 타고 강물 따라 내려가서 바닷물고기를 먹으러 가는 것이 훨씬 더 쉬운 방법이다.

한편 귀족이나 유목민은 가축의 고기를 잘 먹기 때문에, 펠라그라 병에 걸리는 사람은 적다고 한다.

아무튼 유역의 농민들이 전지요법을 하느라 연안 지역으로 온다는 것은 알았다. 즉, 유역 제후에게도 크월 연안 지역의 물고기는 중요하다는 뜻이다.

만약에 연안 제후와 유역 제후가 완전히 대립하게 된다면, 유역 제후는 대량의 펠라그라 환자들을 감당해야 할 것이다.

나는 이 사실을, 정보의 일부는 숨긴 채 외교관을 통해서 연안 제후에게 전달했다.

'내전이 터지면 당신네 영지의 환자가 엄청나게 늘어날 겁니다!'란 식으로 유역 제후를 압박하기를 바라면서. 전쟁을 원치 않는 분위기를 조성함으로써, 가능한 한 협상으로 문제를 해결하길 바라는 것이다.

물론 이것만으로 일이 잘 풀릴 거라고 생각하지는 않는다. 유역 제후가 '그럼 우리가 연안 지역까지 지배하면 되지!'라는 말을 꺼내면 곤란할 것이다.

그 외에도 협상 재료를 찾아봐야겠다.

그런데 바다 건너 남에게 일을 맡기고 있으니, 좀처럼 좋은 협상 재료를 찾아낼 수 없었다.


외교관들이 각지를 돌아다니면서 모아온 정보에 의하면, 메지레 강 유역의 제후들도 특별히 크월 왕을 지지하는 것은 아니라고 한다.

유역 제후와 연안 제후의 대화는 대충 이런 느낌이었다.

"아니, 우리 유역 제후들도 임금님을 좋아하는 것은 아니거든? 제당 공장에다가 끔찍하게 높은 세금을 매기기도 하고. 치수 공사는 우리한테 다 떠넘겨버리고."

"그럼 우리 연안 제후들과 함께 임금님에게 항의하자!"

"물론 우리도 그러고 싶지만, 전통 있는 크월 왕실에 대해 지나치게 무례하게 굴 수는 없잖아……. 알지? 선왕님에게도 신세를 졌으니까."

"뭐…… 그건 그렇지만."

"임금님은 우리가 적당히 돌봐드릴 테니까, 시간을 좀 더 주지 않을래? 아마 임금님도 눈치챌 거야. 항구에 터무니없는 세금을 부과하는 것은 자살행위나 마찬가지라는 것을."

"글쎄, 눈치챌까? 그럼 우리도 용병 등을 모으고는 있지만, 진심으로 싸울 생각은 없으니까 그렇게 전해줘."

"오케이~ 우리에게 맡겨."

뭐, 이런 식으로 물밑에서 조용히 대화가 이루어지는 것 같았다.

본디 그들은 같은 문화, 같은 언어, 같은 종교를 가지고 있는 동료들이니까. 게다가 외부에서 자주 시비를 걸어오는 유목민들을 상대로 힘을 합쳐 농지를 지켜온 역사도 있었다.

그리고 또 현실적인 타산이 있었다.

"제당 공장과 항구는 서로 불가분의 자산이야."

상담을 하려고 마도에 온 로초의 태수 페트레 영감님이 씁쓸하게 웃으며 말했다.

"메지레 강 유역에서 수확한 사탕수수는 즉시 그 지방의 제당 공장에서 설탕으로 가공돼. 그런데 그걸 자기들끼리 다 먹어버리면 돈을 벌지 못하잖아? 그래서 항구로 가져가서 미랄디아 같은 곳에다 판매하는 거지."

설탕은 수요가 많고 가격도 비싼 식품이다. 포장하기도 쉽고 유통기한도 길다. 그야말로 최고의 무역품이다.

"그리고 연안 제후도, 배와 항구가 있어도 물류가 없으면 돈을 벌지 못해. 물품을 운반해야 돈이 생기는 거지. 그래서 서로 상대의 재산에는 해를 끼치고 싶지 않은 거야."

내전이 터질 것 같으면서도 좀처럼 안 터지는 데에는 실은 이런 사정이 있었나 보다. 양측이 상대의 자원 및 인프라에 의존하고 있으므로, 상대를 때리면 자기도 그만큼 타격을 받는 것이다.

이것은 전쟁을 방지하는 좋은 방법이라고 생각한다. 롤문드에 대한 정책에도 한번 도입시켜봐야겠다.

어쨌든 상황이 그렇다면 괜찮을 것이다. 그래서 나는 한동안 내정에 전념했다.

미랄디아는 계속해서 급성장하고 있는 나라였다. 법을 제정하고 도시를 건설하고, 인재 육성과 기술 개발도 해야 하고. 할 일이 산더미같이 많았다.

미래에 대비해 이것저것 해두고 싶은데, 방심하면 또 금방 불화나 대립이 발생하기 때문에 그것도 잘 처리해야 했다. 현재를 소홀히 할 수는 없는 것이다. 너무 바빴다.

이러면 크월에 건너가는 것은 불가능하겠구나…….

그런데 크월의 정세는 서서히 불안정한 방향으로 바뀌고 있었다.

"우리가 파견한 외교관들이 겁에 질려서 본국으로 돌아오고 싶어 하고 있어."

나는 마왕 폐하와 함께 오후의 티타임을 가지면서, 방금 도착한 보고서를 읽었다.

우리 아내는 내가 차 마시는 시간에 업무 서류를 읽어도 화를 안 낸다. 굉장하다.

나는 잘됐다! 하고 테이블 위에 서류를 늘어놓으려고 했다. 그때 상대가 웃는 얼굴로 부드럽게 주의를 줬다.

"일을 잘하려면 휴식도 필요하다고 생각하는데요?"

"아…… 네."

까불어서 죄송합니다, 마왕님.

"크월 사람들도 불안해하고 있는 걸지도 모르겠네요."

"음, 그러게. 만약에 내전이 발생한다면, 연안 지역 주민들의 입장에서는 자기네 임금님이 도시로 쳐들어오는 거나 마찬가지니까."

연안 제후는 휘하에 육군이 별로 없으므로, 용병을 긁어모아 이 위기를 넘기려 하고 있었다.

그런데 이 용병도 해적에 맞서서 선적물을 지키는 것이 주요 업무이고, 육상에서 대열을 지어 싸우는 것은 할 줄 몰랐다. 그것이 좀 불안했다.

아일리아는 내가 전생자(轉生者)라는 사실을 알고 있었다. 그래서 이런 경우에는 나에게 자주 이렇게 물어봤다.

"당신의 전생 세계에서도 이런 일은 있었죠?"

"비슷한 일은 자주 있었을 거야. 나는 전쟁을 경험하지 않은 세대라서, 그냥 그 이야기만 들었을 뿐이지만."

"앞으로 어떻게 될 거라고 생각해요?"

또 어려운 질문을 하시는구나. 마왕님.

나는 팔짱을 끼고 생각에 잠겼다. 그 후 아일리아에게 전했다.

"적당한 타이밍에 크월 왕이 고집을 버리고 연안 제후와의 관계를 개선하려고 노력하는 수밖에 없어. 만약에 그렇게 하지 않으면, 언젠가는 불상사가 일어날 거야."

용병과 제후의 군대가 북적거리는 것을 보면 이제는 일촉즉발 상황인 듯했다.

머잖아 우발적인 사고로 인해 내전이 터져버릴 것이다.

"혹시 갈등이 기어코 내전으로 발전한다면 조정자 역할을 해줄 사람이 없을 거야. 국왕이 사건의 당사자니까. 내전이 오랫동안 지속될 경우에는 누가 이겨도 결국 크월은 크게 쇠퇴할 거야."

연안 제후와 유역 제후는 모두 다 돈은 잔뜩 가지고 있다. 전면전이 시작되면 그리 쉽게 끝나진 않을 것이다. 그리고 싸움을 질질 끄는 것은 치명적이다.

"내전이 몇 년이나 계속되면, 지금까지 발전시켜온 기술과 설비가 점점 사라질 테지. 귀족들은 잘 모르는 경우가 많은데, 실은 선원과 농민도 기술자야. 그 바다와 그 논밭의 전문가인 거지."

하지만 그들은 전쟁이 터져도 그들을 지켜줄 사람이 없으므로 애꿏은 피해자가 되어 줄줄이 죽어 나간다.

"사탕수수를 재배하고 설탕을 가공해 수출한다. 그 일련의 흐름을 완전히 잃어버리면, 크월은 당분간 재기하지 못할 거야. 그러는 사이에 주변 세력이 힘을 기를 테고."

롤문드와 화국은 머잖아 근대화가 시작될 것이다. 물론 미랄디아도 서두르는 중이다.

근대화를 달성하면 그다음부터는 제국주의 시대의 개막이다.

그때 미랄디아와 화국이 과연 어떤 정치 체제가 되어 있을지는 몰라도, 내가 이미 세상을 떠났다면 나로선 어떻게 해결할 방법이 없다.

"크월은 메지레 강 덕분에 비옥한 토지를 소유하고 있어. 항구로 쓰기 적합한 연안 지역도 있고. 설탕이라는 훌륭한 특산품도 있어. 식민지로 삼아 지배하기에는 최고로 좋은 환경이지."

"식민지……라고요?"

"응. 크월 사람들을 희생시키는 방식이고, 장기적으로는 현명하다고 할 수 없는 방법이지만. 이게 단기적으로는 떼돈을 벌 수 있거든."

외교의 세계에는 자비나 정의 같은 단어는 존재하지 않는다.

아니, 정확히 말하자면 존재하긴 하는데, 그것은 대체로 '국익'이라는 가장 중요하면서도 추악한 목적을 적당히 감싸주는 포장지로 사용된다.

다소 살벌한 이야기지만, 만약에 자비나 정의를 우선시하느라 국익을 무시하는 외교관이 부하 중에 있다면 나조차도 좀 곤란해질 것이다.

나는 전생의 제국주의를 간단히 설명해준 뒤 힘없이 고개를 숙였다.

"하지만 식민지도 언젠가는 발전해서 마침내 독립하게 될 거야. 바다 건너이기도 하고."

독립 전후에는 수많은 피가 흩뿌려질 테고, 원한이 남아서 그곳이 분쟁 지역이 되는 것도 문제였다.

특히 이 세계에는 '용사'라는 것이 존재하니까. 즉, 극도로 위험한 전략무기가 이미 개발되어 있는 것이다. 혹시 그런 것들이 바다 건너에서 요란하게 맞붙어 싸운다면 우리 미랄디아인들은 무서워서 잠도 못 잘 것이다. 분명히 저 크월에도 고대의 용사 제조기가 한두 개쯤은 굴러다니고 있을 것이다.

"100년 후, 200년 후의 국익을 생각한다면, 여기서 크월이 내전으로 인해 쇠퇴하는 것은 막고 싶어. 단순히 동정해서 그러는 게 아니라."

아일리아는 나를 물끄러미 쳐다보더니 문득 미소를 지었다.

"하지만 동정하기도 하는 거죠?"

"응."

인랑의 육체에 갇혀 있는 나는 어쩌다 방심하기라도 하면 쉽게 투쟁 본능에 사로잡힌다.

그래서 이런 경우에는, 전생에 일반 시민이었던 시절과 마찬가지로 순수하게 동정하기로 마음먹었다.

물론 현재의 나에게는 내 입장이란 것도 있으니까. 동정심만 가지고 그쪽을 도와줄 수는 없다. 이해관계가 일치하도록 궁리를 해야 한다.

"미간에 또 주름이 잡혔어요."

"아, 또?"

아일리아에게 지적당한 나는 이마를 문지르면서 무심코 쓴웃음을 지었다.

"휴식이 좀 필요한가 봐. 당신 말이 맞아."

"네. 오늘 간식은 튀김 빵이에요. 크월산 설탕을 뿌렸죠."

스승님이 좋아하는 음식이다.

소박해 보이지만, 이 세계에서는 이게 의외로 사치품이었다. 진짜 귀족의 간식이다. 설탕도 기름도 결코 가격이 싸지는 않았다.

'설탕을 뿌린 튀김 빵' 같은 것은 빨리 대중적인 음식이 되면 좋을 텐데.

그때 아일리아가 쿡쿡거리면서 웃었다.

"이거 봐요, 또 미간에 주름이 생겼잖아요?"

"정말? 난감하네……."

나는 휴식 방법을 모르는 놈이었다.


바쁘게 공무를 수행하는 와중에도 나는 틈틈이 인재 육성을 돕기 위해 미랄디아 대학의 강의에 불려갔다.

아직 대학은 만들어지는 도중이지만, 일단 강당은 완성됐으므로 강의가 시작됐다. 지금은 전생의 달력으로 치면 대충 1월인데, 4월쯤 되면 대학의 모든 건물이 완성될 것이다.

지금 하는 것은 본격적인 강의에 들어가기 전의 기초 교양이다. 그래서 나 같은 문외한까지 차출되는 것이다.

미래의 미랄디아를 책임질 1기 학생 40여 명은 반짝반짝한 새 강당에서 매일매일 공부하고 있었다.

미궁도시 자리아의 소녀 태수 샤티나, 인마족 영웅 소녀 필니르. 롤문드의 망명 황자 뤼니에.

그리고 뤼니에의 형님을 자처하고 있는, 페트레 영감님의 손자 뮈레. 열세 살이 된 뤼니에보다 나이가 많은 열네 살이었다.

건방진 소년이지만 머리는 좋았다. 그래서 더더욱 건방지게 굴었는데, 어쨌든 가르치는 보람이 있는 소년이었다.

그 외에 용인족 젊은이도 있었고, 뤼니에를 모시는 견인들도 있었다. 워로이의 전국 유람에 참가했던 그 세 명이었다.

이 팡, 파카, 파앙이란 삼총사는 하나같이 견인족에서 제일가는 수재들이라고 한다. 그들은 성격이 태평해서 어려 보였지만 실제로는 지능이 높았다.

그들이 기록한 워로이의 무용담은 박력 있는 묘사와 치밀한 구성이 돋보여서, 그대로 연극의 각본이 됐을 정도이다. 그 내용을 조금만 인용하자면 다음과 같다.

『워로이 경의 창끝이 춤을 추면서 도적의 흉갑을 푹 찔렀다. 푹! 하고 등까지 깊숙이 찔렀다가 재빨리 도로 뽑았다. 붉게 젖은 창날이 밤바람을 갈랐고, 시체가 몸을 뒤로 젖히면서 무너지듯이 쓰러졌다. 극북의 눈보라와도 같은 그 맹공. 워로이 경을 둘러싸고 있는 무수한 악당들의 칼이 술렁거렸다.』

전편이 이런 식이라서 읽다 보면 좀 피곤해지는데, 아무튼 견인도 바보가 아니란 것은 잘 알 수 있었다. 스트레스 내성도 강하고. 의외로 만만치 않은 녀석들이다.

자, 그런데. 나는 이처럼 보통내기가 아닌 학생들 앞에서 협상술 강의를 하게 되었다.

　내 협상이란 것은 '인랑의 힘으로 공갈하고 나서 적당히 구워삶는다'는 것이었다. 참으로 조잡한 방법이었다.

　대체 무슨 이야기를 하면 좋을까.

　그래도 물론 강의 준비는 해왔으니까. 나는 살짝 헛기침을 한 다음에 천천히 걸음을 뗐다. 교탁은 학생들과는 좀 떨어져 있었으므로 일부러 그들에게 가까이 다가갔다.

　"그럼 지금부터 협상술 기초 강좌를 시작한다. 아, 걱정하지 마. 협상술이라고 해봤자 뭔가 대단한 것을 가르치려는 게 아니니까. 내 협상은 원래 대충 하는 거야."

　나는 미소를 지었다. 그러나 학생들은 쥐 죽은 듯 조용했다. 진지한 표정이었다.

　다들 우등생인가. 수업하기 힘드네.

　"오늘 강의는 기초편으로, '내 편인 아랫사람'을 대상으로 한다. 여러분에게는 가까운 존재인데, 그렇기 때문에 중요한 타인이야. 자, 그럼. 뮈레?"

　"네, 넷!"

　돌연 지명당한 뮈레는 화들짝 놀라면서 일어났다.

　강의니까 그냥 듣기만 하면 된다고 생각했던 걸까. 하지만 내 강의는 이전 세계 스타일이거든. 거침없이 학생들을 지명하고 질문을 던질 거야.

　"뮈레, 귀족이나 군인의 주변에 있는 사람은 하인들 또는 부하들이다. 그들은 누가 봐도 내 편이고, 또 아랫사람이기도 해. 이

때 가장 중요한 마음가짐은 뭘까?"

뮈레는 등을 쭉 펴고 큰 소리로 대답했다.

"무, 무시당하지 않는 것입니다!"

"그렇군. 물론 그것도 중요해. 잘했다."

내가 고개를 끄덕이자, 뮈레는 '그래, 나 잘했지?!' 하고 말하는 것처럼 의기양양한 표정을 지었다.

나는 뮈레에게 자리에 앉으라고 했다. 그리고 이번에는 그 옆에 앉아 있는 뤼니에에게 같은 질문을 던졌다.

"그럼 뤼니에, 너는 어떻게 생각하니?"

그러자 뤼니에는 약간 머뭇거렸지만, 그래도 분명하게 대답했다.

"그들의 직분을 침해하지 않는 것이라고 생각합니다."

"음, 좋아. 아주 좋아. 잘했다."

나는 평소 습관대로 뤼니에의 머리를 쓰다듬었는데, 그는 수줍어하는 얼굴로 웃었다. 그래, 너는 연장자가 머리 쓰다듬어주는 것을 좋아하는구나.

나는 학생들을 둘러보면서 이렇게 설명했다.

"방금 뤼니에의 그 말에는 심오한 진리가 담겨 있어. 여기서부터는 내가 설명할게. 집중해서 들어줘."

일동의 주의를 끈 다음에, 나는 칠판 대신 석벽에다가 붓으로 글을 쓰면서 설명하기 시작했다.

"협상의 기본은 '상대의 입장을 불필요하게 위협하지 않는 것'이다. 인간 사회에서 입장을 위협당하는 것은, 안전을 위협당하는 것과 마찬가지야. 아무리 지위가 낮은 사람이어도 그들에게는 그들 나름의 입장이 있고, 그것이 그들의 사회적 안전을 지켜주고 있는 거야."

나는 얼핏 전생의 나 자신을 떠올리면서 창밖을 가리켰다. 현재 만들어지고 있는 정원을. 아인도르프 가문의 정원사들이 출장 나와서 정원을 가꾸는 중이었다.

"이를테면 저 정원사에게는 재배 전문가, 정원 관리자라는 입장이 있다. 위대한 마왕 폐하도 그들의 기술과 지식 앞에서는 경의를 표하셔. 마왕 폐하는 정원사가 아니니까."

그 대신 경리나 예산에 관해서는 일일이 따지면서 간섭하지만. 무역상 집안 출신이라서.

아, 맞다. 마왕군의 내년 기술 개발 예산안. 이 강의가 끝나면 또 새로 작성해야 한다. 요구액이 너무 커서 마왕 폐하가 재검토를 해 달라고 부탁하셨기 때문이다.

크루체 기관장과 스승님의 무분별한 지출을 적당히 막아야 한다. 안 그러면 내가 아내한테 혼난다.

나는 그런 생각을 하면서 학생들에게 이야기했다.

"좀 전에 뤼니에가 말했던 '하인이나 부하의 직분을 침해하지 않는다'는 것은 바로 이런 뜻인 거야."

그러자 뤼니에의 표정이 환해졌는데, 그 옆에 있는 뮈레는 시무룩한 얼굴이었다. 자기 답이 오답이어서 기분이 나빠졌나 보다.

나는 속으로 쓴웃음을 지으면서 뮈레를 옹호해주는 말도 덧붙였다.

"물론 자네들에게도 주군이나 상관으로서의 직분이 있지. 상대에게 무시당한다면, 자신의 직분을 침해당하는 것과 마찬가지야. 그렇게 되지 않도록 자신의 우월한 실력과 도량을 증명할 필요는 있어. 그러니까 뮈레의 답도 당연히 정답이야."

뮈레의 표정이 확 밝아졌다. '그래, 나 잘했지?!' 하는 것처럼 가슴을 활짝 폈다. 내가 좀 과하게 칭찬했나? 으음. 잘 조절하기가 어렵네.

나는 롤문드의 현 황제 엘레오라가 그녀의 백부인 카스트니에프 경의 영지를 방문했을 때의 에피소드를 이야기해줬다.

그때 엘레오라는 마을을 관리하는 향사들을 진심으로 칭찬해 줬다. 그러자 향사들은 자기들의 입장을 인정받았다면서 매우 기뻐했다.

그들은 그 후 카스트니에프 경한테서 더 많은 봉급을 받게 되었고, 가신단 내에서의 가문의 지위도 올라갔다고 한다.

"이처럼 윗사람의 발언은 아랫사람의 입장에 큰 영향을 준다. 타인의 윗사람이 된다는 것은 그만큼 무거운 책임을 맡는다는 뜻이야. 거만하게 굴면 안 된다, 알았지?"

의기양양해진 뮈레에게 따끔하게 일침을 가했다.

그러자 예상대로 뮈레는 풀이 죽어버렸다. 이 녀석, 다루기 어렵네.

물론 뤼니에에게도 충고하고 싶은 것은 있었다.

"그런데 또 한편으로는, 하인이나 부하를 친구나 손님처럼 대하는 것도 바람직하진 않아. 그들은 자네들의 명령에 따라 움직이는 것이 의무야. 특히 목숨 걸고 싸우는 전쟁터에서는 규율이 중요해. 그런 의미에서도 윗사람의 책임이란 것이 있지. 특별히 친하게 지내는 경우에는, 다른 사람들이 안 볼 때 그러는 것이 좋아."

이번에는 뤼니에가 풀이 죽었다. 실망하여 고개 숙인 모습이었다.

아니, 혼내려고 한 것은 아닌데……. 강의라는 것은 어렵구나.

"자, 어쩌면 이미 가정에서 하인을 대하는 방식이나 가훈을 배운 사람도 있을 거야. 그럼 한 명씩 순서대로 물어볼까."

나는 다른 태수의 자식 등에게 물어봤다. 그리고 그들의 대답을 적었다.

그 후 각 항목을 순서대로 해설했다.

"'하인에게 고맙다는 말을 꼭 한다'라는 이 지침은 좀 전에 했던 이야기와도 일맥상통해. 그들의 일솜씨에 만족한다는 사실을 말로 표현하는 것이니까."

페트레 영감님 같은 사람은 "흠"이란 말밖에 안 하지만, 피카르체 가문의 하인들은 그것만 듣고도 말뜻을 다 알아듣는다.

"그리고 '예정외의 일을 해낸 사람에게는 상을 준다'는 것은 하인의 충성심을 올려줄 뿐만 아니라, 신분 구별을 명확하게 해주는 효과도 있어."

나는 용감한 시녀가 무뢰한과 맞서 싸워서 도련님을 지켜낸 에피소드라든가, 총명한 요리사가 주인의 식사 상태를 보고 그의 질병을 알아냈다는 에피소드 등을 예로 들었다. 그것은 전부 다 아인도르프 가문의 오래된 일화라고 한다.

"정해진 직분 이외의 상황에서 하인에게 도움을 받는다는 것은, 빚을 진다는 거야. 주인이 하인에게 빚을 진 채 가만히 있으면 그만큼 입장이 약해지게 돼. 그리고 배은망덕한 주군에게는 아무도 복종하지 않을 거야."

그 밖에도 이런저런 이야기가 튀어나왔다.

『하인을 칭찬할 때는 남들이 보는 곳에서, 꾸짖을 때는 단둘이 있는 곳에서.』

『작은 실수를 반복하는 사람은 해고해라. 큰 실수를 딱 한 번 저지른 사람에게는 만회할 기회를 줘라.』

『시녀에 관해서는 우선 시녀장과 상의하고, 요리에 관해서는 우선 주방장과 상의해라.』

『떠나는 자를 소중히 여기지 않는 당주는 악평으로 망하게 된다.』

하나같이 깊은 이유가 숨겨져 있어서, 이것이 생활의 지혜인가 하고 감탄하게 되었다.

그리고 역시 오래된 가문일수록 가훈이 충실하게 만들어져 있구나. 뤼니에의 집안, 즉 롤문드 황실은 가훈의 보물창고였다. 아마 대대로 고생해온 거겠지…….

그 후 내가 롤문드 등지에서 체험했던 사건도 몇 개 이야기해줬고, "자, 그럼 그들을 대하는 이상적인 방법은 무엇일까?" 하고 다 함께 생각해봤다. 각자에게 실제로 해보라고 하기도 했다.

이 학생들은 미래의 정치가나 사령관이 될 테고, 그렇지 않은 학생도 사회적인 지위는 높아질 것이다. 부하를 거느리는 신분이다.

그들이 아랫사람을 대하는 방법을 잘 모른다면, 과거의 카이트나 전생의 나 같은 자들이 양산될 것이다. 그러면 미랄디아는 서서히 붕괴될 것이다.

물론 대인관계에는 정답이란 것은 없다. 내가 학생들에게 가르쳐줄 수 있는 것은 '부하나 하인과 접할 때에는 거기에 중요한 문제가 숨겨져 있다'는 사실밖에 없었다.

그다음부터는 각자 알아서 생각해주세요. 선생님도 계속 고민하고 있거든요.

"자, 그럼 오늘은 여기까지. 다음에는 좀 더 복잡한 상황을 상정해서, 어떻게 행동하는 것이 좋을지 다 함께 생각해보자."

어휴, 식은땀이 났다.

"선생님!"

강의가 끝난 뒤, 샤티나가 내 곁으로 뛰어왔다.

이 녀석도 대인 능력이 좀 불안해 보이는 학생인데, 10대 소녀라고는 해도 현역 태수이므로 빨리 어떻게든 해야 할 것이다.

"샤티나, 요새는 사자의 멱살을 잡고 마구 흔들거나 하지는 않지?"

"아, 안 그래요!"

내가 처음으로 내 부관 카이트를 만났을 때, 그는 샤티나에게 멱살을 잡혔었다.

돌이켜 보니 그 녀석도 늘 다사다난했구나.

나는 웃었다. 그때 샤티나가 의아해하는 얼굴로 나에게 물어봤다.

"선생님은 어떻게 아랫사람의 고충을 아시는 거예요?"

나는 한순간 뜨끔했다. 그러나 웃으면서 적당히 얼버무렸다.

"나도 처음에는 말단에서부터 시작했거든?"

"아, 맞다. 그랬죠."

사실 마왕군은 쾌적한 직장이었으므로 상사와의 관계 때문에 고생했던 적은 한 번도 없었다. 애초에 직속 상사는 은사님이었고.

굳이 따지자면 전생의 과거 탓이었다.

저절로 이런저런 과거가 떠올라 잠시 추억에 잠겼다. 그 후 나는 활기 넘치는 소녀 태수에게 질문을 던졌다.

"평의회가 예전의 원로원처럼 되지 않으려면, 너나 필니르 같은 젊은이들이 잘해야 해. 기대해도 될까, 샤티나?"

그러자 샤티나는 눈을 반짝반짝 빛내더니 허리를 곧게 펴고 우렁차게 대답했다.

"무, 물론이죠! 기대에 부응하겠습니다!"

기대할게, 신임 태수님.

그런데 그때 아인도르프 가문의 부시녀장이 안으로 들어왔다. 아일리아보다 조금 나이가 많은 이 여자는 오랫동안 아일리아를 모셔온 사람이었다. 시녀라고는 해도 이 사람 정도면 꽤 폭넓은 일을 맡고 있었다. 전생의 세계의 총무과 주임 같은 역할이라고나 할까.

구시가의 태수의 저택에서 일하는 이 부시녀장이 일부러 신시가까지 찾아온 것이 신기했다. 나한테 볼일이 있나? 하지만 그래도 보통은 남자 하인에게 전언을 부탁할 텐데.

"나리, 아직 여기 계셨군요."

"그래, 무슨 일이지? 이자벨 씨."

내 말에 이자벨은 다소 흥분한 것처럼 나에게 말했다.

"공무가 끝나셨다면 오늘은 일찍 돌아와 주시길 바랍니다. 마님께서 중요한 일을 보고하고 싶다고 하셨습니다."

아일리아가?

내가 서둘러 귀가하자, 아일리아가 스승님과 함께 나를 기다리고 있었다.

아일리아의 수줍은 미소. 그걸 보자마자 나는 그녀가 할 말이 무엇인지 깨달았다.

"바이트, 당신에게 중요한 사실을 보고할 거예요."

"응."

나는 겉옷을 벗고 앉아서 아일리아의 다음 말을 기다렸다.

아일리아는 무척 기쁜 것처럼 발그레해진 얼굴로 이렇게 말했다.

"아이가 생겼어요."

그 말을 들은 순간. 안도와 불안이 뒤섞인 듯한 기묘한 감정이 내 가슴속에 퍼져 나갔다.

솔직히 말하자면 자식은 거의 포기하고 있었다. 나는 인간이지만 육체는 인랑이다. 원래 인간을 포식하는 괴물인 것이다. 나와 인간 사이에 자식이 생길 줄은 몰랐다.

그래서 정말 의외였고. 기뻤다.

내가 멍하니 있으니까 아일리아가 좀 불안한 것처럼 나에게 물었다.

"저, 저기. 왜 그래요?"

"아, 아니. 어, 음. 안 될 거라고 생각했었거든. 정말로 기뻐. ……고마워. 아일리아."

나는 아내의 손을 꼭 잡았다.

아일리아는 더더욱 얼굴을 붉히면서 살짝 끄덕거리더니 고개를 푹 숙여버렸다. 부끄러운가 보다.

자식이……, 나에게 자식이 생긴단 말인가.

놀랍다. 역시 다시 태어나길 잘했어.

스승님이 최고로 멋진 미소를 지으면서 나에게 말했다.

"내가 진찰했으니까 그다지 걱정할 만한 일은 없을 거다. 마술 연구 때문에 인체에 관해서는 평범한 의사보다도 더 잘 알고 있거든. ……뼈 말고 다른 것도. 알지?"

"네, 맞아요. 그랬죠."

내가 배운 강화술도 스승님의 의학적 지식에 바탕을 둔 것이니까.

마법을 사용해 뚝딱 치료해버리기 때문에 보통 잊어버리기 쉬운데, 사실 스승님은 명의이기도 했다.

그나저나……. 나는 속으로 이것저것 생각해봤다.

결혼한 지 아직 3개월밖에 안 됐는데. 그 적은 기회를 멋지게 잡았구나.

인랑은 혹시 인간의 근연종이 아닐까?

이 세계에 진화라는 개념이 존재하는지는 몰라도, 어쩌면 인랑은 늑대가 아니라 유인원에서 출발해서 점점 진화해온 종족일지도 모른다. 흥미롭군.

그때 아일리아와 스승님이 무슨 말을 하기 시작했다.

"저 사람이 저런 표정을 지을 때는, 대개 감성과는 거리가 먼 생각을 하고 있다니까요."

"그래, 맞다. 아마도 학술적이고 속된 것을 생각하고 있을 테지."

어떻게 알았지? 생물학적 또는 의학적이라고 할 만한 것을 나도 모르게 생각했었는데.

나는 헛기침을 하고 나서 상황을 수습했다.

"아일리아, 이렇게 빨리 소중한 자식이 생긴 것은 당신 덕분이야. 고마워. 공무는 가능한 한 내가 대신할 테니까, 당신은 푹 쉬어."

"고마워요. 하지만 나는 마왕이잖아요. 공무는 괜찮아요."

"안 돼. 절대로 무리하지는 마."

나는 고개를 옆으로 흔들고 스승님에게 부탁했다.

"스승님, 이 사람이 무리하지 않도록 옆에서 지켜봐주시겠어요?"

"그대가 그런 말을 할 자격이 있나? 만날 무리만 하면서……."

그렇게 투덜거리면서도 스승님은 기쁜 표정을 짓고 있었다.

스승님 입장에서는 제자의 자식은 손자나 마찬가지일 것이다.

"뭐, 그래. 나에게 맡겨라. 인간과 인랑 사이에 생긴 자식이지 않으냐. 인간 의사에게 맡길 수는 없지."

믿음직스럽습니다, 스승님.

나는 스승님에게 질문했다.

"저, 그래서, 남자아이인가요? 여자아이인가요?"

"아직 손톱만 한 아기야. 그런데 그걸 어떻게 알겠냐."

스승님이 아무리 유능해도 그건 모르시나 보다. 아아, 하지만 궁금하다.

아, 맞다. 이름을 지어야지.

"그럼 양쪽 이름을 다 준비해놔야겠네요. 아인도르프 가문의 후계자답게 격식 있는 이름이 좋겠어요. 또 부르기도 쉽고 친근한 이름이어야 해요."

스승님이 무심코 쓴웃음을 지으셨다.

"그대도 참 성급하구나. 아이는 아마 가을이나 되어야 태어날 텐데."

"가을이라고요? 그럼 가을 느낌이 나는 이름이 좋겠네요."

미랄디아에는 그런 풍습은 없었지만, 나는 전생의 감각으로 이름에 계절 요소를 집어넣고 싶어졌다.

"인랑으로 태어나는 걸까……? 아니면 반반 혼혈? 인간?"

"이봐, 좀 진정해라. 그리고 자리에 앉아."

어느새 나는 벌떡 일어나 방 안을 이리저리 돌아다니고 있었다. 스스로 생각했던 것보다 훨씬 더 냉정함을 잃어버린 것 같았다.

나는 다시 자리에 앉았다. 그리고 또 안절부절못하기 시작했다.

"스승님, 마왕군 병원에 산부인과를 신설합시다. 산파들에게 마왕군 군의관들의 기술을 가르쳐줘서 산부인과 의사로 키우는 겁니다."

"거참, 좀 진정하라니까. 아일리아, 그대도 이 녀석에게 한마디 해주지 않겠나?"

아일리아는 뺨에 손을 대고 생글생글 웃고 있었다.

"하지만 이 사람이 이렇게 허둥거려주는 것이 왠지 너무너무 기쁜걸요……."

"어이쿠, 아주 똑같은 녀석들끼리 부부가 되었구나."

스승님은 어깨를 축 늘어뜨렸다.

륜하이트의 산파들은 대부분 정월교도이다. 정월교 지도자인 미티가 산파들을 통솔하고 있었다. 점성술사 미티는 아이의 출생에 함께하는 경우도 많았고, 스스로 산파로 일한 경험도 있었다.

나중에 미티와 상담을 해봤다. 그러자 미티는 출산 전 지도까지 포함해서 전면적으로 협력하겠다고 즉답했다.

그동안 부지런히 정월교를 도와준 보람이 있구나.

내가 간신히 마음을 놓았을 때, 바다 건너에서 상상도 못 한 보고가 들어왔다.

"바이트 님, 보고 드립니다! 크월 연안 지역의 밧자 항구가 누군가에게 공격당했습니다!"

"잠깐만, 밧자 항구에는 미랄디아 군선이 정박해 있잖아? 선원은 무사한가?"

여기서 내전이 발발한다고? 말도 안 돼.

그러나 그 직후에 들어온 상세한 보고 내용은 상당히 안 좋았다.

크월에서 가장 큰 항구인 밧자는 성스러운 대하 메지레 강의 하구에 있다. 메지레 강에서 작은 배로 운반되어 오는 물품을 해외로 수출하는, 아주 중요한 항구였다.

그런데 누군가가 이곳을 공격했다고 한다.

수송용 작은 배에 숨어 들어온 병사들이 항구에 불을 질렀다는 것이다.

다행히 화재는 조기에 발견되어 진화됐다. 창고가 좀 탔을 뿐이지 치명적인 사태가 생기지는 않았다.

무장한 병사의 습격도 있었는데, 항구 설비에 대한 공격이 목적이었는지 사상자는 거의 없었다고 한다.

이 항구에는 미랄디아 군선 두 척이 정박하고 있었다. 이 군선에도 불화살이 날아와서 몇 사람이 부상을 당했다고 한다. 하지만 뭐, 여기까지는 그래도 괜찮았다.

문제는 그 후 연안 제후의 대응이었다.

"연안 제후는 격노했습니다. 이 공격은 크월 왕의 소행이라고 단정 지었어요. 그래서 크월 왕에게 연명(連名)으로 힐문하는 서장을 보냈다고 합니다."

"큰일 났군."

이 공격은 소속 불명의 부대가 행한 것이다. 크월 왕이나 하천 유역 제후가 공격한 것인지는 전혀 알 수 없었다.

나는 아마도 그건 아닐 거라고 생각했다. 이것은 항만 시설에 대한 게릴라성 공격이다. 습격한 놈들은 야음을 틈타 철수했다는데, 군사적으로는 아무런 이득도 없는 작전이었다.

그렇다면 정치적 의미를 지닌 작전일지도 모른다. 우발적인 교전인 것 같지도 않고.

"아무래도 이상해. 연안 제후에게 자중하라고 편지를 보내야겠어. 그리고 미랄디아 군선은 철수시킨다. 외교관과 마전기사도 전부 다."

그러자 나에게 보고하러 온 평의회 문관이 고개를 갸웃거렸다.

"그, 그래도 될까요? 크월 연안 제후는 미랄디아의 명예를 지키기 위해 싸운다고 하던데요……."

망했군. 완전히 이용당한 셈이다.

이것은 역시 연안 제후 측의 누군가가 꾸민 짓이라고 봐도 될 것이다.

나는 긴급 평의회를 소집해서 평의원들과 상의해보기로 했다.

그러자 예상대로 평의회는 시끄러워졌다. 특히 북부 태수들은 전쟁이라면 질색을 했다.

"이것은 틀림없이 누군가의 계략입니다. 지금 당장 철수합시다."

북부의 성새도시 번강의 태수 드네버가 그렇게 주장했다. 온후한 얼굴에 고뇌하는 빛을 띤 채.

"전쟁이란 것은 시작할 때보다도 끝낼 때가 훨씬 더 어렵습니다. 타국의 내전이라니, 그런 것은 그냥 내버려 두는 게 제일 좋습니다."

내 생각도 그래.

그러나 항구를 가지고 있는 태수 두 명은 이제 와서 물러나지도 못하는 상태였다.

"하지만 크월 사람들은 미랄디아의 군선을 지켜주기 위해 필사적으로 싸웠어. 지금도 배를 수리하고 선원을 치료해주고 있어."

그러면서 해적도시 베르자의 태수 거쉬가 팔짱을 끼자, 해운도시 로초의 태수 페트레도 고개를 끄덕였다.

"바이트가 추측한 대로 이번 습격은 연안 제후 측의 계책일지도 몰라. 그러나 그 계책에 동조해주는 것이 장래에는 더 이득이 될 거야. 대충 구색만 맞추는 식으로 파병해주면 돼."

"그러다가 군선이 공격당한 거잖아요?"

그렇게 말한 것은 북부의 채굴도시 크라우헨의 태수 베르켄이었다.

이제는 신중하고 견실한 북부 태수들과, 위험을 감수하고 과감하게 도전하는 남부 태수들의 차이가 눈에 띄게 되었다.

난감하군. 잘 수습하지 않으면 또 싸움이 터질 것 같아.

나는 중립이므로 열심히 중재안을 생각해봤다.

"어……. 그럼, 차라리 내가……."

아, 안 되겠다. 나는 이 자리에 참석한 아일리아를 보자마자 즉시 단념했다.

나는 앞으로 임신 초기인 아내를 보살펴줘야 할 의무가 있다. 다른 나라의 분쟁에 끼어들 여유는 없었다.

"……역시 나는 안 되겠어."

내전이 발발하기 직전이므로, 누구한테 거기 가라고 하기도 뭐했다.

"바이트 님한테 가라고 할 사람은 아무도 없어요."

남부의 교역도시 샤르딜의 태수 아람이 피식 웃으며 말했다. 그러고 보니 이 녀석도 봄에 결혼한다고 했지.

그때 거쉬가 발언을 했다.

"아, 잠깐만. 평의회 자체가 움직일 필요는 없어. 당초 예정대로 우리 해병대를 보낼 거야. 그놈들을 륜하이트에서 일단 철수시킬게.”

베르자 해병대는 현재 륜하이트에 주둔 중이었다. 이미 완전히 도시에 녹아들어서, 마도(魔都)에 연안 지역의 문화를 정착시키고 있었다.

“그 녀석들은 내 사병이니까 외교도 평의회도 다 상관없어. 돈은 내가 낸다. 그놈들에게도 이미 의견을 물어봤어. 어이, 들어와.”

그러자 세기말 스타일의 모히칸 사나이가 평의회 회의실에 불쑥 들어왔다. 해병대장 그리즈였다.

거쉬가 이런 말을 했다.

“우리 해병대는 크월어도 좀 할 줄 알아. 신앙심은 부족하지만 일단 크월인과 같은 정월교도이고, 용병보다 규율이 잘 잡혀 있어. 자, 어때?”

“어떠냐고? 으음……. 이봐, 그리즈. 너희들은 정말로 괜찮아? 이국의 전장에서 싸우게 될 수도 있는데?”

내 말에 그리즈는 유쾌하게 웃었다.

“바이트 나리, 우리는 두목님 명령대로 싸우는 것이 일이에요!”

아니, 말은 그렇게 해도. 바다 건너 원정은 진짜로 힘든 일이거든? 의료와 병참이 잘 갖춰지지 않은 이 세계에서는 특히나 더 그렇고.

하지만 그리즈는 어깨 보호대를 탁 두드리면서 아일리아를 보고 웃었다.

“아, 원래 베르자에는 ‘여자들한테 사랑받고 싶은 녀석은 꼬맹이와 할머니와 임산부에게 잘해줘'라는 말도 있거든요!"

아일리아의 임신 소식은 국가의 미래와도 관련된 일이므로, 평의회 간부라면 누구나 다 알고 있었다. 그리즈도 생긴 것은 모히칸이지만 어엿한 정식 부대의 사령관이었다.

이런 때에는 무슨 표정을 지으면 좋을까? 나는 난감해하면서 그리즈를 쳐다봤다. 흉악한 얼굴로 싱글벙글 웃고 있는 그 거한을.

"보고는 긴밀하게 해줘. 네 글씨는 알아보기 어려우니까 또박또박 잘 쓰고."

"네, 나리."

"그리고 제멋대로 싸우지는 마. 주둔 지점의 방어 이외에는, 꼭 본국의 허가를 받고 나서 해."

"알았어요, 나리."

그러면 대부분의 경우에는 제때 전투할 수 없으므로, 베르자 해병대는 싸우지 않고 넘어갈 것이다.

"그리고 내륙으로의 진군은 허가하지 않을 거야. 기억해둬."

"나리는 우리 어머니보다 더 꼼꼼하시구먼?"

"응, 또 있어. 현지의 풍습과 법률을 준수해줘. 선물은 무턱대고 받지 마. 빚을 졌다가는 몇 배로 갚아야 할 거야."

그리즈가 슬금슬금 후퇴하기 시작했으므로, 나는 슬금슬금 그에게 다가갔다.

주의사항 전달이 아직 안 끝났다.

"그리고 생수는 마시지 마. 수질이 이 동네의 강과는 전혀 다르다고 하니까. 병 걸린다. 돈은 줄 테니까, 그걸로 와인이라도 마셔."

"진짜?! 나리, 뭘 좀 아시네요."

나는 계속해서 말했다.

"그 지역은 곡물이 풍부한 것 같은데, 그래도 바닷물고기는 챙겨 먹어. 굳이 이런 말 안 해도 너희들은 잘 먹을 테지만. 노파심에 하는 말이야."

내 말에 그리즈는 고개를 힘차게 끄덕이더니 호쾌하게 웃었다.

"어, 요컨대 와인을 마시고, 살짝만 구운 참치 스테이크라도 먹으면서 빈둥거리면 된다는 거잖아요?"

"대충 그 비슷한 거지."

"우와! 좋아, 우리한테 맡겨요!"

덩치 큰 모히칸 사나이는 두툼한 자기 가슴을 탁! 쳤다.

아, 맞다.

"하나 더 있어."

"또 있어요?!"

"이 파병은 철저히 정치적인 거야. 억지로 싸울 필요는 없으니, 부하를 한 명이라도 더 많이 무사히 데리고 돌아와 줘. 마도에서 전사한 해병대원들도 여기서 너희를 기다리고 있을 거야."

"……알았어요. 나리."

거한은 고개를 끄덕이더니 나에게 예의 바르게 인사했다.


이리하여 미랄디아 측에서는 크월 연안 제후들을 위한 지원군을 파견하게 되었다.

그 대신 외교관들과 마전기사들은 일시적으로 귀국시키기로 했다.

아무래도 외교관들을 노리는 녀석들이 있는지, 항상 호위병을 붙여주지 않으면 조사와 협성을 할 수 없는 상황인 듯했다. 위험하기 때문에 전원 귀국시키고, 덤으로 좀 더 상세한 정보를 듣기로 했다.

그런데 이렇게 되면 새로운 외교관이 필요할 것이다. 이왕이면 국왕과 회담을 할 수 있을 만큼 대단한 거물이 좋겠다.

그런 생각을 하고 있는데, 파커가 나를 찾아왔다.

"안녕? 바이트. 부인께서 임신을 하셨다면서?"

"응. 아버지가 된다고 생각하니 어쩐지 기분이 묘해."

"나는 미혼이었기 때문에 네 심정을 잘 모르겠어."

왠지 오늘의 파커는 꽤 정상적인 느낌이 든다.

뭐 이상한 거라도 먹었나? 아, 아니다. 이 녀석은 아무것도 안 먹지.

그때 파커가 피식 웃었다. 환술로 만들어낸 웃는 얼굴로 나를 쳐다봤다.

"크월에 누구를 파견하느냐 하는 문제로 고민하고 있다면서? 그래서 내가 입후보하려고."

"당신이 간다고?"

"응. 이런 때를 위해서 나를 관직에 앉히지 않고 일부러 대기조로서 온존해뒀던 거잖아?"

아닌데요?

"아니, 당신은 뭔가 아슬아슬하니까 책임 있는 역할을 맡길 수 없었던 건데……."

그러자 파커는 대놓고 탄식했다. 이어서 빙그레 웃었다.

"넌 참 무례하구나."

"사형한테 그런 말 듣고 싶지는 않아."

나도 덩달아 빙그레 웃고 나서 그에게 물어봤다.

"스승님의 연구는 안 도와드려도 돼?"

"나는 사령술 전문가인데, 그 분야는 선생님이 나보다 더 잘 아시잖아? 게다가 연구조수라면 멜레네 양이 있으니까."

사령술사로서의 실력만 본다면 둘째 제자인 파커가 훨씬 더 유능했다.

나는 그런 생각을 했지만, 파커는 그걸 눈치챘는지 고개를 좌우로 흔들었다.

"나는 독학으로 공부했으니까, 선생님의 연구 방법에 관해서는 멜레네 양이 더 잘 알아. 솔직히 말해서 나는 그분을 도와드릴 길이 없어."

파커는 한숨을 내쉬는 시늉을 했지만, 애초에 그는 숨을 쉬지 않았다.

"선생님을 돕는 것은 멜레네 양과 뤼코, 카이트, 라시만 있어도 충분할 거야. 난 한가해."

"그래?"

나는 사형의 말을 반추하고 머릿속으로 계획을 짜봤다.

파커는 스스로 밝힌 적은 없지만 아무리 봐도 부유층 또는 지식층 출신이었다. 예법과 교양의 수준이 평민과는 달랐다. 정치와 경제에 관해서도 스승님보다 더 잘 알았다.

그리고 파커는 내 속마음을 꿰뚫어 본 것처럼 이렇게 말했다.

"평의회의 외교관들은 우수하지만, 네가 진심으로 원하는 정보가 무엇인지는 모를 거야. 나는 네가 원하는 것쯤은 뭐든지 다 알고 있어."

이건 부정할 수 없다. 그는 내 수법을 잘 알고 있다.

"게다가, 알지? 난 암살당할 염려가 없어. 무슨 짓을 해도 이제는 죽을 수 없으니까."

파커는 생과 사의 영역에서 벗어나버린 존재였다. 사는 것도, 죽는 것도 불가능했다.

인류가 멸망하거나 행성이 소멸하더라도 그는 여전히 해골 모습으로 영원한 시간 속을 헤매는 것이다.

그래서 걱정이 되는데…….

뭐, 어쨌든 그는 평범한 외교관보다 믿음직한 인재였다.

"좋아. 그럼 부탁해도 될까, 파커?"

"물론이지!"

사형은 기분 좋게 웃었다.

나는 아일리아와 스승님과도 의논해본 다음에 파커를 파견 부대에 포함시키기로 결정했다. 표면적으로는 군의관으로서 베르자 해병대와 같이 갈 것이다.

현지에서는 마왕의 밀사라는 신분으로 정치공작 및 조사를 하게 될 예정이다. 사실상 나의 대리인이다. 여차할 때는 해골병을 대량으로 소환할 수 있으니까. 전력으로서도 믿음이 갔다.

아아, 하지만 걱정된다.

이리하여 그리즈 대장이 이끄는 약 200명의 베르자 해병대는 크월의 항구 밧자를 향해 출발했다.

파커가 가기로 했으므로, 그와 친한 인어들도 몇 명 동행해주기로 한 것 같았다. 선단의 초계 임무를 담당해준다고 한다.

그런데 해병대를 조금이라도 더 많이 안전하게 보내기 위해서, 안 그래도 없는 군선을 대부분 동원해버렸다. 이제 우리 미랄디아에는 군선이 거의 없었다. 그 대신 크월에서 돌아오는 두 척의 군선은 귀중한 해상 전력이 될 것이다.


외교관들의 귀환을 기다리는 동안에 이쪽에서도 이변이 발생했다.

어느 날 아침 식사를 하고 있는데 갑자기 아일리아가 자리에서 일어났다.

"어, 아일리아?"

그녀는 손으로 입을 틀어막고 눈빛으로 뭔가를 호소했다.

"토하고 싶어?"

아일리아는 묵묵히 고개를 끄덕였다. 나한테 '그냥 앉아 있어요'란 식으로 손짓하더니 황급히 밖으로 나갔다.

부시녀장 이자벨이 그림자처럼 그 뒤를 쫓아갔다. 그러니 아마 괜찮을 것이다.

나는 즉시 스승님을 부르기로 했다.

진찰 결과는 예상했던 대로였다.

"입덧이구먼. 나는 경험해본 적이 없다만, 숙취에 계속 시달리는 느낌이라고 하더구나."

스승님은 고개를 갸웃거렸다. 입덧도 숙취도 경험해보지 못한 스승님으로서는 잘 이해하기 어려운가 보다.

나는 숙취는 겪어본 적이 있으므로, 그런 상태가 쭉 지속된다고 생각하니 저절로 우울해졌다. 그건 너무 괴롭잖아.

아일리아는 말없이 웅크린 채 소파에 엎드려 바들바들 떨고 있었다. 마왕의 위엄은 전혀 느껴지지 않았다.

평소에는 그토록 청초하고 당당한 사람인데. 왠지 안쓰러웠다.

하지만 함부로 말을 걸거나 등을 쓸어주는 것은 자제하는 게 좋을 듯한 분위기였다. 그래서 나는 어쩔 줄 몰랐다.

"나리, 이 일은 저희에게 맡기세요. 입덧은 저도 경험해봤습니다."

"게다가 아일리아 님을 돌보는 것은 저희의 역할입니다. 걱정하지 마세요."

육아 경험이 있는 베테랑 시녀장과, 아일리아에 관해서는 뭐든지 다 알고 있는 부시녀장이 입을 모아 그렇게 말했다.

아일리아도 창백한 얼굴로 한마디 중얼거렸다.

"미, 미안해요……. 공무를…… 부탁할게요……."

그래, 나는 여기서 허둥거리는 것보다는 일을 하는 게 더 나을 것이다.

"알았어. 그럼 나는 당신의 공무를 대행할게. 무슨 일 있으면 즉시 알려줘."

"네, 나리."

믿음직한 시녀들이 지켜보는 가운데 나는 서둘러 집무실로 향했다. 무거운 책임이 내 등을 누르는 듯한 느낌이 들었다.

이제는 크월에서 무슨 일이 생겨도, 나는 현지로 뛰어갈 수 없겠구나…….

파커 일행의 활약을 기대하는 수밖에 없으리라.


아일리아는 입덧이 꽤 심했다. 식사도 제대로 못 하고 잠도 설치는 상태가 지속됐다.

아일리아는 방대한 마력을 가지고 있지만, 그 사용법을 마스터하지 못했고, 애초에 몸은 인간의 육체였다. 인랑인 나나, 육체가 한낱 장식품에 불과한 스승님과는 달랐다.

그래서 사랑하는 나의 마왕 폐하는 종일 누운 채, 갈아놓은 사과 같은 것을 먹으면서 몸조리를 하고 있었다.

나는 혹시나 아일리아가 죽을까 봐 진심으로 걱정했다. 그런데 입덧은 원래 이런 것이라고 한다. 인랑은 입덧이 아주 약하기 때문에 나는 인간의 입덧이 이 정도로 심각한 줄은 몰랐다.

대화하는 것조차 힘들어 보여서 섣불리 말을 걸 수도 없었다. 곤란하군.

그렇게 곤란한 상태로 며칠이 더 지났다.

베르자의 태수 거쉬가 이쪽에 남아 있는 해병대를 시찰하러 왔는데, 그는 나와 함께 차를 마시면서 히죽 웃었다.

"오, 역시 입덧이 시작됐구나? 야, 바이트. 한동안 언동에 주의해라. 알았지? 아내를 가만히 놔둬. 하지만 절대 방치하면 안 돼."

"어렵군."

"어렵지. 하지만 주의하지 않으면 두고두고 원망을 받을 거야. ……나처럼."

도대체 무슨 일이 있었던 걸까.

우울해하지 말고 말이라도 좀 해줘.

거쉬는 아들 둘과 막내딸을 키우고 있는 아빠 업계의 대선배님이시다. 그래서 거쉬한테서 자세한 조언을 들었다.

"남부 여자는 야무지고 기가 센 편이야. 아일리아도 외유내강처럼 보이니까. 한번 폭발하면 엄청 무서울걸?"

"응, 그렇지……."

아일리아는 미랄디아 동맹이 아직 건재했던 시절에 맨 먼저 동맹에서 이탈하여 마왕군과 손을 잡았던 장본인이다.

거쉬의 아내는 해운도시 로초의 태수 페트레의 딸이다. 교양도 있고 고상한 여성이지만, 거쉬는 완전히 아내에게 잡혀 산다고 한다.

"어, 그러니까. 남자는 그냥 아내한테 꽉 잡혀 사는 게 딱 좋아!"

"정말?"

"정말이지! 너도 아내한테 잡혀 살고 있잖아. 딱 좋아 보여. 실은 빌어먹을 페트레 영감님도 장모님 앞에서는 기를 못 편다니까? 그 나이에도 여전히 홀딱 반해 있어!"

그건 상상이 안 되는데…….

나는 아일리아의 건강을 걱정하면서도 공무 대행을 하느라 정신없이 바빴다.

나보다 우수한 인재는 얼마든지 있지만, 나는 마왕 아일리아의 남편이므로 모두 나에게 서류를 들고 왔다. 내 사인을 받으면 사실상 아일리아의 사인을 받은 거나 마찬가지니까.

그래, 그건 이해하는데. 나는 법률이나 행정 분야에선 초보자라서 전혀 자신이 없었다. 내가 과연 올바른 판단을 하고 있는 걸까?

그래서 미결재 서류들을 끌어안고 저쪽 조직에 가서 상담하고, 이쪽 전문가에게 가서 물어보면서 간신히 그날그날의 일을 처리해 나갔다.

그나저나 걱정인 것은 크월의 정세였다. 편지는 배편으로만 주고받을 수 있으니까, 아무래도 그쪽에서 오는 정보는 최소한 일주일 이전의 정보였다. 답답했다.

돌아온 외교관들의 보고도 받았는데, 조사 능력의 한계를 통감하고 말았다. 이국땅에서 활동하는 것이 상당히 힘들었나 보다. 모두 살이 쭉 빠져 홀쭉해졌다.

나는 그들의 충실하고 근면한 활동을 치하하고, 그들에게 보상금과 봄까지의 장기 휴가를 줬다. 그리고 다음 방안을 생각해 봤다.

현재 연안 제후들은 용병대를 훈련시키고 있다고 한다. 그동안 해상에서의 호위 임무를 주로 담당했던 용병들을 상대로, 대열및 장창 훈련을 실시하는 중인가 보다.

아무리 봐도 조직적인 육상전을 상정한 것이었다.

한편 국왕도 연안 지역과 가까운 도시에다가 직속 근위대를 주둔시켰다.

이 상황에서 곤혹스러워하는 것은 유역 제후들이라고 한다. 그들은 계속해서 "우리는 상관없어요!" 하고 양쪽에 하소연하고 있는 모양이다. 불쌍하게도.

그런데 이대로 있으면 교역도 제대로 못 하고, 교역으로 돈을 왕창 벌어서 미랄디아를 발전시키려는 계획에도 지장이 생긴다.

화국의 외교관이기도 한 후미노도 나에게 진정을 하러 왔다.

"우리나라의 종이와 견직물과 도자기. 그것은 전부 다 수출을 목적으로 인재 육성 및 증산에 힘쓰고 있어요. 그러니 이대로 있으면 그것들이 국내에 남아돌게 될 겁니다."

"우리도 기존 항로를 활용해서 교역을 중계함으로써 돈을 벌려고 했거든. 그래서 지금 곤란해졌어."

후미노는 자신이 가져온 떡을 난롯불에 구우면서 나에게 질문했다.

"바이트 님, 어떻게 해결할 방법이 없을까요?"

"음, 해결하고 싶긴 한데……."

후미노는 힐끔 나를 보더니 의미심장하게 웃었다.

"우리는 부하를 그쪽 현지에 잠복시켜놨습니다. 단, 병사가 없습니다."

나는 그 표정의 의미를 이해하고 떨떠름하게 대답했다.

"우리는 병사는 조금 보내놨는데, 정보를 수집할 사람이 부족해."

후미노는 희색을 띠면서 떡을 뒤집었다. 색깔을 보니 잘 구워졌구나.

"다시 한번 손을 잡을까요?"

"화국에는 빚을 졌었지. 아주 커다란 빚을. 그런데 어떻게 거절하겠어."

"후후."

후미노는 구운 떡을 들고 오더니, 간장종지까지 곁들여 나에게 내밀었다.

"자, 그럼 '떡'을 우리 함께 사이좋게 나눠볼까요?"

"음, 그래……."

어쩐지 요즘에는 모두 나를 구슬리는 기술이 좋아진 것 같다…….

\*          \*

〈파커의 보고서〉

안녕? 바이트. 아니, 부관 각하라고 부르는 게 좋을까?

하하하. 싫어하는 네 표정이 보이는 것 같아.

아, 우선 보고부터 할게.

베르자 해병대에서 선발된 188명의 병사들은 그리즈 대장의 지휘하에 크월 왕국의 밧자 항구에 도착했어.

예상대로 환대를 받았지. 원군이 거쉬 경의 사병이라는 이야기를 듣더니 노골적으로 실망하는 게 보였지만.

로초의 태수 페트레가 조용히 관망하는 것에 관해서는, 그들도 사정을 이해해주는 것 같았어.

만약에 국왕이 연안 지역을 제압한다면, 국왕은 적에게 원군을 보내준 베르자하고는 교역을 안 해줄 테니까. 로초는 중립을 유지하는 것이 정답이야.

어떤 사태가 일어나도 괜찮도록 미리 준비해두는 것이 외교의 기본이잖아? 그래서 연안 제후들도 그 점에 관해서는 불만이 없는 것 같았어.


그리고 크월 왕 말인데.

이름은 파잠 2세. 세상 물정 모르고 낭비벽이 심한 인간이라는 것은 너도 알지? 아직 20대인 젊은이인데, 미녀들을 후궁에다 들여놓고 시나 짓는 생활에 푹 빠져 있나 봐. 부러운 삶이야.

단적으로 말해 정치가로서는 무능해. 아마 군인으로서도 무능하고. 문화인으로서는 의외로 나쁘지 않을 것 같지만.

하지만 이 나라에서는 왕은 '정숙한 달에서 내려온 신의 자손'이라고 하니까. 아무도 그에게 뭐라고 하지 못해. 이것도 소문으로 들은 바와 같아.

이 나라의 왕은 절대적 권위로 나라를 지배하고 있으므로, 그 권위를 무시하는 자들이 힘을 기르면 위험해질 거야. 마치 네가 원로원 따위는 신경도 안 썼던 것처럼.

다행히 제후들은 왕의 권위를 두려워하고 있어. 연안 지역의 제후들도. 왕 대신 내륙의 제후들을 공격함으로써 간접적으로 왕을 협박할 생각인가 봐.

물론 이것도 충분히 불손한 행위이기 때문에 모두 내심 겁내고 있지만.

이 와중에 신경 쓰이는 것이 있어. 연안 제후가 고용한 용병들.

그들은 사기가 높아. ……아니, 지나치게 높다고나 할까. 인수인계를 할 때 마전기사들도 그렇게 말했고, 나와 같이 시찰한 그리즈 대장도 똑같은 말을 했어.

용병이 그렇게 솔선해서 일하다니. 왠지 기분 나쁜 장면이야.

그들로서는 돈만 받고 아무것도 안 해도 되는 상황이 제일 좋을 텐데.

그런데도 열심히 훈련에 임하고, 정찰이나 경비 임무도 정력적으로 수행하고 있어. 참으로 묘한 분위기야.

용병들은 왕과 제후의 오랜 맹약과는 무관하기 때문에 무슨 짓을 할지 몰라. 암묵적 협정이 존재하는 사람들끼리 벌이는 전쟁과는 달라. 무궤도한 위협이 있는 거야.

그런데 그들은 규율도 잘 잡혀서 마치 정규군 같아. 잘 단련되어 있고, 그 지역 주민들과도 사이가 좋아.

뭐, 여기까지는 평범한 외교관이라도 쓸 수 있는 내용이지. 중복된 정보도 많을 거야. 네가 알고 싶은 것은 좀 더 깊이 있는 이야기지?

그래서 내가 나름대로 조사해본 내용을 보고할게.

이 나라에는 마족은 없는 것 같아. 강 상류의 오지로 들어가면 기묘한 녀석들이 있다고 하는데, 이민족인지 마족인지조차 정확히 알 수가 없어. 여기서는 충분한 정보를 얻기가 어려워.

이민족이라고 하면 유목민이 있는데, 그들은 크월인에 대해선 중립적인 위치야. 교역과 약탈이라는 두 가지 관계로 연결되어 있지. 유목민도 정월교도이고, 근본을 따지자면 그들의 조상은 같다고 해.

그리고 마법 말인데. 마법의 수준은 높지 않아. 미신과 마법이 뒤섞여 있어.

가벼운 주술 형태로 초보적인 것이 널리 사용되고 있는데, 이를테면 우물 파는 기술자는 물을 탐지하는 주술을 사용하기도 해. 하지만 전문적인 마술사는 없는 것 같아.

나라가 풍요로우니까 마법을 연구할 필요가 없었던 걸까? 아니면 느긋한 국민성 때문일지도 몰라. 흥미로워.

그리고 용사를 만들어낼 만한 '무언가'는 아직 전설 속에서도 찾아내지 못했어.

물론 연안 지역에는 비교적 최근에 생긴 도시들이 많으니까. 조사를 할 거면 내륙 지방으로 가야겠지. 기회가 있으면 조사해볼게.

자, 이번에 보고할 것은 이 정도야. 어때? 조금은 너에게 도움이 됐을까?

응, 그래. 네 표정이 상상이 된다. 며칠 내로 또 보고서를 보낼게.

넌 바쁠 테니까 급하게 답장할 필요는 없어. 너희 부부는 가족이 된 지 얼마 안 됐잖아. 일보다는 새로운 가족을 소중히 여겨줘. 형으로서 충고해주는 거야.

그럼 안녕.

*        *

"이 녀석의 글은 왜 이렇게 짜증이 나지⋯⋯?"

나는 눈살을 찌푸리면서도, 요점 정리가 잘된 사형의 보고에 감사했다.

협상을 할 수 있는 마술사라는 것은 의외로 귀중했다. 파커는 그런 의미에서도 믿음직스러웠다.

아마 사령술도 구사했을 텐데, 그렇다 쳐도 참 빠르고 정확하구나.

단, 파커는 기후 등에 관해서는 전혀 언급하지 않았다. 그는 더이상 더위도 추위도 느끼지 않고, 식사도 하지 못한다. 쓰고 싶어도 쓸 수 없었던 것이리라. 좀 가여웠다.

딱 한나절만이라도 좋으니까 그의 미각이 돌아온다면, 크월의 설탕 과자를 배 터지게 먹여줄 텐데.

한편 아일리아는 여전히 쓰러져 있었다. 그래도 입덧이 덜한 날과 심한 날이 있어서, 좀 덜한 날에는 평범하게 대화하는 것도 가능했다.

아일리아는 가끔 아련한 눈빛으로 "고기 먹고 싶다⋯⋯"라고 중얼거리기도 했는데, 고기 굽는 냄새만 맡아도 토하기 때문에 결국 갈아놓은 사과와 빵죽밖에 못 먹었다.

또 최근에는 그 빵죽도 못 먹게 되어서, 사과만 먹으며 버티고 있었다.

"이제 사과는 지겨운데, 사과밖에 못 먹어요……."

나는 아일리아를 격려해주고 싶었다. 하지만 쓸데없는 말을 하면 오히려 아일리아에게 상처를 주게 될 것 같았다. "힘내"도, "나도 알아"도, "조금만 더 참아"도 전부 다 안 된다! 하고 시녀들과 산파들이 조언해줬다.

맹렬한 숙취 같은 증상이 몇 주일이나 끊임없이 지속된다면, 그런 말을 들어봤자 오히려 울화가 치밀 것이다. 남자인 나도 직감적으로 알 수 있었다.

아니, 나도 안다는 말은 금지였지. 그럼 난 어떻게 해야 하나…….

그래서 나는 조용히 고개만 끄덕이는 것이 고작이었다.

꽤 오랫동안 이런 상태이다 보니, 달콤한 신혼 생활이 멀어지는 것 같아서 무척 쓸쓸했다. 아일리아와는 직장 동료로서도 오래 사귀어온 사이였으므로 더욱 그랬다.

하지만 임신 중인 아내와 곧 태어날 우리 아이를 위해서라도, 나는 열심히 일하는 수밖에 없었다.


그리고 2인분의 공무를 수행한다는 것은, 서류 작업 전문가인 나에게도 상당히 버거운 격무였다.

본디 마왕은 최고 책임자이므로 자잘한 보고를 직접 받을 필요는 없을 것이다. 그러나 이 나라는 세워진 지 얼마 안 되었다. 시스템이 정비되지 않았다.

그래서 최고 책임자의 부담이 컸다.

"이게 뭐야……? 멜레네 선배의 연구 보고서? 조혈술(操血術)이라고?"

사령술과 치유술을 융합시켜서, 흡혈귀의 식량인 인간의 피를 늘리는 기술을 창조했다고 한다. 이로써 인간에 대한 부담을 줄일 수 있다는 것이다.

아니, 물론 그건 굉장하다고 생각하는데. 마왕에게 직접 보고할 만한 내용인가? 음, 그래. 이건 스승님과 크루체 기관장에게 넘겨야겠다.

그다음 일은 륜하이트 주조조합과 목공조합의 중재였다. 술통의 치수 같은 걸로 싸우지 말아줬으면 좋겠는데…….

소장만 읽어보면 아무래도 이권 다툼인 듯했다. 일단 상공회장로들에게 넘겨야겠다. 제발 최고 책임자에게 다짜고짜 직소하지는 말아주세요.

어, 그리고 이것은 미궁도시 자리아의 태수 샤티나가 보내온 보조금 신청서인가. 성벽 건설 예산이 부족해진 것 같았다.

지금은 이쪽도 돈이 없는데. 크월과의 교역에 지장이 생겨서. 하는 수 없지, 다음 평의회에서 다 함께 의논해볼까.

아무튼 이런 일이 잔뜩 있었다.

그런 나에게 뜻밖의 구원이 되어준 것이 평의회였다. 태수들의 모임.

인간 태수들은 대부분 유부남이라 다들 자식이 있었다.

예외는 아람과 워로이, 샤티나밖에 없었다. 그 외에는 마족인 멜레네 선배와 필니르.

나머지 열네 명은 전원 처자식이 있었다.

모두 후계자 문제가 있으므로 일찌감치 결혼했고, 자녀 교육에도 적극적으로 참여하고 있었다. 후계자 육성도 그들의 업무이기 때문이다.

"삼국에 이름을 떨친 흑랑 경도 아내의 입덧 앞에서는 맥을 못 추는 것 같네요."

그러면서 웃는 사람은 북부의 성새도시 번강의 태수 드네버였다.

"저도 아내가 임신했을 때는 자주 혼났습니다. 아버지는 무력한 존재예요."

그의 말에 모두 쓴웃음을 지었다.

이어서 해운도시 로초의 페트레 영감님이 신난 것처럼 아람에게 말했다.

"이봐, 아람. 너도 잘 봐둬라. 이것이 처자식을 가진 남자의 말로니까."

교역도시 샤르딜의 젊은 태수 아람은 조만간 결혼할 예정이었다.

"아니, 저는, 아직 후계자는……."

"빨리하는 게 좋아. 자식을 빨리 낳으면 그만큼 오래오래 함께 있을 수 있으니까……. 뭐, 이쪽은 전원 시집가버렸지만."

페트레 영감님에게는 세 딸이 있는데 이미 다들 결혼했다. 뮈레의 아버지인 무역상이 일단 페트레의 데릴사위이긴 한데, 그는 이 데릴사위가 마음에 안 드는 것 같았다.

"그놈은 글러 먹었어. 당장 눈앞의 돈벌이에만 급급하고 정치에 관해선 일자무식이라서, 태수 역할을 맡길 수가 없어. 우리 딸자식들은 하나같이 내 마음에 안 드는 놈들이랑 결혼했다니까."

"이봐요, 설마 나도 거기 포함되는 건가?"

해적도시 베르자의 태수 거쉬가 날카롭게 장인어른을 노려봤다. 거쉬도 페트레의 사위 중 하나였다.

"당연하지! 네가 제일 마음에 안 들어! 저세상에 있는 글라스코가 이 이야기를 들으면 박장대소할 거다. 하필이면 그놈의 아들에게 내 딸을 주게 되다니."

"아, 뭐 어쩌라고?!"

하지만 이러쿵저러쿵해봤자 실은 제일 마음에 들어 하잖아요?

평의회에서 토의를 전부 다 마친 다음에는 이렇게 아저씨들끼리 수다를 떠는 것이 정해진 코스였다. 원로원 시대부터 태수들이 모이면 대체로 이런 분위기였다고 한다.

태수들의 원활한 관계를 구축하기 위한 중요한 시간이지만, 확실히 이런 것은 독신 시절의 아일리아에게는 불편했을 것이다.

그런데 내가 결혼한 뒤로는 태수들이 다들 은근히 친절해졌다. 또 아일리아의 임신 소식을 듣고 나서는 더더욱 친절해진 것 같았다.

인간은 차이점이 있으면 대립하기 쉬운데, 공통점이 있으면 친근감을 느낀다. 사생활의 공통점은 특히 더 그렇고.

아마도 태수들은 나를 '아빠 동지'로서 받아들여준 듯했다.


내가 아일리아의 입덧을 걱정하고 크월의 정세에도 불안함을 느끼는 동안에 시간은 흘러 몇 주일이 지났다. 드디어 미랄디아에도 봄이 왔다.

아일리아의 입덧도 이제는 많이 나아져서 나는 안심했다.

아일리아는 후미노가 들고 온 떡이 유난히 마음에 드는 것 같았다. 최근에는 떡만 먹고 있었다. 빵죽은 토하는데 떡은 괜찮은가 보다. 무슨 메커니즘인지 모르겠다.

그런데 미랄디아인은 떡의 식감을 좋아하지 않으므로 찰벼는 재배하지 않는다.

사랑하는 아내를 위해서 후미노에게 떡을 좀 구해 달라고 부탁해야겠다. 이렇게 또 빚을 지는구나.

"떡은 화국에서도 특별한 음식이야. 벼는 바람에 의해 수분이 이루어지는데, 그러면 찰벼와 일반 벼가 교잡하게 되거든. 그리고 찰벼는 일반 벼보다도 혈통이 약하기 때문에 찰벼를 키우려면 따로 격리해서 키워야 해."

"그렇다면 귀중한 것이겠네요……. 이 입덧이 끝나면, 후미노 님에게는 제가 직접 고맙다고 인사를 드려야겠어요."

나는 찰벼를 좀 더 설명하고 싶었지만, 시녀들이 '그만해!'란 눈빛을 보냈으므로 얌전히 입 다물기로 했다.

아일리아는 잘게 썰어놓은 구운 떡을 그냥 먹고 있었다. 어떤 맛이 추가되면 안 된다고 한다. 안타깝다.

내가 아내와 떡 같은 것을 먹으면서 느긋하게 일하는 동안에 크월에서는 점점 더 정세가 악화되고 있었다.

그러다 마침내 가장 두려워하던 것이 왔다.

"바이트 님, 보고 드릴 것이 있습니다. 즉시 집무실로 돌아와주세요."

내가 대학에서 협상술 강의를 하고 있는데 후미노가 뛰어 들어왔다.

후미노의 표정과 냄새를 통해 나는 사태를 파악했다. 결국 그것이 와버린 건가.

"좋아, 나머지 시간은 자습이다. 2인 1조로 협박하는 방식을 연습해둬. 협박하는 요령은 상대에게 도망칠 곳을 마련해주고, 그쪽으로 잘 몰아가는 것이다. 강인함과 부드러움을 잘 구별해서 사용해야 해."

나는 학생들에게 자습하라고 지시한 뒤 서둘러 돌아갔다.

집무실로 돌아갔더니, 화국의 닌자가 나를 기다리고 있었다.

"바이트 님, 크월 연안 제후가 반란을 일으켰습니다. 연안 제후의 군대 8,000명과 용병대 정예 3,000명이 왕도 엔칼라가를 향해 진군을 개시했습니다."

무역상으로 변장한 닌자는 현지에서 봤던 것을 나에게 이야기해줬다.

연안 제후는 국왕을 힐문하는 서장을 보냈는데, 이에 대한 답장이 상당히 험악한 내용이었나 보다. 그래서 연안 제후는 이제

일각의 유예도 없다고 판단한 듯했다.

1만 명이 넘는 연안 제후의 군대는 메지레 강을 역류하는 듯한 루트로 왕도 엔칼라가를 향해 진군하고 있다고 한다. 그 기세가 엄청나서 마치 해일 같다는 것이다.

"설마 진심으로 국왕과 싸우려는 건가?"

크월에서 국왕은 권위의 상징이다. 그와 동시에, 제후에게 통치권을 주는 존재이기도 하다.

전생의 세계로 치면 국왕은 조정이고, 제후는 각각 작은 막부인 셈이다(과거 막부 시대의 일본에서는 조정은 상징적인 권위를 지녔고, 실권은 쇼군이 쥐었다).

크월어로 '왕'을 뜻하는 단어는 '디야메지레'이다. 그 어원은 '성하(聖河) 메지레의 소유자'라고 한다. 메지레 강은 모래 한 알과 물한 방울까지도 전부 다 왕의 소유물이고, 제후는 그 유역을 빌려쓰고 있는 것에 불과하다는 것이다.

고로 국왕을 배제한다는 것은, 제후 본인의 권위를 부정하는 것이나 마찬가지였다.

그때 닌자가 납작 엎드리더니 나에게 대답했다.

"아뇨, 그들도 그런 생각까지 하는 것 같진 않았습니다. 친하게 지내는 귀족의 이야기에 의하면, 국왕과 유역 제후들을 항복하게 만들어서 국왕을 고립시키는 것이 목적이라고 합니다."

하긴, 그렇게 하면 '제후들끼리의 내분'이란 체재는 성립될 것이다. 그러나 그 실태는 당연히 강제로 국왕의 생각을 뜯어고치려는 것이리라.

국왕 직속 군대는 직할지를 지키는 근위대밖에 없었다. 전부 긁어모아도 4,000명 정도로 추정되므로, 반란군한테 포위당하면 승산이 없다.

이제는 유역 제후들이 어떻게 움직이느냐가 문제이다. 그들이 일치단결하여 반란 진압에 나선다면 충분한 병력을 모을 수 있을 것이다.

물론 그럴 경우에는 바다와 가까운 하류 도시는 전투로 인해 큰 손해를 입을 테지만.

"하류에 있는 유역 제후의 동향은?"

크월에서 돌아온 닌자는 즉답했다.

"예의 귀족의 이야기에 의하면, 하구 근처의 제후와는 전부 '싸우지 않는다'는 밀약을 맺었다고 합니다. 겉으로는 연안 제후의 항복 권고에 응하는 형태로, 이번에는 중립을 유지한다고 합니다."

"그렇군."

전쟁은 저쪽 상류에 가서 하라는 건가.

유역 제후는 자기들의 밭과 연안 제후의 항구만은 무조건 사수해야 하므로, 연안 제후와 싸운다는 것은 어불성설일 것이다.

나는 앞으로 어떻게 될지 생각해봤다. 그리고 한숨을 쉬었다.

"국왕 측이 열세구나. 하지만 그것도 자업자득이니까. 알아서 감수하라고 해야지."

크월의 국왕은 미랄디아에게는 중요한 존재가 아니었다. 지키고 싶은 것은 설탕과 항구밖에 없었다.

단, 국왕의 권위가 약해지면 크월 국내에서 어떤 일이 일어날지 모른다. 그것이 설탕과 항구를 위험하게 만들 가능성은 있었다.

그리고 역시 동정심도 있었다. 이런 경우에 희생되는 것은 서민이다.

"어쨌든 이제 와서 군대를 보내봤자 이번 내란에는 합류하지 못해. 거쉬 님에게 부탁해서, 베르자 해병대한테는 대기 명령을 내리라고 해야겠어."

"알겠습니다. 그럼 우리 첩자들도 보조를 맞추겠습니다."

현지에서는 이미 반란이 발생한 지 며칠이 지났다. 허둥거려봤자 아무 소용도 없다. 어쩌면 내란이 벌써 끝났을 가능성도 있다.

내가 현지로 간다면 어떻게든 대처할 수 있을지도 모르지만, 그것은 불가능하다. 마왕의 부관으로서, 또 아일리아의 남편으로서 나는 이곳에 있어야 할 의무가 있으므로.

곤란하구나.

그런 생각을 했는데, 다음 날 더더욱 곤란한 정보가 들어왔다.

"부관님, 큰일 났습니다! 파커 님이 전쟁터에서 행방불명되셨다고 합니다!"

"뭐라고?!"

베르자 해병대의 그리즈 대장이 보낸 보고서에 의하면, 파커는 내륙 지역으로 조사하러 간 이후로 돌아오지 않았다고 한다.

무슨 일이 있었는지는 그저 상상할 수밖에 없었는데, 아마도 조사 도중에 내란이 터져서 파커는 돌아오지 못하게 된 것 같았다.

베르자 해병대에게 내륙 지역으로 진군하지 말라고 명령한 것은 나였으므로, 그들에게 찾으러 가라고 할 수도 없었다. 해병대는 현재 밧자 항구의 수비에 협력하고 있다고 한다.

정말이지, 멍청한 사형…… 메지레 강이 있으니까 시체인 척하고 강물에 떠내려오면 되잖아? 어휴, 진짜 난감하네. 진정이 안 돼.

파커는 불사신이지만 마음은 보통 인간보다도 약했다. 전란에 휘말린다면 그의 정신이 어떤 영향을 받을지 모른다.

해골병 대군이 인간을 덮친다는 정보는 없으니까, 아마 파커는 어딘가에 숨어서 자중하고 있을 것이다. 제발 그랬으면 좋겠다.

그런데 이상한 점이 있었다. 파커가 내륙 지역으로 처음 본격적인 조사를 하러 떠난 것과, 반란이 일어난 것이 똑같은 타이밍이란 점이었다.

이것만 본다면 우연의 일치 같지만, 그리즈의 말로는 파커의 예정을 끈질기게 캐고 다니는 녀석들이 있었다고 한다.

밧자 항구의 용병대였다.

그들은 파커를 호위하고 싶다고 했는데 파커는 정중하게 사양했다.

무례함의 결정체 같은 그 녀석이 굳이 사양한 것을 보면, 어지간히 경계하고 있었나 보다. 파커는 상대를 보고 얼마나 무례하게 굴지 결정하는 타입이다. 고로 예의를 차릴 때는 주의해야 한다.

파커의 보고서에도 적혀 있듯이 용병들의 움직임은 영 수상했다. 뭔가 숨기는 것이 있는 듯했다.

나는 파커가 무사하기를 빌면서 그날의 공무 대행을 마쳤다.

이상하게도 오늘은 똑같은 서류를 몇 번이나 잘못 썼다. 내일부터는 누군가에게 필기를 부탁해야겠다.

나는 아일리아에게 오늘 일을 끝냈다는 사실을 보고하고, 저녁 식사를 하는 그녀의 모습을 지켜봤다.

내 식사는 그다음이다. 아일리아는 음식 냄새에 민감해진 상태이므로, 내가 식사할 때 동석할 수는 없었다.

그래서 나는 아일리아의 식사 장면을 쭉 지켜봤다. 요새는 식사량이 웬만큼 회복되어서 나도 조금 안심했다.

그런데 아일리아가 구운 떡을 먹다가 문득 웃었다.

"요즘에는 음식 냄새를 맡아도 구역질이 거의 안 나게 되었어요. 고모비로아 님과 미티 님의 진단에 의하면, 이제 곧 입덧도 가라앉을 거래요."

다행이다. 그러면 다시 함께 식사할 수 있겠구나.

아일리아는 그렇게 말하더니 갑자기 어두운 표정을 지었다.

"파커 님의 이야기는 들었습니다. 현지에 가고 싶죠?"

알고 있었구나. 하긴, 아일리아가 최고 책임자이니까…….

"가능하다면 가고 싶지. 하지만 안 돼."

아일리아의 공무를 대행할 수 있는 인물은 하나같이 요직을 맡고 있으므로, 내가 없는 동안 공무 대행을 맡길 만한 사람이 없었다.

그런데 아일리아가 이런 말을 했다.

"내 입덧도 많이 나아졌으니까요. 이제는 괜찮아요."

"난 당신을 두고 갈 생각은 없어."

분쟁 지대로 가는 해외 출장이잖아? 물론 무사히 돌아올 수 있을 거라고 생각하지만, 그래도 아일리아는 나를 걱정할 것이다.

그런데도 아일리아는 고개를 옆으로 흔들었다.

"절박한 사태입니다. 이제는 나도 공무에 복귀할 수 있게 되었으니, 한가하게 쉬고 있을 때가 아니에요."

"아, 아냐. 좀 더 푹 쉬어. 당신과 아이에게 혹시라도 무슨 일 있으면 어쩌려고 그래?"

그러자 아일리아는 허리를 쭉 펴더니 공무 수행 중의 늠름한 표정을 지었다.

"나는 당신의 아내예요. 전설의 인랑, 흑랑 경 바이트의 아내입니다. 남편의 다정함에 계속 의지할 수는 없어요."

그렇게 말한 직후에 약간 비틀거렸다. 어휴, 진짜. 다들 왜 이렇게 무리를 할까.

나는 아일리아를 쉬게 해주려고 했는데, 그녀는 단호하게 말했다.

"마왕으로서 부관 바이트 경에게 명령합니다. 즉시 크월로 건너가서 사태를 타개하기 위해 노력해주세요. 내란을 조기 종결시킴으로써, 크월에 대한 미랄디아의 권익을 보호하는 겁니다."

크월에 대한 미랄디아의 권익. 한마디로 말해 교역의 권리이다.

여기에는 연안 제후와의 인맥, 항구 이용권, 미랄디아어를 할 줄 아는 양심적인 무역상, 오랫동안 거래해온 사탕수수 농장 등도 포함된다.

또 미랄디아의 수출품을 좋은 가격에 구입해주는 무역상도 그렇고.

모두 다 미랄디아의 국고를 풍요롭게 하는 데 필요한 '재산'이고, 한번 잃어버리면 회복하는 데 오래 걸린다.

미랄디아 입장에서는 크월의 내전 따윈 아무래도 상관없는 일이었다. 빨리 끝내버리는 게 좋을 것이다.

"물론 그것은 중요한 일이지만…… 정말로 그래도 돼?"

"네. 나도 어머니가 되어야 하잖아요. 어머니는 아주 강한 존재라고 들었습니다."

어머니를 모르는 아일리아는 창백한 얼굴로 생긋 웃었다.

그리고 좀 부끄러워하면서 말을 덧붙였다.

"그러니까, 조금만…… 손을 잡아줄 수 없나요? 그냥 손만 잡아주면 돼요."

아일리아는 아직도 가끔 느껴지는 메스꺼움과 싸우고 있었다. 그래서 포옹을 당하면 컨디션이 나빠졌다.

"사랑하는 폐하가 원하신다면 기꺼이 그럴 겁니다."

나는 아일리아의 손을 살며시 잡았다. 창백하고 서늘한 손이었다.

이렇게 된 아내를 놔두고 크월에 가고 싶지는 않았지만, 파커와 베르자 해병대도 걱정이 되었다.

"출산할 때까지는 돌아올게. ……이번에는 늦지 않을 거야."

그러자 아일리아가 웃었다.

"괜찮아요. 무사히 돌아오기만 한다면, 늦어도 상관없어요."

미안해요. 매번 꼭 이렇게 돼서.

*     *

〈얼어붙은 태양 아래에서〉

파커는 양피지와 펜을 작은 주머니에 집어넣고 천천히 일어났다.

"슬슬 나오지 그래? 너희 세 사람이 밧자에서부터 내내 나를 쫓아다니는 것은 알고 있었어."

강변의 수풀 속에서 무장한 전사들 세 명이 나타났다.

파커는 그들을 본 적이 있었다. 밧자 공이 최근에 고용한 용병들이었다.

"난 너희에게 같이 와 달라고 부탁하지 않았는데. 무슨 볼일이지? 일단 너희들은 '아군'이니까 가능한 한 원만하게 해결하고 싶어."

안 그러면 우리 사제한테 혼난단 말이야. 파커는 속으로 그렇게 중얼거렸다.

용병들은 여전히 입을 다문 채 길쭉한 나이프를 뽑았다. 그 도신은 새까맸다. 아마도 독을 바른 것이리라.

파커는 탄식하는 시늉을 했다. 그리고 용병들에게 유창한 크월어로 경고했다.

"목숨은 소중한 거야. 적어도 목숨은 잃고 싶지 않은데, 어떻게 생각해?"

그래, 이건 경고였다.

그러나 용병들은 그렇게 생각하지 않았나 보다. 그들은 파커를 포위했고, 그중 한 명이 입을 열었다.

"이미 들켜버렸으니까 그럴 수는 없어."

억양은 몹시 이상했지만, 그것은 미랄디아어였다.

'그렇다면…… 이제는 어쩔 수 없군.'

파커는 쉽게 포기했다.

"하는 수 없지. 그럼 여기서 죽자."

"응, 미안하지만 그렇게 해줘."

전사들이 나이프를 들고 이쪽으로 돌진했다.

파커는 전혀 움직이려고 하지 않았다. 세 방향에서 날아오는 칼을 그대로 받아냈다.

그런데 그 직후, 용병들은 경악한 표정을 지었다.

"윽?!"

파커의 목울대도, 옆구리도, 명치도 텅 비어 있었다. 당연히 있어야 할 살도 장기도 없었다. 옷 아래에는 뼈 말고는 아무것도 존재하지 않았다.

"너, 너 뭐야?!"

용병들이 그렇게 외침과 동시에 파커는 장갑을 벗었다. 그 손가락은 하얗게 말라버린 가느다란 뼈만 남아 있었다.

"눈치챈 것 같구나. ……죽는 것은 너희들이야."

파커의 손가락이 용병 한 명을 건드렸다. 환영의 껍질을 벗어던진 해골은 다 드러난 이빨들 사이로 저주의 말을 뱉어냈다.

"죽음이여, 장악해라."

곧바로 그 용병은 털썩 쓰러졌다. 더 이상 꼼짝도 하지 않았다. 상처 하나 없었지만, 이미 완전히 죽어버렸다.

"흐어억?!"

용병이 비명을 질렀다. 그 순간 또 한 명이 쓰러졌다. 파커의 손가락이 닿은 것이다. 벌써 숨이 끊어졌다.

마지막 용병은 달아나려고 했다. 그러나 그의 몸은 전혀 움직여지지 않았다. 그의 영혼은 이미 사령술사의 완전한 지배를 받고 있었다.

나이프를 쥐고 경직된 채, 그 용병은 비통하게 부르짖었다.

"이, 이 괴물아!"

"응, 맞아. 나는 괴물이야."

파커는 겁먹은 용병의 이마를 건드렸다. 축복을 내리는 성직자 같은 손짓으로.

마지막 용병이 무너지듯이 흙탕 위로 쓰러졌다. 대하의 물소리가 사방에 울려 퍼졌다.

파커는 주위에 적이 존재하지 않는다는 것을 확인한 뒤 장갑을 꼈다. 손끝에 깃들었던 죽음의 주문을 해제했다.

그는 텅 빈 눈구멍으로 죽은 자의 영혼을 바라보더니 그들의 목소리에 귀를 기울였다.

"아, 그래. 내가 이것저것 캐고 다니니까 방해가 됐던 거구나. 그래서 전투의 혼란을 이용해 암살하려고 했다고. 외교관인 나를 죽이면, 훌륭한 전란의 불씨가 될 테니까."

멀리 떨어진 곳에서는 밧자 공의 용병대가 진군하고 있었다. 유역 제후의 성새를 향해.

돌아가는 것은 위험하다. 파커는 해골을 쓰다듬면서 환술로 생전의 얼굴을 만들어냈다.

여기서는 해골만 남은 맨 얼굴을 아무에게도 보여줄 수 없었다. 사랑하는 친구도 스승도 없는 이국의 땅이다. 마음 터놓을 수 있는 누군가와 이야기를 나누고 싶었지만, 지금은 그것도 이루지 못할 꿈이었다.

머리 위에서는 크월의 작열하는 태양의 햇볕이 내리쬐고 있었는데, 파커는 손상된 망토로 자신의 해골 몸을 감쌌다.

"바이트…… 여기는 정말 춥다."

착 가라앉은 목소리로 중얼거리더니, 그는 군대를 피해 도망치듯이 조용히 걸음을 옮겼다.

\*　　　\*

나는 훌륭한 아내에게 감사하면서 즉시 바다를 건널 준비를 했다. 크월의 소동을 얼른 해결해버리고, 덤으로 파커도 한시라도 빨리 찾아낼 것이다. 기다려라, 이 멍청한 사형아.

미랄디아 해군은 규모가 작았고, 군선은 거의 다 나가고 없었다. 더 이상 군선을 내보내면 바다를 지키지 못하게 된다. 크월에 원군을 보내고 싶어도 기껏해야 군선 한 척 분량이 고작이었다.

그렇다면 또 인랑 부대를 출동시켜야만 하는 상황인가.

인랑은 혼자서 병사 10명만큼 활약할 수 있으므로, 56명이면 560명 수준으로 활약이 가능하다. 운용만 잘하면 더 엄청난 전력이 될 것이다.

기습도 특기라서 미국 해병대처럼 활용하기 딱 좋은 부대였다.

하지만 나는 더 이상 동료들을 전쟁터로 보내고 싶지 않은데…… 그래도 어쩔 수 없나.

그런 내 마음도 모르고 인랑들은 신이 나 있었다.

"우와! 오랜만에 하는 싸움이다!"

"전쟁은 롤문드 이후로 처음이잖아?"

"아~ 너무 설렌다!"

든든하지만 불안하다.

내가 한숨을 쉬면서 짐을 꾸리고 있는데, 우리 학생인 뮈레가 집무실에 찾아왔다. 뤼니에도 같이 있었다.

"서, 선생님! 부탁이 있어요!"

"응, 뭔데?"

그러자 미래의 로초 태수는 긴장하면서 나에게 부탁했다.

"가족이 연락해준 덕분에 나도 크월의 내전에 관해서는 알고 있습니다! 나도 데려가주세요! 크월어는 할 줄 압니다!"

"아니, 이봐. 말도 안 되는 소리 하지 마. 학생이 전쟁터에 갈 필요는 없고, 가봤자 네가 할 수 있는 일은 없어."

뤼니에도 그렇지만, 이 나이의 남자애들은 유난히 싸움을 좋아한단 말이지.

나도 그랬으니까 이해는 하는데, 그래도 허가해줄 수는 없다.

그때 뤼니에가 옆에서 끼어들었다.

"저, 뮈레는 로초를 위해서라도 현지에서 열심히 활동하고 싶은 것 같아요. 저도 같이 가겠습니다."

내란으로 가문이 멸망하고, 직접 암살자에게 포위당한 경험도 있으면서. 이 녀석도 상당히 터프하구나.

두 사람의 열의는 알았다. 그러나 내가 데려가고 싶은 사람은 그들이 아니었다.

분명하게 말해주는 수밖에 없었다.

"뤼니에. 자네는 롤문드 정변 당시에는 아무것도 못 하고 도망쳤잖아? 아직은 외교의 장에서 일하는 것은 불가능해. 여기서 면학에 힘쓰도록 해."

그 후 뮈레에게도 따끔하게 한마디 했다.

"뮈레. 너를 경호하려면 인랑 부대의 부담이 커져. 나도 크월어는 공부했으니까 통역은 필요 없어."

"저, 저기요. 왜 뤼니에를 부를 때에는 '자네'라고 하고, 나를 부를 때에는 '너'라고 하시는 거예요?"

나는 짓궂게 웃었다.

"뤼니에는 내란 속에서 살아남은 실적이 있으니까. 그는 너보다 나이가 어리고 약해 보이지만, 너보다 훨씬 성숙한 어른이야. 뮈레 피카르체."

자존심 강한 뮈레는 이 말에 큰 충격을 받은 듯했다.

"뭐, 뭐라고요……?"

"분하면 좀 더 면학에 힘써. 나도 너처럼 어린 나이에는 그냥 버릇없는 꼬맹이였어. 뤼니에가 특별한 거지. 신경 쓰지 마."

나는 뮈레의 머리를 거칠게 쓰다듬어줬다.

뮈레는 싫어하는 표정을 지었지만, 내 손을 뿌리칠 용기는 없는 것 같았다.

이 녀석은 장차 샤티나나 필니르와 함께 평의원으로 활동하게 될 것이다. 이 녀석이 죽거나 영영 똑똑해지지 못한다면, 로초 시뿐만 아니라 평의회에도 악영향을 미칠 것이다.

그를 교육하는 사람으로서 내 책임은 중대했는데, 그래도 의욕이 있는 것은 바람직했다.

"뮈레."

"……네."

나는 완전히 의기소침해진 그를 보면서 웃었다.

"너는 틀림없이 훌륭한 태수가 될 거야. 난 그렇게 믿는다."

그러자 뮈레는 다소 놀란 표정을 지었다.

"내가요?"

"응. 나도, 또 다른 교관들도 네가 성장하리란 것을 믿기 때문에 이것저것 가르쳐주고 있는 거야. 안 그러면 떡이라도 굽는 게 더 생산적이지. 안 그래?"

"떡?"

고개를 갸웃거리는 뮈레.

나는 피식 웃으며 그에게 말했다.

"정세가 안정되면 너희들을 크월로 데려가주마. 로초의 태수가 되기 전에 교역 상대에 관해서는 알아두는 것이 좋으니까."

"네, 넷!"

뮈레는 빙글 돌아서 뤼니에를 쳐다보더니 에헴 하고 가슴을 활짝 폈다.

"어때? 이거 봐, 나도 선생님의 기대를 받고 있거든?"

"응! 뮈레는 머리도 좋고 용감하잖아."

뤼니에의 올곧은 눈동자와 미소. 그걸 본 뮈레는 머리를 긁적거렸다.

"으, 응…… 어, 그렇지……."

쑥스러워하는 뮈레를 보고, 나는 두 사람의 관계를 어렴풋이 이해했다.

뮈레가 오히려 뤼니에의 능력과 경력에 대해 콤플렉스를 가지고 있는데, 뤼니에는 그것을 눈치채지 못했나 보다.

뤼니에는 미랄디아에서도 주변 사람들의 사랑을 받으면서 바르게 자라고 있지만, 지나치게 건전한 것도 좀 문제일지도 모른다.

뮈레는 주먹을 불끈 쥐더니 강한 어조로 뤼니에에게 말했다.

"자, 가자! 좀 더 공부를 해야겠어! 나는 장차 남정해를 이리저리 누비면서 미랄디아 최고의 태수가 될 거야!"

태수는 이리저리 누비고 다니면 안 되지 않아?

뭐, 어쨌든 상대도 겨우 납득해준 것 같으니까…….

뮈레가 기분 좋게 돌아간 뒤, 나는 다시 짐을 꾸리기 시작했다. 그들을 위해서라도 빨리 돌아와야 할 것이다.

크월에 도착하면 우선 연안 제후의 행동에 브레이크를 걸고, 그다음에 국왕의 안부를 확인해야겠다.

국왕군이 승리할 가능성은 낮았지만, 국왕의 신병만은 어떻게든 처리하고 싶었다.

파커의 안부는…… 글쎄, 어차피 그 녀석은 무사할 테지만. 일단 뼈는 주워줘야지. 아무튼 난제가 잔뜩 쌓여 있었다.

그러나 마왕군 최정예인 인랑 사냥병들이 있으면 어떻게든 될 것이다.

아니, 애초에 어떻게든 하기 위해 출동하는 것이다.

*       *

〈선배와 제자들〉

뮈레는 바이트 경의 집무실에 갔다가 돌아오는 길에 뤼니에 앞에서 실컷 잘난 척을 하고 있었다.

"어때, 알았지? 역시 나도 미랄디아의 미래를 짊어질 인재인 거야. 우리 할아버지는 평의원이고."

그러자 뤼니에는 살짝 고개를 갸우뚱했다.

"우리 숙부님도 평의원인데?"

"으…… 아니, 우리 집은 남부 연방 시절부터 평의원이었고…… 오래된 가문이고…….."

가까스로 잘 대답했다고 생각했는데, 뤼니에는 의아하다는 듯이 말했다.

"롤문드 가문도 공화제 롤문드 시대부터 쭉 이어져왔으니까 오래된 가문인데? 300년 이상 존속되어 왔는걸."

"너, 너희 집은 드니에스크 가문이잖아? 분가(分家) 아냐?"

"하지만 제위 계승권이 있는 가계인데…… 으, 으음?"

121

어떻게 취급하면 좋을지 몰라 혼란스러워하는 걸까. 뤼니에는 고개를 갸웃거렸다.

간신히 방어에 성공한 뮈레는 속으로 안도했다.

'어휴, 큰일 날 뻔했네……. 그리고 보니 이 녀석은 진짜 황자님이었지…….'

가문이나 명성으로 싸운다면 뮈레에게 승산은 없었다.

그 점은 뮈레도 잘 알고 있는데, 그럼 그 외에 무엇을 자랑하면 좋을까.

그로선 알 수 없었다.

"사실 가문이 중요한 게 아니라, 나는…… 아, 그래! 장사에 관해서는 잘 알아! 산술도 특기거든? 예를 들자면, 너는 1부터 100까지다 더하면 얼마인지 알아?"

뤼니에는 더더욱 의아하다는 듯이 고개를 갸웃거렸다.

"어…… 으음. 5050이지?"

"헉?! 어떻게 알았어?"

그러자 뤼니에는 웃었다.

"그건 101과 50을 곱하면 되잖아?"

"뭐? 왜 101이야?"

뤼니에는 근처의 땅바닥에 쪼그려 앉아서 돌멩이로 갉작갉작 숫자를 적었다.

"1과 100을 더하면 101이잖아? 2와 99를 더해도 101이고, 3과 98을 더해도 101이고."

"와…… 진짜다."

"이런 식으로 양쪽 끝의 숫자를 쭉 더하면, 마지막에는 50과 51을 합쳐서 101이 되는 거고, 그러면 101 그룹이 50개 생기는 거라고 생각해."

"잠깐만, 너 지금 여기서 그걸 생각해낸 거야?"

"응!"

뮈레는 눈앞이 캄캄해지는 기분을 느꼈다.

안 돼. 난 똑똑함으로는 이 녀석을 못 이겨. 뮈레는 그렇게 생각했다.

아마 평생 못 이길 것이다.

단, 눈앞이 어두워진 것은 절망 때문이 아니었다.

"얘들아, 괜찮니? 왜 이런 곳에 웅크리고 있어?"

한 미녀가 두 사람을 들여다보면서 말을 걸었다. 그녀가 햇빛을 가린 것 같았다.

그녀는 화려한 드레스를 입고 보석 장식품으로 치장하고 있었다. 전부 다 공예도시 비에라의 일급품이었다.

그런데 그 드레스와 보석은 미녀의 눈부신 아름다움에 압도되어 빛이 바래버렸다.

두 사람은 이 미녀를 본 적이 있었다.

"메, 멜레네 님?!"

두 사람이 동시에 외치자, 남부의 고도(古都) 베르네하이넨을 다스리는 멜레네 경은 빙그레 웃었다.

"뤼니에 군과…… 어, 누구더라?"

"뮈레입니다!"

"아, 맞아. 뮈레 군. 페트레 경의 손자였지?"

뭐야, 모두 항상 뤼니에만 소중히 여기고. 뮈레는 몰래 이를 악물었다.

하지만 그게 당연하다는 것도, 최근 들어서는 조금 이해하게 되었다.

이 녀석은 너무 특별했다.

어떻게 하면 나도 뤼니에처럼 될 수 있을까. 고민해봤자 답은 나오지 않았다.

멜레네는 땅에 적힌 숫자를 보고 신기하다는 듯이 고개를 갸웃거리고 있었다.

"요즘 애들은 복잡한 산술을 공부하는구나……."

겉모습은 젊은 미녀인데 말투는 아줌마 말투였다. 그녀는 드레스 끝자락이 땅에 닿는 것도 개의치 않고 쪼그려 앉더니 감탄한 것처럼 고개를 끄덕끄덕했다.

'그러고 보니 이분은 불사신 흡혈귀라고 했지. 몇 살일까?'

물론 그녀에게 몇 살이냐고 물어볼 용기는 없었다.

그런데 멜레네는 손에 두꺼운 책을 들고 있었다. 그걸 본 뤼니에가 질문했다.

"멜레네 님, 그건 뭔가요?"

"아, 이거?"

멜레네는 즐겁게 웃으면서 보란 듯이 팔락팔락 페이지를 넘겼다.

"신개발 비밀 의식이야."

'신개발 비밀 의식? 엄청난 어감이다…….'

마술사가 아닌 뮈레에게는 그 이미지가 혼란스럽게 느껴졌다.

멜레네는 의기양양하게 설명하기 시작했다.

"흡혈귀는 원래 동족이었던 자의 피를 빨지 않으면 살아갈 수 없어. 즉, 인간의 피야. 하지만 피를 너무 많이 빨면 상대는 피가 부족해져서 사망하고, 그대로 흡혈귀가 되어버려."

"조금은 괜찮은 거죠?"

뮈레가 말하자, 멜레네는 고개를 끄덕였다.

"맞아. 하지만 역시 맛있는 피는 실컷 마시고 싶잖아? 어, 그러니까 너희들처럼 젊고 건강한 소년의 피 같은 것은."

혀를 내밀어 입술을 핥는 미녀. 그 입가에서는 지나치게 날카로운 송곳니가 빛났다.

'아무리 친절해도, 이 여자는 우리를 덮치는 포식자인 거구나.'

뮈레는 등골이 오싹해지는 것을 느꼈다.

'하지만 엄청난 미인이니까. 피를 좀 빨리고 싶기도 한데……'

그런 생각도 해봤다.

멜레네는 뮈레의 시선을 눈치챘는지 그의 이마를 콕 찔렀다.

"어머, 안 돼. 그렇게 애절한 눈으로 나를 쳐다보지 마. 그러면 갈증 나잖아? 아무튼 그래서 내가 좋은 방법을 생각해냈어."

멜레네는 나뭇가지를 줍더니 지면을 슥슥 긁으면서 복잡한 마술 문양을 그리기 시작했다.

"치유마법 중에 고속 재생술이란 것이 있는데, 이것은 사라진 피도 재생시킬 수 있어. 이걸 잘 이용하면 한 인간에게서 피를 잔뜩 빨아 먹을 수 있지 않을까? 하고 생각한 거야."

스스스스슥, 무시무시한 속도로 마술 문양이 늘어났다.

"단순히 피를 증가시키기만 하는 것은 활용하기 어려우니까, 피를 조종할 방법을 이것저것 생각해봤어. 뽑아낸 피는 뼈나 살과 마찬가지로 사령술로 조종할 수 있을 것 같았으니까⋯⋯. 어, 이렇게. 이 치유술식을 이렇게⋯⋯ 이쪽 사령술식과 결합시키면! 짜잔!"

"저기요, 우리는 마술사가 아닌데요⋯⋯."

뮈레가 힘겹게 그런 식으로 대답하자, 멜레네는 그제야 퍼뜩 깨달았다.

"아, 맞다. 아이참, 미안해. 바이트가 내 이야기를 제대로 들어주질 않아서⋯⋯."

쑥스러운 것처럼 웃는 멜레네는 무척 아름다워 보였다.

'내 피를 빨아줬으면⋯⋯.'

멍하니 그런 생각을 했다.

뤼니에가 또 옆에서 끼어들었다.

"바이트 님은 많이 바쁘신가요?"

"응. 바다를 건너기 위해 인원과 물자를 준비하는 중이거든. 그리고 또 알다시피 아일리아 씨가 임신을 했잖아? 나는 흡혈귀가 되어버렸기 때문에 잘 모르지만, 임신이란 것은 참 힘든 일인 것 같았어."

고개를 갸웃거리면서 드레스의 배 부분을 어루만지는 멜레네. 그런 동작 하나하나가 섹시하다고나 할까, 묘하게 흡인력이 있었다.

뮈레는 아까부터 자꾸만 심장이 두근거렸는데, 뤼니에는 아무것도 느끼지 못하는 것처럼 평온해 보였다.

'역시 이놈은 보통 인간이 아니야⋯⋯.'

뮈레는 다시 한번 친구에 대해 희미한 공포심을 느꼈다.

그러다 문득 기억해냈다. 멜레네와 바이트가 동문 마술사라는 사실을. 두 사람은 선후배 관계였다.

"저기요, 멜레네 님?"

"응, 왜?"

생긋 웃는 멜레네. 뮈레는 과감하게 질문을 해봤다.

"저, 바, 바이트 님은, 어린 시절에는 어땠나요?"

"으응?"

"아, 아니, 좀 전에 바이트 님이 '나도 어린 나이에는 그냥 버릇없는 꼬맹이였어'라고 했거든요."

그러자 멜레네는 자기 뺨을 감싸면서 생각에 잠기더니 미간을 찌푸렸다.

"음, 어찌 보면 확실히 버릇없는 꼬맹이였을지도 몰라……."

"네? 그게 무슨 뜻……."

그 순간, 멜레네가 소리를 질렀다.

"그 녀석은 무지무지 머리가 좋거든! 뭐든지 다 알아! 입문하기 전부터 박식했다고!"

멜레네는 주먹을 불끈 쥐고 부들부들 떨었다.

"이놈도 저놈도 다, 후배인 주제에 너무 우수하단 말이야! 선배의 입장도 좀 생각해야지! 내가 첫째 제자로서 얼마나 주눅이 드는지 않아?!"

"저기요, 멜레네 님. 지금 딴 이야기를 하고 계시는데요."

"아, 미안."

멜레네는 갑자기 제정신으로 돌아와 가볍게 헛기침을 했다.

"뭐, 어쨌든 걔는 정말로 우수했어. 우리 선생님도 바이트 때문에 상당히 자극을 받으신 것 같았고."

"대마왕 폐하가요?!"

심오한 지식의 수호자, 끝없는 진리의 탐구자. 대현자 고모비로아.

그런 대현자에게 자극을 주는 어린이가, 바이트 본인이 말한 것처럼 '버릇없는 꼬맹이'였을 리는 없다.

"역시 천재는 어린 시절부터 남다른 거군요……."

뮈레는 아까 스승님의 한마디를 듣고 은근한 기대감을 품었는데, 역시 스승님을 따라잡는 것은 불가능해 보였다.

그러자 멜레네가 쓴웃음을 지으며 이렇게 대꾸했다.

"주변 인물들이 너무 우수하면 힘들지? 하지만 우리 선생님은 항상 이렇게 말씀하셨어. '이 세상을 실제로 움직이는 것은 천재도 영웅도 아니다. 압도적 다수인 범인(凡人)이다'라고."

"범인……?"

"응. 나나 너 같은 범인."

멜레네의 하얀 손가락이 자신의 가슴과 뮈레를 정확히 번갈아 가리켰다.

"멜레네 님이 어딜 봐서 범인이에요?!"

전혀 평범하지도 않고 인간도 아니잖아요.

그러나 멜레네는 웃었다.

"그런 말을 들으니, 나도 노력해온 보람이 있는 것 같네."

"네?"

멜레네는 자리에서 일어나더니 뮈레의 머리를 가볍게 쓰다듬어 줬다.

"나는 평민 출신이고, 흡혈귀가 되고 나서도 덜떨어진 존재였어. 하늘도 못 날고 변신도 못 하는 무능한 흡혈귀였던 거야. 심지어 성스러운 징표에도 반응하지 않을 정도였어."

멜레네는 후후 웃었다. 그리고 회상에 잠긴 눈빛으로 말을 이었다.

"다른 흡혈귀들도 나를 한심하게 여겼지만, 결국 살아남은 것은 나밖에 없었어. 인간들은 아무도 나를 흡혈귀라고 생각하지 않았으니까."

베르네하이넨에는 다수의 흡혈귀가 있는데, 그들은 모두 멜레네의 권속(眷屬)이란 이야기를 들은 적이 있다.

멜레네는 흡혈귀의 여왕. 현존하는 흡혈귀들의 어머니인 것이다.

"대현자 고모비로아의 제자가 되고 나서도 후배들에게 계속 추월당하기만 했어. 어휴, 진짜 속상하다니까. 하지만 이렇게 너처럼 나를 높이 평가해주는 사람이 있잖아? 그래, 이 정도면 괜찮은 거지."

뮈레는 어떻게 반응하면 좋을지 몰랐지만, 그래도 멜레네가 그동안 고생했다는 것은 알 수 있었다.

멜레네는 집게손가락을 자기 입술에 대고 살며시 미소 지었다.

"아, 방금 해준 이야기는 바이트와 파커에게는 비밀이야. 혹시라도 말하면……."

그녀의 눈이 수상하게 빛났다.

"권속으로 만들어버릴 거야, 알았지?"

"아, 알았어요!"

뮈레는 그것도 나쁘지 않을 거라고 생각했지만, 일단 예의상 알았다고 고개를 끄덕였다.

"그럼 공부 열심히 해. 뮈레 군, 뤼니에 군."

아름다운 흡혈귀의 여왕은 하늘을 날지도 않고, 박쥐로 변신하지도 않고, 태양을 향해 터벅터벅 걸어서 떠나갔다.

뮈레는 조금씩 기울어지기 시작한 태양을 바라보며 문득 중얼거렸다.

"범인이란 말이지⋯⋯."

"응? 뭐라고?"

"아니, 별것 아니야. ⋯⋯자, 가자. 공부 열심히 해야지."

"으, 응."

고개를 끄덕이는 뤼니에. 뮈레는 그를 보고 웃더니, 한 걸음 앞으로 내디뎠다.

\*　　　\*

나는 출발 직전에 때마침 미랄디아로 귀국한 악덕 상인 마오를 만나러 갔다.

"또 수행원 노릇을 부탁하러 오셨나요?"

왠지 즐거워 보이는 마오. 나는 피식 웃으며 머리를 좌우로 흔들었다.

"아냐, 너도 많이 바쁘잖아?"

현재 그는 화국과의 비공식 징검다리 역할을 맡고 있었다. 외교 문서에 남기기에는 너무 위험한 이야기는 마오를 통해 몰래 전달하고 있었다.

그는 화국 출신 미랄디아인인 데다가 평범한 민간인이기 때문이다. 공식적으로는.

"이번에는 인원 이동이 어려워서 인랑 부대만 데리고 갈 거야. 무슨 일이 생겨도 귀국할 수 없으니까."

"아…… 그렇습니까?"

왜 은근히 섭섭해하는 거야?

"이번에 부탁하고 싶은 것은 롤문드의 보석이야. 조금만 넘겨줘."

"네, 그 정도는 쉬운 부탁이죠."

이 녀석은 나와 함께 롤문드에 갔을 때 저쪽의 광물을 대량으로 사 가지고 돌아왔다.

그것들은 하나같이 저쪽에서는 싸구려여도 미랄디아에는 없는 것들이었다. 그래서 떼돈을 벌었다고 한다.

"크월에서는 산출되지 않는 광물이 좋겠어. 질은 나빠도 괜찮아. 사실 미랄디아의 보석이어도 상관없는데, 미랄디아의 보석은 이미 교역을 통해 저쪽으로도 넘어갔을 테지?"

"아, 네. 그런 용도군요."

히죽 웃는 마오.

그는 즉시 직원을 불러서 창고에서 상자를 꺼내오라고 했다.

"롤문드의 '비늘돌'은 미랄디아에도, 크월에도 없습니다. 화국에도 없어서 아주 귀중한 것이에요."

마오가 보여준 것은 선명한 파랑과 초록이 섞인 광석이었다. 물결치는 줄무늬가 새겨져 있었다. 공작석이나 마노와 비슷한데 그보다 좀 더 복잡했다.

으음, 듣고 보니 비늘처럼 보이는 것 같기도…… 한가?

마오는 설명을 계속했다.

"롤문드에서는 싸구려 돌이라 서민의 장신구로 자주 사용되는데요. 미랄디아에서는 50배의 가격으로 팔립니다."

50배?!

"이 악당아."

"제가 가져오기 전까지는 미랄디아에는 하나도 없었으니까, 가격을 100배로 해도 싼 거거든요?"

마오는 마치 장사 수완을 칭찬받은 것처럼 의기양양한 표정을 지었다.

나는 슬쩍 일침을 가해봤다.

"너 말이야. 롤문드의 광석 상인한테서 아직도 이것저것 받아오고 있지?"

마오의 표정이 약간 어두워졌다.

"그건 어떻게 아셨어요?"

"크라우헨의 갱도 경비 위병들이 최근 들어서 이상하게 펑펑거리고 다니거든. 그래서 베르켄 태수님이 수상하게 여기더라."

크라우헨의 갱도를 통해서는 롤문드로 갈 수 있다.

내가 크라우헨에 잠입했을 때, 마오는 크라우헨 위병을 매수한 실적이 있었다.

그래서 베르켄의 보고를 들었을 때 나는 맨 먼저 마오를 의심했다.

그게 정답이었나 보다. 나는 히죽히죽 웃었다.

"평의원인 나로서는 베르켄 님에게 이 사실을 보고해야 하는데. 어쩔래?"

"자, 잠깐만요. 위병들이 처벌당하면 제 신용에도 문제가 생깁니다. '비늘돌'은 원하시는 만큼 드릴게요."

"아니, 사들인 가격에 구입할게. 미안하지만."

"그래요, 미안하죠?!"

아니, 미안해해야 할 사람은 너잖아.

마오뿐만 아니라 미랄디아인 전체의 준법정신은 부족한 편이었다. 위병대조차도 그랬다.

하지만 내가 전생의 감각으로 판단하고 있기 때문에 미랄디아인의 상태가 심각하다고 여기는 것이리라. 롤문드나 화국에서도 뇌물을 주면서 다소 편의를 봐 달라고 하는 것은 너무나 당연한 관습이니까.

그러나 이것도 언젠가는 해결해야 할 텐데…….

"그런데 이름이 '비늘돌'이면 뭔가 소중함이 덜 느껴지잖아? 어차피 크월어로 번역할 테니까, '용린옥(龍鱗玉)' 같은 것으로 바꿔 볼까."

"아, 그거 좋네요."

상품명은 중요하지.

마오는 한숨을 쉬면서도 보석을 하나하나 음미하기 시작했다.

"롤문드 광산조합의 지방키 씨하고는 지금도 거래를 하고 있어요. 그쪽 지방의 잡다한 광석들을 사들이고 있죠. 모양이 불규칙한 비늘돌은 거의 공짜나 마찬가지입니다."

아, 그 사람. 제도에서 파커가 해골 잔치를 벌였을 때 내가 만났던 사람이다.

"보석은 작고 가볍고, 또 썩을 염려도 없으니까요. 귀족들이 자산을 숨기는 데 사용할 수 있으므로 비싸게 팔립니다. 몰래 거래하기에는 가장 좋은 물건이죠."

"마왕의 부관 앞에서 그런 말 하지 마."

개인적으로 롤문드인과 거래하는 것 자체는 위법성은 없지만, 넌 조만간 적발해줄 테다.

마오에게는 '크월의 보석을 선물로 들고 오겠다'고 약속한 다음에 나는 집무실로 돌아왔다. 덤으로 저쪽의 광물 매매 루트도 들었다. 역시 악당이 있으면 도움이 되는구나.

물론 국고에서 통 크게 군자금을 꺼내는 것도 가능하지만, 그러면 지출에 몹시 신경 쓰는 3대 마왕 폐하가 당장 보고하라고 하실 것이다.

아아, 2대 폐하도, 1대 폐하도 경영관리에는 관심이 없어서 좋았는데……. 아니, 좋은 것은 아닌가.

아무튼 이로써 현지에서의 활동 자금은 충분히 손에 넣었다.

인랑 부대는 식비가 상상을 초월할 정도이니까.

인랑 부대가 떠난 후 마도의 경비는, 새로 고용한 마전기사들이 담당할 것이다.

물론 인랑만큼 강하지는 않지만 그들은 인간 귀족 사회의 일원이다. 아일리아의 호위 임무도 안심하고 맡길 수 있다. 마왕 직속인 것도 믿음직스러웠다.

그래서 이번에는 화국에 갈 때와는 달리 안심하고 인랑 부대 전원을 데려갈 수 있게 되었다.

역시 넉넉한 인원을 확보해두는 것은 중요하구나. 인건비와 인재 육성에는 돈을 투자하자. 전생에도 그 문제로 고생했었으니까…….

다음 날, 마격총으로 완전 무장을 한 인랑 부대를 거느린 나는 아일리아에게 출발 인사를 했다.

"마왕 폐하. 부관 바이트와 인랑 사냥병 부대 56명, 지금부터 크월의 질서를 회복하기 위해 출발하겠습니다."

내가 경례하자, 등 뒤에 있는 인랑들도 똑같이 경례했다.

임신한 아일리아는 좌우의 시녀들의 보호를 받으면서 배후에는 마전기사들을 거느린 채 고개를 끄덕였다.

"여러분의 활약을 기대하고, 무운을 빕니다."

아일리아는 바로 얼마 전에 입덧이 가라앉았고 아직은 배도 부르지 않았다. 임신한 티가 전혀 안 났다.

불룩해진 아내의 배를 어루만지면서 "아, 움직인다"라고 말해보고 싶었는데, 아직 태동도 시작되지 않았다.

크월 왕, 이 자식아. 왜 쓸데없는 일로 내전이나 일으키는 거야? 내가 두 번째 인생에서 드디어 아빠가 되기 직전인데…….

내가 속으로 크월 왕을 원망하고 있는데 아일리아가 난처한 듯한 미소를 지었다.

"일찍 끝내면 일찍 돌아올 수 있을 거예요. 그렇죠?"

내 마음을 꿰뚫어 봤구나.

그런데 확실히 아일리아의 말이 맞았다.

나는 약간 멋쩍어하면서도 묵묵히 고개를 끄덕였다. 아무리 귀여운 아내여도 지금은 공사를 구별해야 할 상황이다.

"네, 감사합니다. 그럼 그렇게 하겠습니다."

그러자 아일리아는 걱정이 되는지 거듭 이렇게 말했다.

"아무쪼록 무모한 짓은 하지 마세요. 알았죠?"

"네, 압니다."

"아는 것처럼 보이진 않는데요……."

아일리아가 그런 말을 하자, 등 뒤에서 인랑들이 웃음을 참았다.

나는 가능한 한 진지한 표정으로 대답했다.

"평소처럼 무난하고 견실하게 임무를 완수하고 오겠습니다."

"아, 역시 모르는 것 같네요……."

인랑들의 숨죽인 웃음소리가 한층 더 커졌다.

당황한 나는 아무에게도 안 들리도록 속삭이듯이 말했다.

"우리 아이의 얼굴을 보기 위해서라도, 절대로 무모한 짓은 안할게."

"음…… 네, 믿을게요."

아일리아는 아까보다 더 난처해하는 미소를 지으면서 그렇게 대답했다.

마침내 시녀들까지도 필사적으로 웃음을 참기 시작했다.

좀 더 남편을 믿어주세요. 아일리아.

*        *

〈마왕의 탄식〉

바이트 님이 떠난 지 보름 정도가 지났다. 슬슬 그월에 도착했을 것이다. 조금만 더 기다리면 그의 연락이 올 것이다.

안 오면 용서하지 않을 테다.

"바다가 거칠어지지 말아야 할 텐데……."

오늘은 조금 기분이 좋았다. 그토록 나를 괴롭혔던 입덧도 이제는 가라앉은 것 같았다. 이대로 완전히 사라지기를 바랄 뿐이다.

나는 다소 명석해진 머리로 그동안 밀렸던 서류들을 살펴봤다. 그리고 살짝 한숨을 내쉬었다.

역시 미랄디아 연방의 국고가 부족했다.

원로원 시대의 마왕군과의 전쟁, 남부와 북부의 대립으로 인해 국내 산업은 쇠퇴했다. 그래서 세수입은 좋지 않은데, 도시 부흥 및 확장을 위한 지출은 자꾸만 늘어났다.

그뿐만이 아니었다. 마왕군이 이것저것 제안해오는 계획들도 실행하려면 많은 예산이 필요했다.

교육 보급 및 수준 향상. 인재 육성 제도의 확립.

공중위생 개선. 새로운 치료법과 의약품 연구.

군대 재편. 신병기 개발.

신항로 발견과 교역로 개척. 통화 쇄신. 법제도 정비.


전부 다 장기적인 시점에서 입안된 것이며, 그만큼 장기적인 예산이 필요하다.

제안자는 바이트 폰 아인도르프. 즉, 사랑하는 내 남편이다.

상식적으로 생각한다면 이렇게 오래 걸리는 계획에 막대한 예산을 투입하는 것은 불가능하다.

그러나 나는 알고 있었다. 내 남편은 머나먼 세계에서 온 전생자. 그는 훨씬 더 발전한 문명사회에서 자랐고, 수많은 역사를 알고 있었다.

『시험 답안을 미리 알고 있는 거나 마찬가지니까, 내가 잘난 것은 전혀 아니야.』

그렇게 말하면서 머리를 긁적거리는 바이트 님이 생각났지만, 그래도 그는 미랄디아에서는 둘도 없이 소중한 존재였다.

바이트 님은 모든 것을 알고 있었다. 이 세계가 앞으로 어떤 방향으로 나아갈지, 예상되는 어려움은 무엇인지, 그것에 어떻게 대비해야 하는지.

그러니까 나는 가족을 편애하는 것이 아니라, 미랄디아의 최고 지도자로서 당연히 바이트 님의 제안에는 귀를 기울일 수밖에 없었다.

"……그럼 역시 막대한 자금이 필요하겠네요."

나는 교역상 가문의 일원으로서 미랄디아의 국내 시장 규모를 잘 알고 있었다. 국내 시장만으로는 자금 조달이 어렵다.

한편 타국과의 교역으로 입수할 수 있는 귀중한 물건들은 비싸게 팔렸다.

또 미랄디아에서 생산되는 공예품과 곡물도, 앞으로는 잉여분을 팔아넘길 상대가 필요해질 것이다. 미랄디아의 농업 생산은 앞으로 틀림없이 증가할 것이라고 아슈레이 님이 보고하기도 했고.

"그월……."

화국에서 들여오는 수입품은 매력적이지만, 화국은 수출 시장으로서는 좀 작았다.

어떤 조건으로 몇 번을 다시 검토해 봐도 '그월과의 교역은 무시할 수 없다'는 결론이 나왔다.


"으음……."

가볍게 신음하고 나서 깨달았다. 내가 자꾸 혼잣말만 하고 있다는 사실을. 내 최고의 말벗은 지금 바다 건너에 있었다.

그이가 없다. 이번에도 또 없다.

나는 조금 부풀어 오른 배를 살며시 쓰다듬었다. 무척 마음이 불안해졌다.

실은 그를 떠나보내고 싶지 않았다.

그러나 그월을, 또 미랄디아를 어떤 방향으로 이끌어 가면 좋을지, 정확히 파악하고 있는 것은 바이트 님밖에 없었다. 다른 누구를 보내도 일이 잘 풀리진 않을 것이다.

"그 나라는 지금 굉장히 심각한 국면을 맞이하고 있는 것 같으니까요……."

나는 서류를 내려놓고 책상 서랍에서 비밀 노트를 꺼냈다.

페이지를 넘기자, 거기에는 나와 바이트의 필적으로 된 글자들이 빼곡히 적혀 있었다.


『농업 생산력 향상 → 잉여 농민은 직공이 됨 → 공업 생산력 향상』

『규격화 → 공업화 → 근대화 → 제국주의』

『서민의 교육 수준 향상 → 고도의 기술 보급』


손끝으로 그 글자들을 훑어봤다. 바이트 님에게서 가르침을 받았던 때의 기억이 떠올랐다. 매우 난해하고 자극적이고, 또 가슴 떨리는 시간이었다.

"확실히 이런 미래는 이 현대의 사람은 예측하지 못할 거예요."

우리 남편은 역시 굉장한 사람이구나. 은근히 자랑스러운 느낌이 들었다.

그렇기 때문에 그가 무사히 돌아오기를 바랐다. 미랄디아 국민들을 위해서라도.

그리고 당연히 나와 우리의 자식을 위해서라도.

나는 고개를 들어 남쪽 창문을 바라봤다.

"전에는 북쪽 창문이었죠."

그가 롤문드 제국으로 갔던 때를 떠올리자 저절로 큰 한숨이 흘러나왔다. 그이는 가까운 사람에게 늘 걱정만 끼친다.

고모비로아 님도 말씀하셨듯이, 정말로 나쁜 부관님이시다.

"부관이란 것은 애초에 이렇게 원정만 다니는 직책이 아닐 텐데요……."

그 나쁜 부관님이 무사히 돌아오면, 이번에야말로 진짜 아무 데도 보내지 않을 것이다. 늘 내 곁에 머물게 할 것이다.

마왕의 이름을 걸고.

그렇게 맹세했다.

*　　　*

나는 도중에도 인랑들한테 놀림을 받으면서 해적도시 베르자로 향했다.

거쉬 태수에게 인사하자마자 우리는 거기서 기다리고 있던 베르자 해군의 갤리선에 올라탔다.

나는 거쉬에게 손을 흔들어 작별 인사를 했다. 그리고 선장에게 명령했다.

"전원 승선 완료, 즉시 출항해라!"

"네! 애들아, 출항한다!"

"좋아~! 보조 돛을 펴라!"

"야, 이 자식들아. 노 똑바로 저어! 도끼로 대가리를 깨버리기 전에!"

갑자기 선내가 시끌벅적해졌다.

노 젓는 일은 인랑 부대 멤버들에게도 시킬 예정이므로, 시간이 오래 걸리진 않을 것이다. 이런 귀찮은 볼일은 빨리 끝내버리고 얼른 돌아와야겠다.

아이 이름도 아직 안 정했으니까.

나는 선상에서 인랑들을 상대로 크월어 강좌를 열기도 했는데, 그러는 사이에 크월의 가장 큰 항구도시 밧자에 도착했다.

이곳은 크월의 생명선인 메지레 강의 하구 근처에 있어서 내륙과의 물적 유통이 활발하게 이루어지는 장소였다.

나는 인랑들과 잡담하면서 항구를 바라봤다.

"크월어로는 '메지레 강'이라고 부르지는 않는 것 같아. 이 나라에서는 '대하'라고 하면 메지레이고, 메지레가 '대하'란 뜻이므로 일일이 '강'을 붙일 필요가 없다는 거지."

크월인이 '메지레 강'이란 말을 들으면, 마치 '후지산 마운틴'이나 '다마가와 리버'란 말을 듣는 기분일 것이다.

정월교도인 크월인들은 이 강을 '대지에 흐르는 달빛'이라면서 찬양하고 있었다. 그래서 메지레는 신중하게 취급하고 싶었다.

사실 미랄디아인이 보기에는 그냥 흙탕물인 것 같았지만……

크월어는 롤문드어만큼은 아니어도 미랄디아어에 가까운 편이었다. 미랄디아어를 미국 영어라고 한다면, 롤문드어는 영국 영어, 크월어는 프랑스어나 독일어와 비슷한 거리감일 것이다. 그래서 적당히 공부하면 마스터할 수 있었다.

전생의 세계와 마찬가지로 이 세계에서도 인류는 근본적으로는 하나였을 것이다.

세상이 평화로워지면 인류학도 건드려보고 싶었다.

그런 생각을 하면서 나는 인랑들에게 자세한 주의사항을 전달했다.

미랄디아와 크월은 제스처의 의미도 다르고, 자기소개를 하는 방식도 달랐다.

"자기소개를 할 때는 자기 아버지의 이름도 말해야 해. 미랄디아 남부에서도 가끔 그러는 사람이 있잖아?"

처음 만난 사이여도 아버지 세대까지 거슬러 올라가면 의외로 접점이 있을 수도 있고, 어느 일족인지도 알 수 있으므로, 이런 것은 생활의 지혜인 듯했다.

"그 외에도 자잘한 차이점이 많이 있으니까, 잘 모를 때에는 나나 베르자 해병대 녀석들에게 물어봐."

"응~ 대장."

"잘 모르겠지만, 알았어."

몬더와 니베르트가 대답했다.

괜찮은 걸까……?

밧자 항구는 미랄디아의 베르자 항구나 로초 항구와는 상당히 다른 이미지였다.

"왠지 음침한 느낌이 드는데……?"

대장장이 제릭이 문득 그렇게 중얼거렸다. 나는 잠깐 생각해보고 나서 대답했다.

"아마 우리가 보는 것이 항구의 북쪽이라서 그런 걸 거야."

미랄디아의 항구는 전부 남향이므로 햇빛이 환하게 쏟아져서 매우 아름답다.

반대로 크월의 항구는 대부분 북향이다. 건물 북쪽을 보면서 입항하기 때문에 그 풍경이 어쩐지 우울해 보이는 것이다.

"남쪽 나라라고 해서 은근히 기대했는데……."

판의 그 한마디에 우리도 수긍했다.

왠지 이미지가 달랐다.

하지만 어쨌거나 남국이니까. 미랄디아보다는 더웠다. 온난한 베르자보다도 더 따뜻해서, 우리는 아직 봄인데도 한여름 옷을 입고 있었다.

건물은 일반 벽돌이나 흙벽돌로 만들어진 것 같았는데, 하얗게 칠해놓은 것이 여기서도 보였다. 햇살이 강한 것이리라. 커다란 목재는 귀중하기 때문에 주로 선박이나 항만시설에 사용되는 듯했다.


이윽고 항구에서 도선사(입항하는 선박을 안전한 수로로 안내해주는 전문가)가 작은 배를 타고 오더니, 밧자 공이 지정해준 선창으로 우리를 안내해줬다.

선창으로 내려간 우리를 맞이해준 것은 몸집이 작은 노파였다. 노파는 삼베를 두른 듯한 민족의상을 입고 있었다.

서민적인 노파는 의외로 유창한 미랄디아어로 우리에게 말을 걸었다.

"아유, 한꺼번에 많이들 오셨네요. 당신이 바이트 경인가요?"

"네, 제가 바이트입니다만……. 저, 당신은 누구십니까?"

그러자 노파는 손으로 입을 가리고 웃었다.

"어머나, 미안해요. 자기소개를 깜빡했네요. 평소에는 자기소개를 할 필요도 없으니까요."

그러더니 노파는 허리를 곧게 펴고 낭랑한 음성으로 말했다.

"저는 샤마르의 혈통인 마흐단의 자식, 비라코야입니다."

나는 그 이름을 들어본 적이 있었다. 이 사람은 밧자 공이었다.

"밧자 공, 큰 실례를 범했습니다. 저는 바이트 폰 아인도르프입니다. 이봐, 다들 오른쪽 무릎을 꿇어."

크월의 귀인에게 인사할 때의 예법이다.

나도 무릎을 꿇으려고 했는데, 비라코야가 제지했다.

"어머, 당신은 미랄디아 여왕 폐하의 배우자이시잖아요? 저보다 신분이 높으시니, 그것은 제 역할입니다."

웃으면서 비라코야가 오른쪽 무릎을 바닥에 대고 나에게 인사했다.

"잘 오셨습니다. 바이트 경. 크월 연안 제후를 대표하여 환영합니다. 저를 부르실 때는 '비라코야 할머니'라고 편하게 부르세요."

"아니, 그럴 수는……."

"밧자의 아이들은 모두 다 저를 그렇게 부른답니다. 아, 물론 강요하지는 않을게요."

싱글싱글 웃는 밧자 공은 실제로 친척 할머니처럼 느껴졌다.

우리 스승님과 비슷해서 어쩐지 마음이 편안해졌다.

아니, 잠깐만. 이것이야말로 이 사람의 강점일 것이다. 상대의 긴장을 풀어주는 것도 작전 중 하나였다. 정신 바짝 차리자.

그런 생각을 하고 있는데, 비라코야의 배후에서 위병처럼 보이는 녀석들이 허둥지둥 달려왔다. 남자도 있고 여자도 있었다. 모

두 다 미늘 갑옷과 곡도(曲刀)로 무장한 상태였다.

그들은 크월어로 소리를 질렀다.

"앗, 비라코야 할머니! 찾았다, 여기 있어!"

"어휴, 혼자 돌아다니면 안 된다니까요!"

"아 진짜, 왜 저희를 놔두고 그냥 가버리시는 거예요?!"

뭐지?

키 크고 강인한 젊은이들이 조그만 비라코야를 둘러쌌다. 그들은 귀족과 위병일 텐데도 마치 할머니와 손자 손녀처럼 보였다.

비라코야는 쓴웃음을 지으며 자기 뺨에 손을 댔다.

"미안하구나. 항구에 왔더니 때마침 바이트 경의 배가 도착해서."

"아니, 그러면 안 된다니까요? 지금은 전쟁 중이니까. 바로 얼마 전에 습격 사건이 있었잖아요?!"

"할머니한테 무슨 일이라도 생기면 밧자는 완전히 망하는 거거든요?!"

엄청나게 사랑받는 것 같았다.

아냐, 아냐. 이것도 틀림없이 술책일 거야. 외교는 원래 그런 거니까. 아마도.

하지만 이토록 훈훈한 광경을 보니 저절로 긴장이 풀렸다.

비라코야는 손뼉을 짝짝 치더니 위병들에게 명령했다.

"나는 나중에 챙기고. 자, 미랄디아 병사 여러분을 숙소로 안내해 드리렴. 배 타고 오시느라 피곤하실 테니까 꼭 잘 환대해드려라."

"네, 알겠습니다."

젊은이들은 아직도 무슨 말을 더 하고 싶은 듯했지만, 주인의 명령을 거스를 수는 없었다. 공손히 인사하고 나서 인랑 부대를 어디론가 데려갔다.

나와 판 부대만 그곳에 남았다. 오늘의 '바이트 담당 분대'는 판 부대였기 때문이다.

"그럼 갈까요? 바이트 경."

"네, 비라코야 님."

완전히 긴장이 풀려버렸는데, 지금은 느긋하게 있을 때가 아니었다.

자, 이제 일을 시작하자.


나는 항구가 내려다보이는 저택으로 안내되어 거기서 비라코야와 회담을 하게 되었다.

"일이 참 묘하게 됐어요⋯⋯."

비라코야는 한숨을 내쉬면서도 나를 보고 싱긋 웃었다.

"상황이 이상하게 흘러가서 결국 내전이 터져버렸지만, 미랄디아의 따뜻한 호의에는 감사하고 있습니다. 물론 귀여운 거쉬에게도."

귀여운 거쉬?

"귀여운 거쉬는 아버님인 글라스코 님을 쏙 빼닮았어요. 의리가 있고, 또 신중하면서도 허세도 부리고⋯⋯."

네, 그렇습니다.

비라코야는 선대 베르자 태수, 또 현재의 로초 태수 페트레와는 오랫동안 사귀어온 사이라고 한다. 미랄디아의 항만도시와는 끈끈하게 맺어져 있었다.

페트레 영감님이 파트너인 글라스코와 함께 못된 짓만 저지르던 시절에, 비라코야는 밧자 공의 후계자로서 그 사건에 실컷 휘말렸다고 한다.

"가끔 놀러 왔나? 하고 보면, 언제나 터무니없는 짓만 했다니까요."

왠지 모르게 상상이 됐다.

밧자를 비롯한 크월의 연안 제후들은 모두 다 미랄디아 연안 지역의 태수들과는 깊은 인연을 맺고 있었다.

아니, 실은 페트레 영감님이 소싯적에 베르자의 전임 태수 글라스코와 함께 천방지축으로 설치고 다녔던 것을 모두 기억하는 듯했다.

"밧자의 뱃사람들을 자기 마음대로 모아서, 이 일대의 해적을 습격하게 시키기도 했어요. 그렇게 빼앗은 해적선을 세 척이나 끌고 들어왔을 때는 항구가 발칵 뒤집혔었죠."

"그 정도면 외교 문제 아닌가요?"

아무리 해적 퇴치여도 그렇지, 해치운 해적들이나 모집한 뱃사람들이나 전부 다 크월인이었다. 그들을 미랄디아인이 지휘해도 될 리가 없었다.

그러자 비라코야는 추억에 잠긴 눈빛으로 고개를 끄덕였다.

"우리 아버지도 몹시 당황하셔서, 여기저기 바쁘게 돌아다니면서 사과를 하셨어요."

"그것참, 엄청난 실례를 범했군요……."

도대체 왜 내가 태어나기도 전에 남이 저질렀던 악행 때문에, 그것도 인간 태수의 악행 때문에 사과해야 하는 걸까.

　책임이 없는데도 책임을 져야 한다는 것이 이런 일의 어려운 점일 것이다.

　그런데 비라코야는 생글생글 웃으면서 고개를 가로저었다.

　"하지만 무척 즐거웠습니다. 게다가 그 사건 이후로 이 해역에서는 해적이 거의 보이지 않게 되었어요."

　"그럼 다행이지만요……."

　"다시 한번 그 시절로 돌아가서, 글라스코를 바다에 던져버리거나 페트레의 머리 위에 돛을 떨어뜨려보고 싶네요."

　그런 짓을 했다고? 이 조그만 할머니가?

　하기야 그 정도는 할 수 있어야지만 이 세계의 영주 노릇도 할 수 있을 테지. 내 가치관에 의하면 황제부터 서민에 이르기까지 모두 다 성격이 거칠거든.

　아무튼 나는 씁쓸하게 웃으면서 이 잡담의 의미를 생각해봤다.

　상대는 미랄디아와의 깊은 인연을 나에게 보여주고 싶었던 것이리라.

　나는 크월 외교의 세계에서는 신참이다. 인간이 아닌 마족이라는 사실도 이미 알려졌을 테니까, 틀림없이 경계의 대상이 됐을 것이다.

　밧자 공은 미래의 미랄디아 입장에서는 더없이 중요한 인물이다. 여기서는 그녀를 안심시키는 방향으로 이야기를 진행시켜보자.

나는 신중하게 단어를 고르면서 이렇게 말했다.

"옛날부터 미랄디아와 관계를 맺어온 크월 연안 지역은 당연히 우리 마왕군도 중요시하고 있습니다. 가능한 범위 내에서 최대한 지원하고, 맹우로서 도와드리겠습니다. 이 바이트가 약속합니다."

"어머나……."

생긋 웃는 비라코야. 나에게서 바라던 대답을 듣고 만족하는 것 같았다.

그러더니 은근히 장난스러운 미소를 지었다.

"제가 좀 노골적으로 부탁을 했나요?"

"아뇨, 아닙니다."

나는 쓴웃음을 지으며 대답했다. 상대가 할머니이면 저절로 마음이 약해진다니까……. 아마도 스승님 때문일 것이다.

비라코야는 내 말을 듣고 다소 안심했는지, 아까보다 훨씬 편안한 태도로 나에게 말을 걸었다.

"바이트 경은 마족이시라고 들었기 때문에 긴장했는데요. 마치 아들이나 손자처럼 여겨지네요. 처음 만났는데 참 신기해요."

"그렇게 말씀해주시니 영광입니다. 저도 비라코야 님을 처음 뵙는 것 같지가 않습니다."

둘 다 그것이 형식적인 칭찬이란 것은 알고 있었지만, 반쯤은 진심이기도 했다.

상대도 그렇기를 바랄 뿐이다.

자, 그럼 슬슬 본론으로 들어갈 타이밍이다.

나는 개전의 발단이 된 밧자 항구 습격 사건에 관하여, 비라코야를 비롯한 연안 제후들의 견해를 들어봤다.

"밧자 항구 습격 사건 말입니다만, 저는 개인적으로는 국왕 폐하의 공격이라고는 생각하지 않습니다. 폐하는 왕으로서 역신을 처벌할 수 있으니, 굳이 몰래 기습할 필요가 없지요."

"네, 그건 그래요. 게다가 듣자하니 군사적으로는 아무런 의미도 없는 공격이었다고 하더군요."

반쯤 불타버린 창고가 두 개, 목제 크레인이 한 대.

소유주에게는 커다란 손해일 테지만, 내전 전체로 따져본다면 "응, 그게 뭐?"란 말이 나올 정도로 시시한 전과였다.

비라코야도 동의하더니 말을 이었다.

"행동의 중대함과 그 결과가 어울리지 않아요. 진짜 범인은 따로 있을 겁니다. 그러나 지금은 국왕 폐하의 과욕이 부른 실수에 대해 간언하는 것이 급선무입니다."

아마도 비라코야는 진범이 준비해둔 노선에 올라타서, 국왕의 따귀를 한 대 세게 때려 입 다물게 만들려고 하는 것 같았다.

배짱이 두둑한 할머니이시다.

"범인 찾기는 나중으로 미루신다고요?"

그러자 비라코야는 미소를 거두고 가볍게 한숨을 쉬었다.

"범인 찾기를 해서, 혹시나 '엉뚱한 곳'에서 범인이 발견된다면, 연안 제후의 결속이 어떻게 될지는 당신도 아시겠지요?"

그 말은 요컨대 내부자의 범행, 즉 밧자 항구를 습격한 것이 자작극인 위장공작일지도 모른다고 가정한 것이리라.

그런 경우에는 전쟁의 대의명분을 날조한 악당이 집단 내부에 있다는 뜻이 된다.

그렇다면 연안 제후는 다른 제후한테 경멸을 당할 테고, 국왕도 기회는 이때다! 하고 개입할 것이다.

"네, 확실히 그런 경우에 기뻐하는 사람은 크윌 왕밖에 없겠네요."

"그 말씀이 맞습니다. 바이트 경, 우리의 판단을 어리석다고 생각하십니까?"

"아뇨. 본디 시작하는 것도 끝내는 것도 마음대로 되지 않는 것이 전쟁이니까요."

내가 이 세계에서 체험한 전쟁에는 대체로 '안 싸워도 되지 않나?'라는 물음표가 붙었다.

그에 비하면 이번 전쟁은 그나마 좀 나은 편이었다.

적어도 전쟁을 끝낼 지점은 보이니까. 국왕이 겁먹어서 조금만 태도를 개선해주면 그걸로 해결될 것이다.

단지 그런 목적 때문에 이미 적잖은 사람들이 전사했다는 것이 나로서는 그다지 달갑진 않았지만.

뭐, 하는 수 없지. 어차피 타국의 사정이다.

비라코야는 지도를 꺼내더니 메지레 강을 손가락으로 훑었다. 그리고 왕도 엔칼라가의 북쪽에 있는 이웃도시를 가리켰다.

"전황을 말씀드리자면, 현재 선봉인 용병대가 중부의 카르팔을 공략하고 있다고 합니다. 후방 부대인 밧자 위병대가 보고해준 내용입니다."

"왕도의 코앞까지 갔네요."

"네, 용병대가 눈부신 활약을 해주고 있는 모양입니다. 게다가 실은 처음부터 몰래 협상은 했으니까요."

"그렇군요."

대부분의 유역 제후들은 벌써 회유했다는 건가. 물론 그것은 비밀이다.

슬쩍 확인해보자.

"비라코야 님, 밀약은 어느 도시까지 진행하셨습니까?"

"밀약은 밀약이라 함부로 발설할 수 없지만⋯⋯. 밧자와 엔칼라가 사이의 유역도시 대부분이라고만 말씀드릴게요."

이거 무서운 할머니이시네.

물론 밧자 공 비라코야의 개인적인 능력은 아닐 테지만, 그래도 밀약이 참 무섭다.

미랄디아에서도 내가 모르는 곳에서 밀약을 맺었을 테지.

나라가 망할 정도만 아니라면, 난 그냥 모르는 척할 거지만.

"그런데 곳곳에 말이 안 통하는 분들이 있어서요. 어쩔 수 없이 그쪽은 공략하고 있습니다. 제법 고집이 있으셔서."

비라코야는 마치 집안일 이야기라도 하는 듯한 말투로 자연스럽게 살벌한 이야기를 했다.

그렇게 "옷의 얼룩이 안 빠져서, 세제 푼 물에 담가놨어요"라는 식으로 말씀하셔도 곤란한데요. 역시 평범한 할머니가 아니구나.

상대는 국왕이긴 해도 어리석은 젊은이였다. 정치력은 거의 없다고 들었다.

아마 크월 왕이 승리할 가능성은 없을 것이다.

그때 비라코야의 시녀가 방 안으로 들어왔다.

"마님, 크메르크 님이 보고하러 오셨습니다."

"어머나, 별일이 다 있네?"

비라코야는 고개를 갸우뚱하더니 미소 지었다.

"그는 밧자 용병대장의 부관입니다. 늘 최전선에서 싸우는 사람인데. 대체 무슨 일이지?"

"저, 그게, 바이트 님을 꼭 뵙고 싶다고 하셔서…… 어쩔까요?"

밧자의 용병대의 간부인가. 다소 경계해야겠다.

나는 본심을 숨기고 싱긋 웃었다.

"비라코야 님, 저는 괜찮습니다. 많은 분을 만나는 것도 제 직무의 일환입니다."

"어머, 배려해줘서 고마워요. 그럼 그 호의를 감사히 받아들이죠. 들어오라고 해."

비라코야의 마지막 말은 시녀에게 하는 것이었다.

시녀는 인사를 하고 물러갔다. 곧바로 철컹거리는 갑주 소리가 들려왔다.

"실례합니다."

크월 억양이 섞여 있었지만, 그래도 분명히 미랄디아어였다.

활기차게 들어온 그 사람은 서른 살쯤 되어 보이는 사나이다운 남자였다. 햇볕에 탄 피부가 눈에 띄었다.

갑옷 위에는 크월의 민소매 전투의상을 걸치고 있었다. 금속 갑옷이 강한 햇빛을 받아 뜨거워지는 것을 막기 위한 것이었다.

꽤 멋있어 보였다.

아무리 용병이어도 부관 클래스쯤 되면 상당히 장비가 좋은가 보다.

비라코야가 전사에게 부드럽게 말을 걸었다.

"크메르크 님, 바이트 경에게 인사하세요."

"네!"

크메르크라고 불린 전사는 물 흐르는 듯한 동작으로 오른쪽 무릎을 꿇고 나를 향해 고개를 숙였다.

"하르암의 자식, 크메르크라고 합니다. 밧자 용병대장의 부관으로 일하고 있습니다."

미랄디아어로 멋지게 자기소개를 했다. 그것만 봐도 그는 무용보다는 지략이 뛰어난 인재인 듯했다. 게다가 깡패에 가까운 용병들의 간부치고는 왠지 기품 있는 태도였다.

평범한 용병은 아닌 것 같았다.

나도 가볍게 고개를 끄덕인 뒤 자기소개를 했다.

"미랄디아의 마왕의 부관, 바이트 폰 아인도르프입니다. 우리 둘 다 부관이군요."

"네, 넷!"

한층 더 고개를 수그리는 크메르크 부관. 섬세한 성격 같았다.

비라코야가 쓴웃음을 지으며 설명을 덧붙였다.

"크메르크 님은 밧자의 상인 가문의 넷째 아들이에요. 옛날부터 이 저택에도 드나들었는데, 무인으로서 성공하고 싶다면서 용병이 됐답니다."

"저, 저는 상업 쪽에는 소질이 전혀 없어서……. 부끄러울 따름입니다…….""

크메르크 부관이 빠르게 웅얼웅얼 중얼거렸다. 이 사람, 얼굴이 빨개졌네.

상인 가문 출신이라면 글을 읽거나 쓸 줄 알고, 계산도 할 줄 알 것이다. 미랄디아어로 이야기하는 것도 이해가 갔다. 부관으로서는 최고의 인재이군.

상업적인 재능이 없다는 것도 단순히 사람이 좋아서 그런 것처럼 보이고.

물론 철저히 주관적인 인상이지만.

"그런데 정말 훌륭하게 성장했어요. 크메르크 님. 밧자의 용병대가 규율이 잘 잡힌 것은 당신의 공적입니다."

"아뇨, 천만의 말씀입니다! 전부 다 자카르 대장님의 인망과 통솔력 덕분이지요. 저는 정말 아무것도…….""

"어머, 그 겸손한 성격은 변함이 없네요."

예상보다 더 친해 보이는군.

비라코야와 대화하는 모습을 보니, 크메르크 부관은 비라코야가 용병대에 걸어둔 '개 목걸이' 같은 존재라는 느낌이 들었다. 용병대와 그녀를 연결해주는 징검다리이자 믿음직한 정보원인 것이다.

물론 이것도 주관적인 인상이지만.

크메르크 부관은 전투의상의 옷자락으로 이마의 땀을 닦아냈다. 그리고 품속에서 편지를 꺼냈다.

"아, 아무튼, 대장님의 보고서를 가져왔습니다. 확인해주십시오."

"어머, 그랬죠. 미안해요."

비라코야는 편지를 받더니, 책상 위에 있는 아름다운 렌즈를 집어 들었다. 돋보기 대신 사용하는 건가 보다.

"어머나…… 흐음……."

편지를 다 읽은 비라코야는 다시 나를 돌아봤다.

"용병대가 카르팔을 함락시켰다고 합니다. 뒤따라가는 제후군이 그 도시를 포위하기도 전에."

나는 좀 불길한 예감을 느꼈지만, 용병대 간부가 있으므로 일부러 웃으면서 말했다.

"대단한 활약이군요. 크메르크 님, 훌륭하십니다."

"아뇨, 이것도 자카르 대장님의 수완입니다."

아까부터 '자카르 대장님'이란 이름이 자주 나오는데, 그 녀석은 도대체 정체가 뭘까.

"대장은 자카르 님이라고요? 흠, 정확히 어떤 분입니까?"

내가 크메르크 부관에게 물어보자, 그는 활짝 웃었다.

"정말 훌륭한 지휘관이십니다. 병사들 사이에서도 인망이 높고, 용맹하고 무예 실력도 뛰어나요. 그리고 우리 군대에는 육상전 지휘를 할 수 있는 장수가 거의 없는데, 자카르 대장님은 육상전 전문가이십니다. 특히 공성전이 특기예요."

크메르크가 그렇게 정신없이 떠들어대는데 비라코야가 부드럽게 제지했다.

"예로부터 연안 제후는 육상전은 거의 준비하지 않았어요. 그랬다가는 내륙 지역에 대한 침공을 준비하는 것으로 간주되어, 자칫하면 모반 혐의를 받을 가능성이 높으니까요."

"아, 그렇군요. 그럼 귀중한 인재겠네요."

그렇다면 역시 처음에는 진심으로 전쟁을 시작할 마음이 없었다는 뜻이다.

여기서 비라코야가 의미심장한 시선으로 나를 쳐다봤다.

"바이트 경도 육상전 실력이 매우 뛰어나다고 들었습니다. 50명의 부하들을 거느리고 400명이나 되는 적을 남김없이 몰살시키셨다고요."

투반의 공격에 맞서서 륜하이트를 지켰던 그 전투 말인가.

나는 씁쓸하게 웃으며 고개를 옆으로 흔들었다.

"그건 사실이 아닙니다. 실은 다른 복병도 숨겨놨었어요."

"어머나, 복병이라고요?"

비라코야가 감탄한 듯한 소리를 내더니 크메르크 부관을 돌아봤다.

"크메르크 님, 어떻게 생각하세요?"

"역시 전쟁 전문가이신 것 같습니다. 저, 가능하시다면…… 전선 시찰만이라도 해주신다면, 참으로 영광이겠습니다만……."

오해라니까요.

그런 눈으로 나를 보지 말아요.

나는 마왕군에서 기초적인 전술은 머릿속에 쑤셔 넣었지만, 지휘할 수 있는 것은 기껏해야 100명이 한계이다. 그것도 인랑 한정. 평범한 인간 병사는 쉽게 죽어버리기 때문에 제대로 지휘할 수 없다.

그런데도 비라코야와 크메르크 부관은 둘 다 뜨거운 눈빛으로 나를 보고 있었다.

"북부 제국의 침공을 막아낸 실적도 있으시잖아요? 그것도 황녀가 이끄는 정예군을 수도에서 맞받아쳐서, 황녀까지 생포하셨다고 하던데요."

"그건…… 어…… 음, 그렇죠."

자세히 이야기하면 다양한 군사기밀이 유출될 것 같아서 나는 애매하게 웃어넘길 수밖에 없었다.

비라코야는 이야기를 하다가 점점 흥분했는지 소녀 같은 눈빛으로 나를 봤다.

"게다가 바이트 경 본인께서도 과장이 아니라 진짜 일기당천(一騎當千)의 전사라고 들었습니다. '바르칸'을 쓰러뜨리셨다면서요?"

"바르칸이 뭡니까?"

"크월어로 '군신(軍神)'이란 뜻인데…… 아, 네. 그래요. 미랄디아어로 바꾸면 '용사'라고 하면 될까요? 인간의 한계를 초월한 신과도 같은 전사입니다."

아하…… 아……. 음.

뭐라고 설명하면 좋을까.

크메르크 부관은 흥미진진한 것처럼 나를 뚫어져라 응시하고 있었다.

"전설의 군신을 쓰러뜨렸다는 건, 바이트 경도 군신이란 거죠?"

"아뇨, 나는 빈사 상태의 군신을 쓰러뜨렸을 뿐이지……. 실질적으로는 초대 마왕 폐하가 쓰러뜨리신 것입니다."

누가 뭐라 해도 그것은 프리덴리히터 님의 전공이다.

내 공적이 아니다.

그러나 사정을 모르는 두 사람은 그것을 겸손한 태도라고 받아들였나 보다.

"비라코야 님. 역시 마왕의 부관 클래스면, 장수 한 명이 군대 하나에 필적하는군요. 감격했습니다."

"네. 배가 부족해서 대군은 보낼 수 없다고 페트레가 말했었는데, 이 정도면 확실히 대군을 보낼 필요가 없겠네요. 정말 믿음직해요."

나를 걸어 다니는 전술 병기처럼 취급하지 말아줘.

\*       \*

〈밧자 공의 편지〉

페트레, 아직 건강해? 부인은 소중히 잘 모시고 있어?

마지막으로 만난 것이 몇 년 전이었을까. 그건 분명히 당신이 아직 원로원과 대립하던 시절이었지.

당신에게 슬슬 정월의 평온이 찾아올 때가 되지 않았을까 하고 좀 걱정하고 있어.

하지만 그럴 리 없겠지? 당신을 믿어.

왜냐하면 당신은 나보다 더 오래 살 거라고 호언장담했잖아.

글라스코의 장례식에서, 귀여운 거쉬를 품에 안은 채.


그나저나 당신들 말인데, 이번에 엄청난 거물을 이쪽으로 보냈더라? 마왕의 부관이라니.

좀 놀랐어. 미랄디아는 이 전쟁에 적극적으로 끼어들 마음이 없어 보인다고 생각했거든.

하지만 정말 기뻐. 고마워.

연안 제후들은 모두 미랄디아의 지원을 받은 덕분에 용기를 얻었어.

바이트 경 같은 거물이라면, 국왕 폐하도 무시하지 못할 거야. 당장 사자를 보내야겠어. 그분은 속으로는 타국의 군대를 두려워하고 계시거든.


그 바이트라는 신사는 정말로 상쾌하고, 미소가 멋진 분이었어. 그리고 무척 예의 바르고. 당신이 말했던 것처럼, 아니, 그보다 더 훌륭했어.

내가 정체를 숨겼을 때도 매우 자연스럽게 대해주셨어. 평소에도 겉과 속이 다르지 않은 분이신 거겠지.

그래서 당신도, 또 귀여운 거쉬도 그를 신뢰하고 있는 거잖아?

아, 맞다. 선물로 '용린옥'이란 귀중한 보석을 받았어. 북부 제국에서만 채굴되는 물건이래. 당장 목걸이로 만들까 생각 중이야.

그러고 보니 당신들이 첫 만남에서 준 선물은 뭐였더라?

분명히 해적의 머리였던 것 같은데……. 아니면 전설의 거대 상어의 지느러미였던가? 항상 냄새가 배어서 곤란하다고 시녀들이 투덜거렸었어.

그때 당신들은 마치 뱀허물을 주워 와서 자랑하는 소년 같은 눈빛이었지.

지금은 좋은 추억이 되었어.

그런데 당신들보다 더 화려한 전력을 가지고 있는데도, 바이트 경은 당신들보다 훨씬 차분하고 조심스러운 분이셨어.

언뜻 보면 문관 타입이지만, 그래도 이따금 전쟁터의 바람이 느껴졌어. 칼집에 들어가 있는 명검 같은 분위기야.

군신을 죽였다는 소문은 사실일까? 그 온화함이 오히려 그런 위압감을 느끼게 해줬어.

이쪽에서는 모두 바이트 경의 실력을 구경하고 싶어서 안달이 나 있어.

그의 실력을 제일 간절하게 보고 싶어 하는 것은 아마도 용병대 아이들일 거야.

그 부하인 인랑 부대가 변신하는 장면도 한번 보고 싶어. 틀림없이 무서울 테지만.

믿음직한 아군이 생겨서 진심으로 감사하고 있어.

당신은 역시 중요한 순간에는 꼭 의리를 지키는 사람이구나.

평소에는 변변찮은 인간…… 아니, 난 아무 말도 안 했어요?

다음에 또 밧자에 놀러 와줘. 그 옛날처럼 화려한 선장 모자를 쓴 채 뱃머리에서 팔짱을 끼고.

우리 시녀들은 언제나 "차분한 맛이 없는 선수상이네요"라고 하면서 웃었는데. 그 시절이 그리워.

우리 둘 다 앞으로 몇 번이나 더 만날 수 있을지 모르는 처지잖아?

나도 살아 있는 동안에 귀찮은 문제는 전부 처리해버리고 싶어.

뒤따라올 아이들을 위해서 길을 잘 닦아놔야지. 안 그래?

\*                \*

나는 결국 밧자 용병대의 크메르크 부관과 함께 최전선으로 향하게 되었다.

어차피 파커를 찾아야 하니까.

그 녀석은 밀사이므로 공식 신분은 그다지 높지 않다. 내가 구출해줘야 한다.

그 녀석이 뭔가 트라우마가 자극돼서 폭주하기라도 한다면, 그동안의 노력이 다 물거품이 되어버릴 것이다.

현재의 파커가 진짜 실력을 발휘한다면 방어력 약한 도시 한두 개쯤은 멸망시킬 수 있을 것이다. 그 녀석이야말로 걸어 다니는 전술 병기였다.

그래서 나는 비라코야와 크메르크 부관의 부탁을 받았을 때 못 이기는 척하면서 이렇게 대답했다.

"알겠습니다. 그럼 외교적인 과시 목적으로, 인랑 부대와 베르자 해병대의 일부를 이끌고 진군하겠습니다."

미랄디아군은 연안 제후에게 가세한다. 그 점을 과시하기 위한 진군이다. 실제로 싸울 마음은 별로 없었다.

뭐, 그러다가 적당히 왕도까지 가서 국왕에게 "이제 그만하시지?" 하고 충고하면 되겠지. 물론 미랄디아 연방으로서.

덤으로 파커를 주워서 데리고 돌아갈 것이다. 그 녀석도 내 자식의 얼굴을 보는 것을 기대하는 것 같았으니까.

나는 인랑 부대를 거의 전원 데려가기로 했다. 연락원으로서 1개 분대만 남겨놓았다. 인랑은 인간 전령보다 더 믿음직하고 빨랐다.

또 베르자 해병대도 데려갈 것이다. 머릿수가 필요하기도 하고, 실종되기 전의 파커에 관해서 도중에 이것저것 물어보고 싶기도 했다.

오랜만에 만난 그리즈 대장은 덥수룩한 수염을 쓰다듬으며 고개를 갸우뚱했다.

"글쎄요, 파커 나리는 실종되기 직전까지도 평소와 별로 다르지 않았는데……. 어찌나 시시한 농담을 하던지, 생각만 해도 소름 끼칠 정도예요."

죄송합니다. 우리 못난 사형이 문제였네요.

"뭐, 어쨌든 특별히 이상한 점은 없었어요. 다만 용병대는 엄청나게 경계하는 것 같았지, 아마? 그건 보고서에 적었던 내용과 같아요. 바이트 나리."

"흠, 그렇군."

우리 사형은 가끔 진짜 바보처럼 보이지만, 나보다 똑똑한 것은 확실했다.

그렇다면 역시 위험을 감지하고 조심스럽게 행동하고 있을 것이다. 파커가 살해될 리는 없으니까.

나는 그리즈 대장에게서 더욱 흥미로운 이야기를 들었다.

"아, 맞다. 군신이란 놈의 이야기는 들었어요?"

"응. 미랄디아의 용사와 같은 존재이지?"

"파커 나리가 그놈에 관해 여러모로 조사했는데요. 이게 그 조사 보고서입니다. 아직 미완성이지만, 혹시 자신이 늦게 돌아오거든 나리에게 건네주라고 했어요."

두툼한 서류들을 넘겨받았다.

파커의 조사에 의하면, 이 크월 지방에서는 옛날부터 '군신'…… 즉, 용사나 마왕 같은 것이 출몰했다고 한다. 각지의 전설이나 서사시에 그 기록이 남아 있었다.

물론 그게 전부 다 진짜인지는 알 수 없지만, 아무리 그래도 너무 많은데.

연표로 정리된 내용을 대충 훑어보니 몇 년에 한 번씩은 출몰하고 있었다. 도대체 이게 몇 십 명이야?

그러나 그 군신 난립의 시대도 종지부를 찍어서, 어느 시기를 기점으로 군신은 전혀 등장하지 않게 되었다. 그것은 현재의 크월 왕국이 세워지기 얼마 전이었다.

파커는 '이것은 인과관계가 역전된 것으로서, 군신이 등장하지 않게 되면서 지역이 안정돼서 장기적인 정권이 탄생한 것이 아닐까?'라고 적어놓았다.

성실하게 일할 때의 파커는 나보다 훨씬 더 우수했다.

항상 이렇게 해준다면 그 녀석이 마왕의 부관이 되는 게 나을 텐데, 그 정신이 불안정하단 말이지…….

파커는 그 후 '군신이 갑자기 나타나지 않게 된 원인'을 조사하기 위해 내륙 지방으로 떠난 것 같았다.

마치 그것을 기다린 것처럼 내란이 발생했고.

현재 나는 왕도로 향하고 있었다.

우연일 수도 있지만, 역시 어떤 책략이 존재하는 것 같았다.

왠지 불안했다.

"그나저나 그 녀석, 왕도보다 더 안쪽의 상류로 간 건 아니겠지……?"

"음, 엔칼라가 앞까지는 연안 제후의 지배 영역이니까. 쉽게 돌아올 수 있을 텐데……."

그리즈도 자신의 모히칸 머리를 쓰다듬으면서 고개를 갸웃거렸다.

너무 깊숙한 오지로 가버렸으면 수색대도 파견하지 못할 것이다. 사형 한 명을 구하기 위해 외국에서 군대를 움직일 수는 없었다.

곤란하군. 별로 만나고 싶은 것은 아니지만, 없으면 괜히 마음이 불안해졌다.


불안감을 느끼면서도 나는 카르팔 시까지 가는 도중에 착실하게 시찰을 했다.

밧자 공 비라코야가 설명했듯이 메지레 강 유역의 제후들과는 미리 몰래 협의를 해둔 것 같았다. 전투의 흔적은 전혀 없었고, 모든 도시가 더없이 평화로웠다.

우리를 맞이해주는 유역 제후들도 온화하고 정중했다. '우리의 싸움은 이미 끝났다'는 태도였다.

그들은 이번에 국왕과 연안 제후들의 분쟁에 말려든 피해자이므로 그러는 것도 당연했다.

지금이 전쟁 중임을 느끼게 해주는 것은 길쭉한 깃발이었다. 각 도시의 성벽에서 깃발이 펄럭이고 있었다.

이것은 '유기(流旗)'라고 불렸는데, 메지레 강물을 상징하는 것이라고 한다. '흐름에 몸을 맡긴다'는 의미를 지녔다. 이전 세계의 백기와 비슷한 것이리라.

이 깃발을 내건 장소를 공격하는 것은 규칙 위반이고, 이 깃발을 내건 도시는 무장한 병사들을 시외로 내보내면 안 된다.

몬더가 재미없다는 듯이 유기를 쳐다보고 있었다.

"좀 더 화끈하게 해치우면 좋을 텐데……. 인간은 참 복잡하다니까……."

"늑대도 배를 보여주면 더 이상 싸우지 않잖아? 인간에게도 항복 표시가 필요한 거야. 안 그러면 모두가 죽을 때까지 끝나지 않게 되니까."

문제는 이런 전쟁의 규칙이 자주 위반된다는 것이다.

다행히 현재로선 제후들이 전쟁을 잘 컨트롤하고 있는 것 같았다.

그러나 크월 왕은 지금쯤 당황하고 있을 테지.

밀약을 모르는 사람에게는, 마치 연안 제후가 파죽지세로 진군하는 것처럼 보일 테니까.

나는 그런 생각을 하면서 남하하여 중부의 도시 카르팔로 들어갔다.

이곳은 전투가 벌어진 도시이므로 심하게 파괴되어 있었다. 세기말 같은 광경이었다. 거의 폐허나 마찬가지였다.

특히 성문 근처의 건물은 대부분 불타거나 무너졌고, 그 틈새로 겁먹은 시민들이 조심조심 얼굴을 내밀고 있었다.

시내 곳곳에 시체들을 한꺼번에 매장한 흔적이 있었다. 꽤 많은 사람이 죽었나 보다.

"잠깐만, 이게 뭐야?"

"너무 심하잖아……."

"이걸 복구하려면 대체 몇 년이나 걸릴지……."

세기말 모히칸 전사인 그리즈와 그의 부하들은 질린 것 같았다.

그때 먼저 갔던 용병대의 크메르크 부관이 이쪽으로 뛰어왔다. 그를 호위하는 용병들과 함께.

"바이트 경!"

"아, 크메르크 님. 이거 참 요란하게 싸우셨군."

내 말에 크메르크 부관은 멋쩍은 표정을 지었다.

"죄송합니다. 단기 결전을 하느라……."

그러자 그의 등 뒤에서 망토를 휘날리는 전사가 성큼성큼 걸어왔다.

"크메르크, 그분들이 미랄디아에서 온 원군인가?!"

"네, 넷!"

크메르크 부관은 허둥지둥 뒤를 돌아보더니 그 전사를 향해 고개를 숙였다.

이쪽으로 다가오는 사람은 크메르크 부관과 동년배인 억센 사나이였다. 화려한 망토와 갑옷을 걸치고 있었다.

허리에 찬 곡도의 칼집에는 보석이 박혀 있었는데, 칼자루는 매우 실용적이었다. 상당히 오래 사용한 것이 느껴졌다.

발걸음도 흐트러짐이 없었고, 날렵하면서 힘이 넘쳤다. 잘 단련된 사람임을 알 수 있었다. 마치 운동선수 같았다.

그 위풍당당한 위장부는 내 앞까지 오더니, 오른쪽 무릎을 꿇지 않고 가볍게 고개만 끄덕거렸다.

"바이트 경, 만나서 반갑다! 나는 자칸의 아들, 자카르! 밧자 용병대 1,000명의 전사들을 지휘하는 장군이다!"

너 지금 거짓말했지. 거짓말쟁이의 냄새가 난다.

자칸은 크월 최후의 '군신', 즉 용사의 이름이다. 물론 동명이인은 얼마든지 있을 테지만, 아무래도 그 부분이 사칭인 것 같았다.

첫인상은 워로이와 같은 타입처럼 보였는데, 좀 다른 것 같았다. 그 녀석은 모략을 꾸밀 때도 거짓말은 거의 안 했다. 이 녀석은 왠지 수상하다.

"대장님, 무릎을……."

크메르크 부관이 당황한 것처럼 살짝 귓속말을 했지만 자카르는 그것을 무시했다.

크월 굴지의 권력자인 밧자 공조차도 내 앞에서는 무릎을 꿇고 예의를 갖췄었다.

그렇게 생각한다면 이 자카르의 인사는 크월인이 봐도 불손한 행위임을 알 수 있었다.

물론 나라는 개인 앞에서 자신을 낮출 필요는 전혀 없지만. 미랄디아라는 나라에 대해서는 다소 경의를 보여주면 좋겠다.

음, 난처하군. 나는 미랄디아를 통치하는 마왕의 부관이므로, 밧자 공의 고용인에 불과한 용병대장보다는 훨씬 신분이 높은 존재이다.

이런 경우에는 어느 정도의 예의로 인사하는 게 좋을까?

여기 오기 전까지는 모두 예의 바르게 행동했으므로 나도 예의 바르게 대응하면 됐었는데……. 으음, 하는 수 없지.

"그래, 나는 미랄디아 마왕의 부관인 바이트 폰 아인도르프라고 한다."

무뚝뚝하지만 어쩔 수 없었다.

다행히 자카르 대장은 자잘한 일에는 신경 쓰지 않는 듯했다. 그는 자신만만하게 웃었다.

"미랄디아에서 왕의 부관이 온다고 해서, 저절로 기합이 좀 들어갔나 봐. 자, 이거 봐. 우리 크월 용병의 용맹함을!"

용맹하다고? 그보다는 야만적인 것 같은데…….

성문과 성벽이 파괴된 것은 뭐 그렇다 쳐도, 시내의 넓은 구역에 방화 및 파괴의 흔적이 남아 있는 것은 도대체 어떻게 된 거냐.

아니, 오히려 용병답다고 해야 할까.

그들은 신분이나 대우를 보장받지 못하고 퇴직금이나 연금도 못 받는다. 고로 그들에게 도시 점령이란 것은 임시 보너스나 마찬가지였다. 여기서 약탈을 하지 않으면 뭐 때문에 용병으로 일하겠냐?! 하는 것이다.

뒤따라오는 정규군을 기다리지 않고 도시를 공략해버린 이유도 한마디로 말해 '약탈을 방해받기 싫어서'였을 것이다.

이것도 어쩔 수 없는 일이다. 용병이니까. 이 녀석들에게 선봉을 맡기면 당연히 이렇게 된다. 좀 지나치다는 생각은 들었지만, 타국의 전쟁이므로 나는 입 다물 수밖에 없었다.

어쨌든 용병대가 전과를 거둔 것은 명백한 사실이었다. 일단 예의상 칭찬해주기로 했다.

"정말 잘 싸웠어. 밧자 공도 기뻐하실 테지. ……그런데 시민의 인명 피해는 없었나?"

기어코 물어보고 말았다.

그러자 자카르 대장은 웃으면서 고개를 좌우로 흔들었다.

"걱정할 것 없어. 본보기를 보여주려고 건물은 화려하게 부숴버렸지만, 민중은 공격하지 않았어. 약탈도 허가하지 않았고. 다른 도시의 용병대도 마찬가지야."

의외였다. 아무리 봐도 약탈을 당한 것 같은데…….

게다가 또 거짓말을 하는 냄새가 났다. 뭐가 거짓말일까? 아까부터 거짓말 냄새가 너무 많이 나서 혼란스러웠다.

내가 수상하게 여기고 있는데 그는 자랑스럽게 가슴을 활짝 폈다.

"그래서 내가 부자 놈들한테서 징발을 해서 밧자 용병대한테만 나눠줬지. 전리품 취급은 계약대로 한 거야. 아, 그래. 밧자 공과의 계약서라도 볼 텐가?"

"아냐, 됐어."

'사냥해온 고기를 나눠줄 권한'은 사냥개들에 대해 절대적 지배력을 가진다. 자카르 대장은 그 점을 잘 아는 것 같았다.

용병대장이란 자들은 대체로 이렇게 의욕이 넘치는 인물들이 많았다. 오히려 나는 다소 안심했다.

이득을 중시하는 인물은, 이득이란 잣대로 평가가 가능하니까.

어떤 잣대로도 평가할 수 없는 인물이 가장 성가시다. 아마 사이고 다카모리도 그런 말을 했을 것이다.

자카르 대장은 나를 유심히 관찰하고 나서 씩 웃었다.

"다음 작전에 관해 미랄디아군과 간단히 회의를 하고 싶은데. 본진까지 오지 않겠나? 이왕이면 점심도 같이 먹자."

"그래, 그것도 괜찮군. 가자."

밥 사주는 사람은 전부 다 좋은 사람이다.

적어도 밥을 사주는 동안에는.


성새도시 카르팔의 중심부에 있는 으리으리한 성이 밧자 용병대의 본진이었다.

아무리 봐도 이것은 카르팔 공의 저택 같은데. 용병들이 카르팔 공의 깃발과 문장을 다 태우고 부숴버렸다.

내가 크월의 정세를 자세히 아는 것은 아니지만 좀 불안해졌다.

크월 왕실을 막부라고 한다면, 제후는 다이묘(과거 일본의 지방 봉건 영주)일 것이다.

게다가 카르팔 공의 조모님은 왕족이라고 들었다. 그는 현 국왕과도 먼 친척인 것이다. 카르팔 공의 권력은 눈에 띄게 강하지는 않아도, 제후 중에서는 정권과 가까운 가문인 셈이다.

그런데 평민 오합지졸에 불과한 용병들이 그 유서 깊은 가문의 카르팔 공을 흠씬 두들겨 팼다. 더구나 저택까지 점령해버렸다.

이거 왠지 큰일 난 것 같은데.

"자카르 님, 카르팔 공은 어찌 됐나?"

"목숨만 살려 달라고 빌던데? 그래서 몸값을 받고 목숨만 살려줬지. 좀 더 상류에 있는 도시인 와자르로 도망간 것 같아."

아, 이거 봐. 역시 큰일 났잖아.

이 녀석, 설마 자신이 무슨 짓을 저질렀는지 모르는 건가?

"카르팔 공은 국왕의 먼 친척인데, 그런 짓을 해도 괜찮나? 밧자 공의 허락은 받았어?"

그러자 자카르는 코웃음을 쳤다.

"우리는 용병이다. 용병은 계약대로 싸우는 것이 직업이고. 그래서 전력으로 싸운다. 적은 쓰러뜨린다. 단지 그뿐이야, 안 그래?"

주위에 있는 크월인 용병들이 그 말을 듣고 힘차게 고개를 끄덕거렸다. 그들은 자카르 대장에게 심취한 것 같았다.

이 녀석이 하는 말은 일견 정당하게 느껴지지만, 고용주의 사정을 전혀 고려하지 않은 것이었다.

애초에 넌 지금 계약 위반을 한 거잖아? 처음 예정에 의하면 카르팔을 포위하는 작전이었을 것이다.

포위한 상태에서 항복을 권하고, 적당히 협상한 뒤 카르팔 공을 항복하게 만든다.

그러면 카르팔 공은 친척인 왕실에 대한 충성심을 보여주면서도 무사히 싸움을 끝낼 수 있으니까. 다소 번거로운 방법이긴 해도 아무도 손해는 안 본다. 용병들도 죽지 않는다.

그러나 자카르는 아마도 다른 도시의 용병대와도 공모해서 밧자 용병대를 제멋대로 출동시켰을 것이다.

카르팔에는 간소하긴 해도 성벽과 성문이 있고, 정식 위병대도 있었다고 한다. 연안 제후의 용병대는 전부 다 합쳐서 3천 명밖에 안 되니까, 시가지로 돌입하느라 꽤 큰 손해를 봤을 것이다.

카르팔 공략전 자체는 연안 제후의 승리로 끝났다. 그러나 전쟁 전체를 생각한다면 '쓸데없는 짓으로 상황을 복잡하게 만들었잖아?!'라는 생각만 들었다.

그래서 나는 쓴소리를 했다.

"내가 할 말은 아니지만, 병사들을 낭비한 것이 아닌가? 용병들은 밧자 공에게서 위임받은 병사일 텐데."

자카르는 내 말을 가볍게 웃어넘겼다.

"지휘권은 나한테 있어. 전쟁터에서 용병들에게 명령할 수 있는 사람은 나밖에 없어! 아니면 뭔데, 밧자 공이 그걸 할 수 있어? 해전밖에 모르는 밧자 공이?"

"병사들을 위임받았다고 해서 뭐든지 다 해도 되는 것은 아니잖아?"

아무리 봐도 상황이 안 좋았다.

더구나 주위의 용병들에게서 살기의 냄새가 나기 시작했다.

"흐음?"

나와 동행한 몬더가 엷은 미소를 지었다. 그리고 입술을 혀로 핥았다.

몬더는 평소에도 늘 웃고 있지만, 지금은 눈에 웃음기가 없었다. 몬더도 살기의 냄새를 맡았으리라. 그래서 용병들을 죽이려고 하는 것이다.

다른 인랑들도 겉으로는 평온했지만 이미 임전태세를 갖췄다.

심지어 그리즈를 비롯한 베르자 해병대도 뚝뚝 목을 돌리고, 주먹의 관절을 꺾고 있었다. 일촉즉발이었다. 무서웠다.

자카르 대장은 제대로 대화가 통하는 상대가 아닌 듯했다. 말이 안 통하는 상대와 이야기해봤자 소용없다.

게다가 여기서 미랄디아 마왕의 부관과 밧자 공의 용병대장이 싸운다면, 밧자 공의 입장이 난처해질 것이다.

일단 아군이니까. 무난하게 대처하자.

나는 피식 웃고 나서 자카르의 어깨를 가볍게 두드렸다.

"뭐, 어쨌든 이겼으니까. 싸움은 이기지 못하면 의미가 없어. 그대의 공적은, 나도 밧자 공에게 잘 전달하겠다. 본국에도 보고할 거고."

자카르는 내 발언의 의미를 금방 이해했다.

"오, 그건 명예로운 일이군."

바다 건너 미랄디아에도 자신의 승리와 이름을 알릴 수 있는 것이다.

자카르는 히죽 웃었다. 어쩐지 불쾌한 미소였다. 이런 순간에는 사람의 본성이 드러나는 것이다.

그는 갑자기 기분이 좋아졌는지 내 등을 똑같이 툭툭 두드렸다.

"과연 마왕의 부관님이셔. 이국의 장군이어도, 역시 완벽한 무인은 다르구나. 얘들아, 너희도 그렇게 생각하지 않냐?"

자카르가 웃자, 용병들의 살기의 냄새도 옅어졌다.

이곳의 지배권을 장악하고 있는 것은 내가 아니라 자카르 대장이라는 뜻이다. 마치 동물들끼리 서열 다툼을 하는 것 같았다.

나는 학문과 문화를 사랑하는 우아하고 섬세한 마술사. 그런 야만적인 놀이는 안 한다.

나는 얼른 물러나기로 했다.

"그럼 나는 내 친위대를 도시로 데려오겠다. 지휘 계통과는 상관없는 독립 부대야. 방해가 되지 않는 수준으로 도와줄게."

"아, 그래."

방금 자카르에게서 기분 나쁜 냄새가 났다. 거짓말할 때의 냄새였다.

아마도 우리를 방해할 생각인가 보다. 경계해야겠군.

나는 웃는 얼굴로 자카르와 서로 인사하고 나서 즉시 물러났다.

나 참, 결국 점심밥을 못 먹었잖아.


미랄디아군의 대기 장소로 돌아가는 길에 그리즈 대장이 나직하게 중얼거렸다.

"저건 게바 같은 놈이에요. 배 속에 독을 품고 있어."

게바란 것은 베르자에서 잡히는 식용 물고기인데, 살은 맛있지만 내장에는 맹독이 있었다. 복어와는 달리 겉모습은 평범한 물고기라서 문제였다.

나는 고개를 끄덕였다.

"위험한 남자다. 하지만 유능하기도 해. 그래서 더더욱 위험한 남자야."

그리즈도 동의하듯이 고개를 끄덕이더니 불쾌한 것처럼 눈살을 찌푸렸다.

"애초에 우리 같은 병사들은 지나치게 나대면 안 되는 겁니다. 열 명 죽이란 소리를 들으면 딱 열 명만 죽여야 해요. 아홉 명도, 열한 명도 아닙니다. 지나치게 나대면 안 된다고, 거쉬 나리가 말했어요."

"응, 명령을 내리는 사람은 열 명 죽인다는 것을 전제로 다음 계획을 세우고 있으니까."

그 점을 잘 이해하고 있기 때문에 이 흉악해 보이는 모히칸 사나이는 해병대의 대장이 된 것이다.

나는 한숨을 쉬었다.

"밧자 용병대처럼 도가 지나친 녀석들은 반드시 문제를 일으킨다. 내가 고용주라면 대장을 바꿨을 테지만, 고용주는 밧자 공이니까."

"그 할머니는 책사이지만 전쟁에 관해서는 잘 몰라요. 특히 육상전은."

"응, 맞아. 연안 제후들 중에는 육상전 전문가가 없어."

다소 지나치게 나대더라도, 자카르를 파면하는 것은 불가능하다.

"바이트 나리, 앞으로 전쟁이 어떻게 될 것 같아요?"

"카르팔 공은 이 사건을 결코 잊지 않을 거야. 명예가 실추된 귀족은 위험해. 귀족도 용병과 마찬가지로 체면이 가장 중요하거든."

영지 주민과 가신, 또 다른 제후나 국왕의 평가. 전부 다 영주에게는 중요한 재산이다. 생계 수단 및 안전과도 직결된 것이다.

"카르팔 공의 인품이 어떤지는 몰라도, 앞으로의 동향은 경계하는 것이 좋을 거야. 기회만 있으면 반드시 복수하러 올 테니까."

그들은 평민 군대에게 유린당했다는 굴욕을 깨끗이 잊어버릴 정도로 착하지는 않았다.

나는 인랑 부대와 베르자 해병대를 성문 근처의 공터에 모아놓고 말했다.

"자, 이제 숙소가 필요한데. 여기는 연안 제후의 점령지이다. 고로 우리는 이 부근의 민가를 징발한다."

"바이트 군…… 바이트 대장님, 어, 그래도 돼?"

부대장 판이 걱정스럽게 말을 걸었다. 판은 최근에는 인간의 방식을 점점 알게 되었다. 그래서 내 지시에 주민들이 반발하리란 것을 눈치챈 듯했다.

나는 싱긋 웃었다.

"이 부근의 민가는 전부 다 부서졌잖아? 우리가 숙소로 이용하려면 수리를 해야 할 것 같은데. 안 그래?"

그때 마침 제릭 부대가 목재와 흙벽돌을 짐수레에 실어 왔다.

"이봐, 대장! 이만큼 샀으면 충분하지?! 빨리 해치워버리자, 이러다 해 지겠어."

"좋아, 당장 시작해. 가능한 한 크월 건축 양식에 맞춰서. 괜찮으니까 주민들에게도 도와 달라고 해."

"오케이!"

제릭 부대에는 대장장이와 목수와 석공이 다 있었다.

그들은 즉시 바닥의 상태를 조사하기도 하고, 기둥 치수를 재기도 했다.

판은 한동안 멍하니 그걸 쳐다보다가 드디어 내 의도를 이해했다.

"아⋯⋯. 응, 그렇구나. 좋아, 그럼 한번 해볼까? 얘들아, 어서 준비해! 집수리는 우리 마을에서 많이 해봤잖아?"

거기는 모든 집이 부실했으니까.

베르자 해병대도 기세 좋게 나섰다.

"좋아, 얘들아! 군선 응급수리를 하는 요령으로, 솜씨 좋게 한 번 해봐!"

"알았어!"

곧바로 뚝딱뚝딱 공사가 시작됐다.

일단 주민들의 반응이 신경 쓰였는데, 인랑 부대와 모히칸 사나이들이 근처에 있는 사람들을 붙잡아서 강제로 일을 돕게 했으므로 그들에게는 선택권이 없었다.

실은 좀 더 저자세로 주민들을 대하고 싶었지만, 이것도 각 방면에 대한 배려이므로 그들이 이해하고 참아주길 바란다.

"기존 구역을 지켜! 숙소로 활용한 다음에는 내버려두고 갈 거니까!"

성문 주변의 집들은 파괴됐다. 그러니 우리가 마음대로 수리해서 마음대로 숙소로 쓰다가 마음대로 버리고 갈 것이다. 단지 그뿐이다.

참고로 경비는 이미 확보해놓았다. 내가 개인적으로 마오에게서 사들인 '용린옥'을 크월 상인에게 팔아서 번 돈이었다. 상대가 값을 후려치지 못하도록 인맥을 동원해 신중하게 거래 업자를 골랐다.

크월에는 존재하지 않는 광석이다 보니, 작은 돌멩이조차도 믿어지지 않는 가격으로 팔렸다. 나도 모르게 죄책감을 느낄 정도로 엄청난 배율이었는데, 그것으로 그들도 또 돈을 번다는 것이 놀라운 일이었다.

아무튼 그래서 군자금은 넉넉했다.

전쟁터가 된 카르팔에 조금만 그 돈을 투자하고, 덤으로 복구 작업도 좀 도와줘야겠다.


작업이 궤도에 올랐을 때 용병대의 크메르크 부관이 어디선가 홀연히 나타났다. 여태 우리를 감시하고 있었나 보다.

"바이트 경, 뭐 하시는 겁니까?"

"아, 미랄디아 병사들의 숙소는 스스로 마련하고 싶어서. 병사들에게 그 준비를 시키는 중이야."

내 돈과 내 부하들로 작업을 하고 있으니까, 아무도 이걸 막을 권리는 없을 것이다.

방해할 수 있으면 해봐라.

그런 생각을 하면서 싱글싱글 웃고 있는데, 크메르크 부관은 나를 빤히 쳐다봤다.

"바이트 경. 당신은 설마, 카르팔 주민들을 동정해서……."

"글쎄? 무슨 소리인지 모르겠군."

분쟁 중인 타국에서 너무 제멋대로 행동할 수는 없다. 고로 나는 지금 단순히 미랄디아군의 숙영 준비를 하는 것이다.

그러자 크메르크 부관이 한숨을 쉬었다.

"저희 가족은 도자기를 취급해왔는데, 장식용 도자기 판을 구입하는 것이 제 역할이었습니다. 그래서 건축도 조금은 압니다."

그러더니 그는 멋쩍은 미소를 지었다.

"도와드려도 될까요?"

"그럼 좋지. 고마워."

그 순간, 크메르크 부관은 웃옷을 벗고 크월어와 미랄디아어를 섞어 가면서 소리를 질렀다.

"거기요, 벽돌 쌓는 방법이 완전히 잘못됐어요! 그렇게 쌓으면 옆에서 충격이 가해졌을 때 쉽게 무너지잖아요?! 이 집의 주인은 누구야?! 아, 당신? 미랄디아 병사가 당신 집을 마음대로 개조하는 게 싫으면 당신도 도와줘!"

잔소리꾼이 등장하자 모히칸 사나이들과 인랑들은 당황했는데, 크메르크는 겁에 질린 주민들을 이끌면서 거침없이 작업에 참가시켰다.

"이봐, 당신. 그 뱀 도자기 접시는 버리지 마! 이 뱀은 메지레의 화신, 집을 지켜주는 부적이야. 집주인을 나타내는 중요한 물건이라고. 그냥 적당히 붙여서 다시 남쪽 벽에 걸어놓으면 돼."

문패 겸 도깨비기와 같은 건가. 그렇다 쳐도 유난히 까다롭네.

흉악하게 생긴 모히칸 사나이는 두 동강 난 동그란 타일을 든 채 고개를 갸웃거렸다.

"붙이라고? 우리는 도자기는 잘 모르는데……."

"그래? 그럼 내가 할게. 당신은 작업을 계속해줘. 또 깨진 것이 있으면 전부 다 내가 고쳐줄게."

크메르크는 억센 모히칸 사나이한테서 타일을 받더니, 허리에 찬 가방에서 작은 단지와 가죽 주머니를 꺼내 뭔가를 반죽하기 시작했다.

아마도 킨츠기(金継ぎ, 깨진 도자기를 이어 붙이고 금으로 장식해서 더 특별하게 만드는 기법) 같은 방법으로 고치려나 보다. 과연 전문가다웠다.

그런데 이러면 작업이 너무 느려지지 않나……?

\*　　　\*

〈안 맞는 조각〉

**나는 도자기 판의 파편들을 늘어놓고 쭉 훑어본 다음에 재빨리 그것들의 위치를 바꿨다. 이런 도자기 판의 디자인은 대체로 정해져 있다. 작은 조각이라도, 한번 보면 그것이 어디 것인지 알 수 있었다.**

그것들을 임시로 조립하면서 나는 곁눈질로 예의 '마왕의 부관'을 훔쳐봤다.

저분은 태도가 무척 부드러웠다. 무인보다는 상인에 가까웠다. 순식간에 비라코야 님의 마음을 사로잡은 것을 보면, 상당히 수완이 좋은 듯했다. 나도 상인 출신으로서 바이트 님과는 안심하고 거래할 수 있을 것 같았다.

그런데 그는 또 동시에 역전의 전사의 풍격도 갖추고 있었다. 어떤 압박이나 위협에도 결코 굴하지 않고, 늘 자신감과 긍지를 가지고 있었다. 그런 점은 경애하는 우리 자카르 대장님과 같았다. 보기만 해도 믿음직했다.

"음……."

나는 도자기 판을 이어 붙이던 손을 멈추고 깊은 생각에 잠겼다.

저렇게 상인과 무인으로서 양쪽 다 높은 경지에 다다르려면, 도대체 어떤 인생을 살아와야 하는 걸까? 마치 두 개의 인생을 살아온 것 같았다.

바이트 님은 나보다 젊을 텐데 이상하게도 훨씬 더 나이 많은 연장자처럼 느껴졌다.

아니, 잠깐만. 원래 상인과 무인의 성질을 둘 다 갖춘 사람들이 있잖아?

그것은 귀족이다. 그들은 다른 귀족이나 상인과 거래를 하고, 무슨 일이 생기면 검을 들고 싸운다. 상인이자 무인인 것이다.

"아, 그래. 응, 그렇구나."

납득이 갔다. 그렇게 생각하면 확실히 귀족…… 그것도 교양

있는 오래된 가문의 귀족과 비슷했다.

우리 가족이 경영하는 가게에도 그런 고객이 많이 있는데, 모두 다 태도가 부드럽고 서민에게도 온후하게 대해줬다. 절대로 허세를 부리지 않는다. 그럴 필요가 없기 때문이리라.

그런데 이번에는 또 다른 의문이 생겼다.

그는 북부 대륙에만 있는 '인랑'이라는 마족이라고 한다. 당연히 귀족일 리 없었다.

마왕군의 무인인 것은 확실한데, 마족이 인간 같은 사회를 구축했다는 소리는 들어본 적이 없었다.

"으음……?"

한번 해결된 것 같았던 문제가 다시 되살아났다. 나는 팔짱을 꼈다.

바이트 님의 두 가지 측면. 이 두 개의 조각은 아무리 애써도 맞춰지지 않을 것 같은데. 어떻게 이어 붙인 거지?

"크메르크 님, 일이 힘든가?"

바로 옆에서 친근한 목소리가 들렸다. 나는 퍼뜩 정신을 차렸다. 고개를 들어 보니, 바이트 님이 싱글싱글 웃고 있었다.

그는 내 손 쪽을 가만히 바라보면서 진지하게 고개를 끄덕거렸다.

"그토록 심하게 부서졌던 도자기 판을 수리하다니. 훌륭해."

"아, 아뇨, 이것은 크월에서는 가장의 얼굴이나 마찬가지거든요. 밧자와는 멀리 떨어진 타지 사람의 물건이라도, 깨진 것을 보고 그냥 놔둘 수는 없죠."

나는 허둥지둥 파편들을 이어 붙이면서 쓴웃음을 지었다.

그는 무서운 인물이었다.

아직 만난 지 얼마 되지도 않았는데, 나는 이분에게 전혀 경계심을 품을 수 없었다. 자꾸만 이야기를 나누고 싶었다.

이러면 안 돼. 나는 자카르 대장님의 명령으로 그를 감시하고 있는 거잖아. 오히려 내가 그의 마음에 들어야 하는 거라고.

그런데 바이트 님은 상냥하게 웃으면서 이미 수복된 다른 도자기 판을 살펴보고 있었다.

"머나먼 화국에는 '킨츠기'라는 기술이 있어. 이음매가 금색이 돼서 한층 더 오묘한 맛이 더해지기 때문에, 일부러 깨뜨렸다가 다시 붙인 다기(茶器)도 있다고 하더군."

일부러 깨뜨린다는 것은 완전히 미친 짓 같은데. 하지만 매우 흥미로웠다. 그렇게까지 해서 이어 붙인다니, 도대체 얼마나 큰 아름다움을 창조하는 기술인 걸까.

"꼭 한번 실물을 보고 싶네요."

"그렇지?"

바이트 님은 소년처럼 해맑게 웃더니 이렇게 말했다.

"그러기 위해서라도 빨리 이런 전란은 끝내버리자. 세상이 평화로워지면 화국의 다기도 얼마든지 크월에 들어올 거야."

너무나 티 없이 맑은 미소였다. 나는 나 자신이 부끄러워져서 고개를 숙였다.

용병대 간부인 나에게 '세상이 평화로워지면'이라고 한다는 것이 놀라웠다.

**하지만. 그것도 나쁘진 않을 것이다……**

＊　　　＊

밧자 용병대의 크메르크 부관은 아마도 우리를 감시하는 임무를 띠고 여기 있는 것이리라.

그런데 지금 그는 오로지 깨진 타일을 수리하는 일에만 열중하고 있었다. 부관 타입의 우수한 인물에게서 흔히 볼 수 있는, 세세한 부분에 저절로 집착하는 성격인 듯했다.

지금 그에게 말을 걸어봤자 헛일일 것이다.

나는 만사 포기하고 시장에 가서 닭고기를 사 왔다. 그리고 그것을 대충 손질하면서 생각에 잠겼다.

실은 민물고기가 더 저렴했는데. 그건 흙내가 나서 미랄디아인은 못 먹을 것이다. 특히 인랑의 후각에는 너무 치명적이었다.

맛은 흰살 생선 특유의 담백함이 있어서 어떻게 양념해도 맛있을 거라고 생각한다. 전문적인 요리사라면 틀림없이 맛있게 요리할 수 있을 테지.

폐자재로 불을 피우고, 구입한 채소들을 썩둑썩둑 썰고, 깨끗한 우물물을 퍼 왔다. 우물 주인에게는 사례금을 지불했다.

오늘 저녁도 250인분이 필요하니까 냄비 하나로는 아무리 애써봤자 소용없다. 인랑 부대가 들고 온 커다란 냄비를 여러 개 꺼냈다.

일손도 부족하기 때문에 베르자의 병사 중에서 요리 잘하는 놈들을 몇 명 끌고 왔다.

큰 냄비의 물이 끓기 시작할 무렵에는 말린 조개를 꺼냈다. 크월 연안 지역에서 귀하게 여겨지는 보존 식품이었다.

결코 싸지는 않은 이 재료를 아무렇게나 풍덩풍덩 던져 넣었다. 국물과 조미료에는 돈을 아끼면 안 된다. 물론 닭고기에서도 육즙은 나오지만, 조개는 또 음식의 건더기도 되니까.

국물이 우러나고 조개가 통통해졌을 때 미리 준비해둔 닭고기와 채소를 확 집어넣었다.

잠시 후 거품이 생겼다. 그것을 적당히 걷어냈다. 냄비 수가 많으니까 일일이 정성껏 관리할 수는 없었다.

이윽고 거품이 사라졌을 때 베르자의 소금을 훌훌 뿌리고, 국물을 조금 떠서 맛을 봤다.

모히칸 사나이들도 맛을 보더니 서로를 보면서 고개를 끄덕거리고 있었다. 그들의 의견을 한번 물어봤다.

"어때?"

"꽤 좋은데요."

"바닷물고기 뼈라도 있으면 좋을 테지만, 욕심을 부리자면 끝이 없으니까요."

아직 여러모로 아쉬운 맛이었지만, 250인분을 만들어야 하니까. 사소한 것은 무시하자.

그래도 간장은 조금만 넣어볼까? 가져오길 잘했다.

한 줄로 쭉 늘어선 냄비에서 각각 맛있는 냄새가 나는 뜨거운 김이 피어올랐다.

베르자 해병대의 그리즈 대장이 목에 걸친 수건으로 땀을 닦으면서 이쪽으로 다가왔다.

"뭐 하나 했더니……. 바이트 나리, 솜씨가 좋네요?"

"군인이 되기 전에는 시골에서 이런 일만 했었으니까. 어때, 맛은 괜찮아?"

그리즈는 국물을 살짝 먹어보더니 쓴웃음을 지었다.

"부관님이 손수 만들어주신 음식이잖아요. 불평은 못 하지."

그리즈 대장은 륜하이트에 있는 베르자 음식점의 주방장이기도 했다.

이 미식가 모히칸 놈아, 전쟁터의 야외 요리니까 불평 따위는 하지도 마라.

……그렇게 생각했지만 일단 의견을 물어봤다.

"내 실력으로는 감자 껍질이나 벗기는 게 나을까?"

"아니, 직원용 식사라면 이 정도로도 충분히 훌륭한데요? 물론 우리 식당에 내놓으려면 앞으로 3년은 더 연습을 해야겠지만."

"그렇군……."

하긴, 식당에 오는 손님들은 다들 평소와는 다른 특별한 요리를 기대하고 오니까.

하지만 나도 전자레인지와 밥솥을 이용한 요리는 좀 더 잘할 수 있는데…….

슬슬 해가 저물 무렵에는 모든 민가가 적어도 지붕의 구멍 정도는 막혀 있었다. 쓰러지기 직전인 가옥은 반나절 만에 수리하는 것은 불가능하므로, 작업은 내일 이후에 하기로 했다.

작업하느라 지친 병사들에게 나의 특제 닭고기 전골을 선물해주자.

나는 그런 생각을 했는데.

"네, 1번! 바다뱀 차르자! 나이프 던지기를 보여드리겠습니다!"

냄비와 모닥불 주변에서 어느새 뜬금없이 연회가 시작됐다.

베르자 해병대의 모히칸 사나이가 나이프를 던지면서 저글링을 보여주고 있었다. 틈틈이 당밀주까지 마시는 것이 진짜 곡예사 같았다.

응, 그건 좋은데. 뭐 하는 거야?

애초에 술을 마셔도 된다는 말은 안 했거든?

"그리즈 대장, 술은 어디서 난 거야?"

"동네 주민이 집을 수리해줘서 고맙다면서 술독을 통째로 줬어요."

"뭐?"

선물은 함부로 받지 말라고 그렇게 입이 닳도록 말했거늘.

하지만 이미 받은 것은 어쩔 수 없었다. 크윌에서는 한번 받은 선물을 돌려주는 것은 아주 무례한 짓이었다. 그래서 나는 묵인하기로 했다.

게다가 더운 날씨에 반나절이나 작업을 해준 저 녀석들에게는 이 정도 위안거리는 있어도 될 것이다.

"2번, 바다뱀 고르베스! 손도끼 던지기를 보여드리겠습니다! 간간이 당밀주를 마시면서!"

이봐, 완전히 똑같은 공연이잖아.

그리고 다들 왜 그렇게 집요하게 바다뱀이 되려고 하는 거야?

"인랑 부대도 뭔가 좀 해봐. 이놈들한테 진짜 묘기가 뭔지 보여주라고."

"아하하, 그럼 내가 나이프 던져 맞히기를 할게!"

"몬더, 맞히지는 마."

좋아, 역시 내가 나설 차례인가.

내가 술자리에서 보여줄 수 있는 재주는…… 아, 안 돼. 전생의 트라우마가 자극될 것 같아. 그만하자.

그렇게 한숨을 쉬었을 때, 문득 인기척이 느껴졌다. 겁먹은 젊은 인간의 냄새가 났다.

힐끔 어두운 곳을 봤더니 크월인 아이가 있었다. 열 살쯤 되었을까. 그 아이는 냄비를 뚫어져라 응시하고 있었다.

아무리 닭고기여도 가축의 고기는 사치품이었다. 이 도시는 며칠 전에 용병에게 점령됐으므로, 식량 사정은 좋지 않을 것이다.

이 아이에게 공짜로 밥을 주면 뒷감당하기 어려울 것 같은데. 그렇다고 못 본 척할 수도 없었다.

일단 지갑은 두둑하니까. 여기서는 인간답게 행동하자.

"이봐, 너에게 부탁하고 싶은 것이 있어. 거기서 얌전히 들어줄래?"

나는 크월어로 그렇게 말했다. 상대가 겁먹지 않도록 온화하게, 또 달아나지 못하도록 빠르게.

"실수로 병사들의 밥을 너무 많이 만들었거든. 귀중한 식량이라서 남기기는 아까워. 그러니 이 근처에 있는 사람들을 좀 불러

줄래?"

소년은 나를 빤히 쳐다보다가 이윽고 말없이 고개를 끄덕였다.

나는 새 그릇에다 닭고기와 채소를 담아서 소년에게 건네줬다.

"이건 심부름 값이다. 네가 먼저 맛을 봐야지, 안 그러면 사람들을 불러올 수가 없잖아? 자, 먹어."

그러자 소년은 비틀비틀 어둠 속에서 빠져나왔다. 배가 고픈가 보다.

"고기와 채소는 이 동네 시장에서 사 온 거야. 걱정할 필요 없어."

나는 싱긋 웃었다. 그리고 마지막으로 한마디 덧붙였다.

"어서 먹어."

소년은 다시 한번 고개를 끄덕이더니 허겁지겁 음식을 먹기 시작했다.

어린이가 정신없이 뭔가를 먹는 모습은 언제 봐도 기분 좋은 것이었다.

눈 깜짝할 사이에 소년은 닭고기와 채소를 다 먹어 치우더니 또다시 냄비를 힐끔힐끔 봤다. 그래, 성장기니까 그럴 수 있지.

"나머지는 이웃들과 함께 먹어. 서두르지 않으면 우리 병사들이 다 먹어버릴걸?"

음식을 너무 많이 만들었다면서 '다 먹어버린다'고 하는 것은 모순된 이야기지만, 소년은 그 점을 전혀 눈치채지 못한 듯했다.

황급히 몇 번이나 고개를 끄덕거리더니 후다닥 맨발로 뛰어갔다.

여기서 좀 떨어진 곳에서 아이의 목소리가 들려왔다.

"엄마, 엄마아~! 말투가 이상한 군인 아저씨들이 전골을 먹게 해준대~!"

"뭐, 정말?! 너 혼나지 않았어?"

"아냐, 괜찮았어. 친절했어! 다 데리고 오래!"

"어휴, 너도 참, 여자애가 늘 그렇게 겁도 없이……. 용병들이 무지막지한 짓을 했던 것을 벌써 잊어버렸니?"

"에이, 괜찮으니까 빨리 와. 이러다 밥이 다 없어져버릴 거야!"

어라? 여자애였어? 외모로도 냄새로도 정확히 구별하지 못했었다.

뭐, 그건 그렇고. 좀 서둘러야겠다. 냄비에 물을 추가하고 있는 메리 할머니에게 나는 말을 걸었다.

"메리 할머니, 재료를 좀 더 사 와줄 수 있어요? 돈은 여기 있으니까."

"어, 그래. 그럴 줄 알았다. 한 2개 분대를 데려갈게."

도대체 얼마나 사 오려고?

"남은 고기는 내일 아침에 먹으면 되잖아. 훈제를 해도 되고."

고기를 더 많이 먹고 싶다는 그 마음은 존중하는데요, 가능하면 채소도 사 와주세요.

그러는 사이에 주변 주민들이 벌벌 떨면서도 슬금슬금 다가왔다. 나는 그들에게 마음껏 먹으라고 했다.

크월 문화권에서는 선물에는 암묵적인 규칙이 여러 개 있다. 그래서 함부로 뭔가를 주면 나중에 문제가 생길 수도 있다. 뭔가를 받을 때도 마찬가지이고.

그래서 이것은 선물이 아니란 사실을 미리 강조했다.

"양을 잘못 계산해서 너무 많이 만들었으니까, 당신들이 실컷 먹어줘. 미랄디아군이 여기 있는 동안에는 아무도 악행을 저지르지 못하게 할 거야. 그러니 안심해도 돼."

그러자 작은 가니인 니베르트가 고개를 갸웃거렸다. 김이 모락모락 나는 닭고기를 열심히 먹으면서.

"형, 바이트도 뭔가를 잘못 계산해서 만들 때가 있대. 신기하지?"

그러자 형인 가베르트가 동생의 머리를 탁 때렸다.

"멍청한 놈! 저건 부담감을 안 주려고 그러는 거잖아! 넌 머리를 좀 써라!"

너도 마찬가지야.

쩌렁쩌렁하게 무슨 말을 하는 거야. 그것도 갓 배워서 서툰 크월어로.

부끄러워진 나는 재빨리 그곳을 떠나기로 했다. 가니 형제한테는 내일 설교를 해야겠다.

그런데 가니 형도 조금은 인간사회를 이해하게 되었구나.

힐끔 뒤를 돌아보니 미랄디아 병사들도, 크월 시민들도, 인랑들도 한데 섞여 전골을 먹으면서 당밀주를 마시고 있었다.

꽤 괜찮은 광경이었다.

베르자 병사한테 붙잡혀 있는 크메르크 부관에게 나는 이곳을 떠날 거라고 말했다.

그러자 당밀주를 마시고 완전히 취해버린 크메르크는 당황한 것처럼 이런 말을 했다.

"자카르 대장님이, 지휘관용 숙소를 준비해놓으셔써여…….
카르팔 공의 저택 별관을, 사용해주세여어……."

"응, 고마워. 크메르크 님. 이봐, 누가 물 좀 가져와."

이 사람은 주량이 별로 세지 않은 것 같았다. 더 이상은 못 마시게 하는 것이 좋겠다.

자, 그나저나 이것은 함정일까. 아니면 회유책일까.

나는 음모의 기운을 느끼면서 카르팔 공의 저택으로 돌아갔다. 내 얼굴을 본 용병들이 즉시 별관으로 나를 안내해줬다.

저택 뒤편에 있는 별관은 카르팔 공의 가족들이 사는 장소였다고 한다.

확실히 외국의 고관을 초대할 만한 장소는 여기밖에 없었지만, 그래도 마치 강도가 된 것 같아서 마음이 불편했다.

그런 생각을 했는데, 더더욱 마음 불편한 환대가 나를 기다리고 있었다.

침실에 들어가자마자 향과 인간 냄새가 났다. 젊은 여성의 냄새였다. 겁에 질려 있었다.

넓은 침실에는 여자 세 명이 있었다. 맨살에 얇은 옷만 걸친 모습. 모두 상당한 미인이었다.

"이곳은 내 침실이라고 들었는데. 당신들은 누구지?"

내가 크월어로 물어보자, 한 여자가 조심스럽게 대답했다.

"바이트 경의 밤 시중을 들라는 지시를 받았습니다."

자카르 대장이 한 짓인가. 도대체 무슨 의도인지는 몰라도, 아무튼 쓸데없이 귀찮은 일을 늘려줬군.

나는 좀 불쾌해졌다. 그러나 여자들에게는 죄가 없었다.

"미안하지만 밤 시중은 필요 없어. 그만 물러가주지 않겠나?"

그 순간 다른 여성이 겁먹은 소리를 냈다.

"그, 그럴 수는 없습니다! 그랬다간 자카르 님이 저희를 죽이실 거예요!"

그놈의 자식.

나는 한숨을 쉬고 겉옷을 입었다.

"그럼 내가 나갈게. 당신들은 여기서 쉬어."

그러자 마지막 한 여자가 의아해하는 표정을 지었다.

"저, 이유가 뭔가요? 그렇게 경계하시지 않아도…….."

나는 긴장한 여자들의 마음을 풀어주려고 가볍게 웃으며 이런 말을 했다.

"경계는 안 해. 하지만 이런 곳에서 하룻밤을 보내면, 귀여운 우리 아내한테 혼날 거야. 내 아내는 귀엽지만, 미랄디아의 마왕 님이시거든."

은근슬쩍 자랑을 해봤다.

왜냐하면 실제로 내 아내는 존경스러울 뿐만 아니라 엄청나게 귀여우니까…….

그런데 미인들은 얼빠진 표정으로 내 얼굴을 멍하니 쳐다봤다.

"어…… 어, 네……?"

죄송합니다. 제가 분위기를 다 망쳤네요.

나는 내적 동요를 숨기기 위해 희미한 미소를 지었다.

"용병들에게는 내가 말을 전해둘 테니까. 그럼 이만 실례할게."

나는 복도로 나왔다. 돌아가서 다른 인랑들과 같이 자야겠다.

출세하면 잠자리 같은 것으로도 고생하는구나…….


연회장에 돌아온 나는 밧자 용병대의 크메르크 부관을 찾았는데, 그 성실한 부관님은 고주망태가 되어 있었으므로 이번에도 포기했다.

일단 그 미녀들의 처우에 관해서는 부탁을 해놓았다. 그들이 험한 꼴을 당한다면 불쌍하니까. 아침이 되면 다시 한번 부탁해야겠다.

그리고 아침이 왔다.

머리가 지끈거리는 것은 당밀주 때문일 것이다.

취해서 그런가. 오랜만에 프리덴리히터 님의 꿈을 꿨다.

그동안 프리덴리히터 님의 꿈은 가끔 꿨는데, 어젯밤에는 전생의 나의 눈앞에 그분이 바의 주인으로 나타났다.

프리덴리히터 님의 바텐더 차림이 신기하게도 잘 어울렸고, 가게 분위기는 상당히 좋았던 것 같다.

그런데 술은 무엇을 주문해도 당밀주 스트레이트만 나왔다. 또 마른안주는 메뚜기밖에 없었다.

옆에서는 정장을 입은 바르체 님과 크루체 님이 "마왕군의 주식 공개는 해야 하는가, 하지 말아야 하는가"라는 주제로 격론을 벌이고 있었는데, 최종적으로는 엉뚱하게도 "허벅지는 참 좋지"라는 이야기가 되어 있었다.

난처해진 나는 화장실에 가려고 했는데. 그때 꿈에서 깼다.

이렇게 황당한 꿈은 처음 꿔봤다.

태양이 노랬다. 게다가 태양이 이글이글 일렁거리고 있었다. 미랄디아의 태양은 저런 식으로 일렁거리지는 않았는데.

아니, 일렁거리는 것은 내 간과 뇌였다.

나는 오른쪽 옆구리를 문지르면서 입속으로 중얼중얼 주문을 외웠다.

강화마법 중에는 내장의 활동을 활발하게 해주는 것이 있었다. 지금 이것은 간을 강화하는 마법이었다. 즉, 해독마법이기도 했다.

잠시 후 숙취가 점점 사라지고 태양도 더 이상 일렁거리지 않게 되었다. 아, 편리하다. 이 기술은 전생에 써보고 싶었다.

나는 밖으로 나갔다. 그리고 여기저기 널브러져 있는 인랑들과 모히칸 사나이들과 크월인들을 깨웠다.

그렇게 애써 민가를 수리했으면서, 결국 절반 이상은 노숙을 해버렸다.

"다들 세수하고 와. 강물은 사용하지 마. 눈과 코에 미세한 흙이 들어가니까. 우리는 아직 이 지역의 물에 익숙하지 않아서 병에 걸릴 거야. 사례금은 냈으니까, 저기 있는 우물물을 빌려서 써."

우물물은 지하수라서 좀 괜찮았다. 모히칸 사나이들이 줄줄이 서서 세수를 하고 있었다.

메지레 강의 물은 잡균이 많아서 미랄디아인에게는 거의 독이나 마찬가지였다. 인랑에게도 감염증은 존재하므로 주의해야 한다.

그 후 나는 크메르크 부관을 붙잡아서 숙취 해소 마법을 다짜고짜 걸어주고, 어젯밤 사건으로 다시 한번 불만을 표시했다.

"나는 기혼자야. 그런 배려는 필요 없어. 앞으로 잘 부탁한다."

"아, 네, 알겠습니다……?"

크메르크 부관은 여러 번 고개를 끄덕거렸지만, 그러면서도 또 머리를 갸웃거렸다.

뭔가 이해가 안 가는 점이라도 있나? 하지만 나는 크월의 밤 문화를 잘 모르니까.

크메르크 부관이 허둥지둥 용병대 본부로 돌아간 후, 나는 냄비에 남아 있는 음식으로 아침을 해결했다.

인랑 부대와 베르자 해병대는 오늘도 민가 복원 작업을 하게 되었다.

단, 하맘 부대의 분대원 두 사람에게는 다른 일을 맡겼다. 내편지를 밧자 공 비라코야에게 전달하는 임무였다.

"반드시 본인에게 전달해야 한다. 비라코야 님 이외에는 아무도 이것을 읽으면 안 돼."

"알겠습니다, 부관님."

하맘 부대 멤버들은 숨겨진 마을 출신이 아니었다. 그들은 아마 인간 도적단에 숨어 있었을 것이다.

말도 탈 줄 알고. 이런 비밀 임무를 수행하는 것은 특기였다.

편지의 내용은 카르팔의 현재 상황에 관한 보고였다. 용병대에 대한 우려도 솔직하게 적었다. 이것을 읽으면 비라코야도 어떻게든 대처할 것이다.

문제는 카르팔과 밧자의 거리였다.

말을 갈아타면서 달리는 전령의 속도로도 그 두 도시를 왕복하려면 최소한 3~4일은 걸린다. 정식으로 군대를 움직이려면 그보다 더 오래 걸릴 테고.

즉, 현재 자카르 대장을 힘으로 막아낼 자는 없었다.

나는 한숨을 내쉬고 판에게 말했다.

"밧자 근처에서는 비라코야 님의 눈에 띌 테니까 용병대도 얌전히 있었던 것 같은데."

"그럼 드디어 확! 본성을 드러낸 건가?"

판이 입을 쭉 당겨서 "이~" 하고 건강한 치아를 드러내면서 고개를 갸웃거렸다.

인랑들은 정치에는 관심이 없으니까. 속 편해서 좋겠다.

"그럴지도 모르지. 후방의 연안 제후의 군대는 어차피 오합지졸이라 보기보다 힘이 없어. 용병대가 배신한다면, 자칫하면 질수도 있어."

일단 정규군이긴 하지만 실제로 그 군대는 군선의 수병과 도시의 위병, 또 민병으로 구성되어 있었다. 육상전에 꼭 필요한 대열 변경도 제대로 못 하는 수준이었다.

나는 이쪽 세계에서 여러 번 육상전을 경험했다. 그래서 진형을 잘 짜지 못하는 전사들은 별 도움이 안 된다는 것도 알고 있었다.

용병들도 육상전을 잘하는 것은 아니지만, 지휘관인 자카르 대장이 육상전 전문가였다. 본격적인 육상전 훈련도 받았다.

"용병대는 자기들 마음대로 행동할 수 있는 순간을 기다리고 있을 거야. 이번 독단전행은 그저 예행연습일 거다."

카르팔 공략 당시의 독단적인 행동이 비판을 받는다면, 용병대는 그대로 얌전히 지내거나 우리를 배신하고 적에게 붙을 것이다.

그런데 비라코야가 무슨 반응을 보여주려면 최소한 3일은 기다려야 한다. 그 전에 왕도 엔칼라가에 들어가 버린다면, 아무도 자카르를 막지 못할 것이다.

그때 목재를 적당한 크기로 자르던 워드 영감님이 문득 중얼거렸다.

"하지만 아무리 실속이 없어도 연안 제후의 군대는 숫자가 많아. 용병대는 끽해야 3,000명이고, 카르팔을 공략하느라 꽤 많은 손해를 봤을 거다. 안 그러냐?"

"아니, 그게 말이죠. 자카르 대장은 다른 도시의 용병대를 방패로 삼았대요. 직속 밧자 용병대 1,000명은 거의 다치지도 않았고, 또 살아남은 다른 도시의 용병들도 속속 자카르에게 충성을 맹세하고 있어요."

이 이야기는 만취한 크메르크 부관한테서 들었다.

"게다가……."

내가 말을 하려고 하는데, 내 앞에 무장한 중년 남성이 나타났다.

"실례하오. 본인은 슈무자의 아들, 바르켈. 그대가 용병대장님이신가?"

유창한 크월어였지만 차림새는 좀 지저분했다.

녹슨 사슬 갑옷을 입고 있었는데, 보강용 팔 보호대나 어깨 보호대는 크기도 디자인도 제각각이었다. 다른 갑옷에서 떼어다 붙인 것 같았다.

다리 보호대는 한쪽만 있었다. 그것도 오른다리 보호대를 일부러 왼다리에 차고 있었다. 아마도 평소 내딛는 앞발을 보호하려는 것이리라.

무기는 오래된 곡도 하나뿐이었다. 검대(劍帶)의 가죽은 싸구려 기름을 발라 관리하고 있는지 이상한 냄새가 났다.

왠지 떠돌이 검객처럼 보였다.

나는 고개를 가로저었다.

"아니, 나는 미랄디아 원군을 이끄는 지휘관이다. 용병대장은 카르팔 공의 저택에 있어."

"그런가? 친절하게 알려줘서 고맙소. 그럼 이만."

그는 오른쪽 무릎을 꿇고 정중하게 인사한 뒤 떠나갔다. 아직도 악취가 남아 있었다.

워드가 그 남자의 뒷모습을 가만히 지켜보더니 한숨을 쉬었다.

"저건 일자리를 잃어버린 용병이군. 하급 귀족의 셋째나 넷째 아들이 집을 나와서 한 10년인가 20년쯤 구르면 저렇게 돼. 미랄디아에서도 자주 봤다."

"용병대 지원자들이 모여드는 걸까요?"

내가 고개를 갸우뚱하자, 워드 영감님이 웃으며 끄덕거렸다.

"그렇지. 믿음직한 용병대장이 미친 듯이 돈을 벌어들이면 그 일대에는 소문이 쫙 퍼지거든. 돈 벌 기회를 놓치면 먹고 살 수 없으니까, 이런 때에는 허겁지겁 나서는 거야."

"하긴, 제삼자에게는 연안 제후의 군대가 파죽지세로 진격하는 것처럼 보일 테니까……."

메지레 강 유역의 제후는 남몰래 연안 제후와 밀약을 맺어서 거의 그냥 통과시켜주고 있었다.

그러나 공식적으로는 일단 '공격당하는 바람에 항복했다'는 식이었다.

이것을 '선봉에 선 자카르 용병대장의 대활약'이라고 착각하는 녀석들이 생기는 것도 이해가 갔다.

왠지 점점 더 불안해지는군.

"몬더."

"응, 왜~?"

지붕을 수리하고 있던 몬더가 머리를 아래로 쑥 내리면서 등장했다. 지붕에 거꾸로 매달린 것 같은데, 도대체 어떻게 저 자세를 유지하는 걸까.

나는 내심 신기해하면서 몬더에게 명령했다.

"몬더 부대는 자카르의 동향을 감시해. 상대에게 들키지 않는 것을 우선시해줘."

"응~ 우리한테 맡겨."

쏙! 하고 머리가 도로 들어갔다.

오래 사귀었지만, 여전히 알 수 없는 부분이 있구나.

나는 용병대를 잠재적 적으로 인식하고, 새롭게 정보를 다시 모았다.

그 결과 위험한 사실을 알아냈다.

우선 연안 제후의 정규군은 여기까지 오는 도중의 도시에 병사들을 배치해왔기 때문에 숫자가 많이 줄어들었다고 한다.

유역 제후들은 이미 항복했고 더 이상 싸울 마음도 없을 테지만, 그래도 연안 제후의 군대로서는 퇴로를 확보하지 않을 수 없었을 것이다. 언젠가는 고향으로 돌아가야 하니까.

그래서 감시 및 연락을 위한 병사들을 주둔시킬 필요가 있었다.

카르팔 근처의 마을에 집결해 있는 연안 제후의 군대는 현재 6,000명 정도. 나머지 2,000명은 도중에 여기저기 놔두고 온 셈이다.

용병대는 20% 정도가 다치거나 사망하는 큰 손해를 입었고, 병력은 2천 수백 명 정도로 줄어들었다. 그러나 몬더의 보고에 의하면 방방곡곡에서 새로운 용병들이 모여들고 있다고 한다.

만약에 용병대가 아군을 배신하고 왕도 엔칼라가에 있는 국왕의 친위대 4,000명과 함께 공격해온다면, 연안 제후의 군대는 틀림없이 패배할 것이다.

나는 베르자 해병대의 그리즈 대장이 만들어준 점심밥을 먹으면서 그에게 말했다.

"그러니까 이번 내전의 승자를 결정할 권리를 가지고 있는 사람은 자카르 대장이야."

"흠. 그건 마음에 안 드는데. 아, 나리. 밥 더 줄까요?"

"응. 곱빼기로 줘."

"네, 감사합니다~."

크월의 주식인 곡물 '메지'.

별명은 크월보리인데, 그리즈가 그것을 파에야 스타일로 요리해줬다.

솔직히 말해서 메지 자체는 그다지 맛있진 않았다. 쌀이나 밀의 맛에 익숙해진 미랄디아인의 입에는 안 맞았다.

밀과는 달리 가루를 내지 않아도 먹을 수 있다는 점은 훌륭했지만, 쌀처럼 먹으려고 하면 위화감이 엄청났다.

그래서 크월에 먼저 일하러 온 그리즈 대장이 지혜를 짜내서 미랄디아인이 좋아할 만한 조리법을 고안한 것이었다.

원정 도중의 즐거움은 오로지 식사밖에 없으니까. 정말 고마웠다.

"이거 맛있네. 이 정도면 메지를 수입해도 되겠는데? 게다가 여기 들어간 민물고기가 감동적일 정도로 맛있어."

"헤헤, 크월의 향초를 흰살생선에 버무려 넣어서 민물고기 특유의 흙내를 없앤 거죠. 맛은 대구랑 비슷하게 순해서 요리하는 보람이 있어요."

그리즈는 세기말 같은 흉악한 얼굴로 기분 좋게 웃었다.

모히칸 사나이들과 인랑들이 모여서 흰살생선 파에야인지 뭔지를 열심히 먹는 가운데, 나는 앞일에 관해 의논해봤다.

"용병대는 위험해. 언제 배신할지 몰라."

"그러면 나리, 이제는 그 자카르란 놈을 자극하지 않는 방침인가요?"

"그래. 나 때문에 연안 제후가 패배하면 곤란하니까."

당장은 비굴하게 비위나 맞춰주다가, 국왕과의 갈등이 해결되면 용병대는 즉시 해산시켜버릴 것이다.

"밧자 공은 국왕에게 사자를 보낸다고 했으니까 몰래 물밑 협상이 진행되고 있을 거야. 우리는 여기서 시간을 벌자."

"네, 네~. 알겠습니다."

"알았어요. 대장님."

파에야 같은 뭔가를 우걱우걱 먹으면서 모히칸 사나이들과 인랑들이 동시에 고개를 끄덕거렸다.

* * *

〈꿈틀거리는 야심 1〉

"뭐? 여자를 돌려보냈다고?!"

밧자 용병대의 자카르 대장은 크메르크 부관의 보고를 듣고 눈살을 찌푸렸다.

"그 미랄디아인은 크월의 예법을 모르는 건가? 한번 받았던 선물을 거부한다는 것이 어떤 의미인지, 모르는 것도 아닐 텐데?"

"알 거라고 생각합니다. 하지만 그래도 안 되는 것은 안 되나 봅니다. 처음부터 그걸 받지도 않았고요……."

크메르크 부관이 땀을 흘리면서 차렷 자세로 그렇게 대답했다.

자카르는 고개를 갸우뚱했다.

"아, 하긴 그런가……. 하지만 이유가 뭐야? 그 여자들이면 불만은 없을 텐데? 카르팔 공의 시녀잖아? 교양은 있고, 외모도 나쁘지 않고. 물론 나도 건드리지 않았는걸."

"아마도 그런 문제가 아니라고 생각합니다……. 저, 바이트 경은 기혼자라는 것을 그 이유로 들었습니다."

"뭐? 아니, 그게 뭔 소리야?"

자카르는 영문을 모르겠다는 듯이 한쪽 눈썹만 쓱 치켜들었다.

"마누라가 있으니까 여기서는 더 자유롭게 지내야 하는 거 아냐? 미랄디아인이 크월의 미녀를 취할 기회는 거의 없잖아?"

"독신인 저에게 그렇게 물어보셔도 잘 모르겠는데요."

"나도 결혼은 안 해서 몰라. 하지만 보통 신분이 높은 남자는 여자를 여러 명 거느리고 살잖아? 카르팔 공도 그랬거든?"

카르팔 공의 정부 두 명은 몸값의 일부로서 자카르가 양도받았다. 크월에서는 별로 드문 일도 아니었다.

아무리 생각해봐도 결론이 안 나왔다. 그래서 자카르는 생각을 포기했다.

"흥, 됐어. 여자를 취하기 싫으면 그러라고 해. 그런데 그쪽이 선물을 받아주지 않으면 내 체면이 안 서."

그러자 크메르크가 살짝 한숨을 쉬었다.

"체면이라고요……."

"용병들을 통솔하는 자에게 체면이란 것은 중요한 무기야. 우스워 보이면 끝장이거든. 너는 좋은 집안에서 잘 자라서 모를 수도 있지만, 용병은 무기를 든 악당이다. 두려워서 부들부들 떨게 해주는 것이 딱 좋아."

자카르는 의외로 다정한 목소리로 크메르크에게 그렇게 말했다.

그리고 팔짱을 끼더니 잠시 생각에 잠겼다.

"음, 그래. 그러면 그 여자들은 통역이든 회계든 취사든 뭐든 좋으니까, 미랄디아군의 일을 도와주는 조수로 보내버려. 카르팔 공의 시녀였으니까. 뭔가는 할 수 있겠지."

"네, 그럼 그런 식으로 바이트 경의 의사를 타진해보겠습니다."

크메르크는 대놓고 안심한 표정을 지었다.

그걸 본 자카르는 불만스럽게 혀를 찼다.

"그런데 마음에 안 들어. 성인군자인 척하는 불쾌한 남자야."

"그런가요? 친근하고 좋은 사람 같던데요."

"그게 그놈의 수법이야. 출세해서 왕의 부관까지 된 남자잖아? 더러운 음모의 소용돌이 속에 푹 빠져 있다고 보면 돼."

그러면서 자카르는 고개를 설레설레 흔들더니 말을 이었다.

"하지만 적이 되는 것은 위험해. 그 녀석의 소문은 너도 이것저것 들었지?"

"네. 소수의 부하만 데리고 400명의 병사를 몰살시켰다느니, 성문을 발로 차서 부쉈다느니. 또 수상한 마술로 수천의 해골들을 병사로 부리고 있다느니 하는 소문이었죠."

"그래. 캐내면 캐낼수록 황당한 소문들이 튀어나오던데. 또 저 멀리 북부의 제국에서는 황제를 퇴위시키고 자신의 심복을 즉위시켰다는 소문도 있어."

"맙소사…… 정말 무서운 수완이군요."

"주변의 모든 국가와 양호한 관계를 유지하고, 이웃 나라에서 양도받은 유능한 밀정들을 부하로 삼았다고 해. 단순히 무력만 가진 남자가 아니라는 거야."

자카르는 그렇게 말하더니 갑자기 조소하듯이 피식 웃었다.

"물론 대부분은 그놈이 스스로 퍼트린 소문일 테지만. 나도 똑같은 짓을 하고 있으니까. 나는 군신의 말예도 아니고, 기병을 말까지 통째로 베어버린 적도 없어. 날아오는 화살을 붙잡아서 도로 던진 적도 없고."

"네, 그건 그렇지만……."

크메르크 부관이 씁쓸하게 웃었다.

그때 자카르가 정색하면서 말했다.

"그러나 바이트 경의 소문 중에 단 하나라도 사실이라면, 또는 그하나가 다소 과장되긴 했어도 반쯤은 사실이라면, 그것만으로도 그는 틀림없이 괴물일 거다."

소문에 의하면 바이트 경은 인랑, 전설의 마물이라고 한다.

인랑이 된 모습을 본 사람은 없지만, 만약에 그게 사실이라면 그것 자체가 위협적이었다.

"그러고 보니 인랑이란 녀석은 하늘을 난다고 했어. 또 피를 빤대."

"그건 흡혈귀 아닙니까?"

"음, 그런가……?"

크월에는 둘 다 없기 때문에 두 사람은 입을 다물었다.

"어, 아무튼 바이트 경이 얌전히 있는 동안에는 이쪽에서도 건드리지 마. 그냥 감시만 해. 방해받으면 귀찮아져. 적이 되기는 싫으니까."

"알겠습니다."

크메르크가 고개를 끄덕였다. 그러자 자카르는 자신만만하게 웃었다.

"뭐, 어차피 그 어떤 맹장이나 괴물이라도 욕망에는 못 이겨. 욕망을 충족시킬 만한 것을 제공해주면 반드시 우리 편이 되어줄 거야."

그러나 크메르크 부관은 불안한 것처럼 중얼거렸다.

"과연 그럴까요……? 저는 그가 무슨 생각을 하고 있는지 전혀 모르겠습니다."

부관의 고민을 들은 자카르는 피식 하고 가볍게 웃어넘겼다.

"이 세상은 돈이면 다 돼. 돈이 안 돼? 그럼 지위. 지위가 안 된다면 명예. 명예도 안 된다면 여자. 여자도 안 된다면 술. 그중 뭔가에는 반드시 넘어오게 되어 있어."

"저는 속물이라서 그 모든 것에 관심이 있네요."

"나도 그래. 전부 다 가지고 싶어서 미치겠어."

자카르는 웃었다. 그리고 부관에게 명했다.

"그 미랄디아의 맹장을 감시해라. 지금은 우리를 싫어하고 있지만, 언젠가는 우리 편이 되어줄 거다."

"네!"

고지식한 부관이 떠난 뒤, 자카르는 다른 부하를 불렀다.

"이봐, 하지. 비라코야의 사자는 처리했나?"

"간단한 일이었습니다. 대장님의 이름을 대니까 쉽게 방심하더군요. 그다음은, 뭐……."

히죽 웃으면서 목을 옆으로 싹! 긋는 시늉을 하는 부하.

"시체는 옷을 벗기고 얼굴도 뭉개버린 다음에 메지레에 던져 흘려보냈습니다. 고향으로 돌아가서 만족할 테지요."

"잘했어. 하지. 살인 청부업자인 너에게도 정월의 가호가 있을 거야."

그러자 하지는 고개를 갸웃거렸다.

"그런데 이래도 되는 겁니까? 크메르크 씨가 이 이야기를 들으면 화낼 텐데요?"

"그럼 말을 안 하면 되지. 그 녀석은 내 오른팔이지만, 왼팔이 하는 일을 굳이 알 필요는 없어."

"하긴, 그렇군요."

"너는 크메르크와는 별개로 바이트 경의 행동을 감시해라. 크메르크의 행동도. 그 녀석은 유능하고 충직하지만 너무 인정이 많아. 혹시나 크메르크가 나를 배신한다면……."

"죽일까요?"

하지는 허리의 단도를 슬쩍 건드렸다.

전쟁터 안에서나 밖에서나 하지와 맞붙어서 살아남은 사람은 거의 없었다. 이 평범하고도 작은 칼날이, 수많은 강인한 전사들의 목숨을 빼앗은 것이다.

예외는 단 하나.

그 유일한 예외인 자카르는 태연하게 한마디 툭 뱉었다.

"보고해라. 결정은 내가 한다. 네 멋대로 판단하지 마."

간결하게 대답한 후, 자카르는 부하를 똑바로 봤다.

"쓸모없는 개에게 먹여줄 고기는 없다. 그건 너도 마찬가지야.

하지."

"잘 알고 있습니다. 대장님."

전직 암살자는 고개를 깊이 숙이더니 조용히 사라졌다.

혼자 남은 자카르는 좀 전에 도착한 밀서를 다시 읽어봤다.

상대는 국왕인 파잠 2세인데, 본인이 아니라 시종장이 보낸 사적인 답장이었다. "위대하신 우리 임금님은 평민 출신의 용병대장 따위에게 일일이 답장을 하시지 않는다"는 내용이었다.

"나를 귀족으로 만들어준다면 우리 용병대를 전부 데리고 친위대에 합류해서 연안 제후의 군대를 섬멸하겠다"는 자카르의 제안에 대해서는 일언반구 언급도 없었다. 완전히 무시당한 것이다.

'웃기는군⋯⋯. 이렇게 유리한 거래조차 이해하지 못하는 무능한 왕 같으니. 내 말을 거역한 벌을 받아라.'

밀서를 촛불에 태워버렸다. 남은 재는 돌바닥에 휙 내버렸다.

계책 하나는 실패했지만, 다음 계책은 이미 준비해뒀다.

계책은 실패하는 것이 당연하다. 고로 언제 어느 때에나 다음 계책을 준비해놓는 것이 자카르의 방식이었다. 당연히 또 그다음 계책도.

그러나 걱정거리는 남아 있었다.

자카르는 창가로 다가가 성문 쪽을 바라봤다.

지금쯤 그 이국의 장군은 틀림없이 정체 모를 계책을 계속 세우고 있을 것이다.

"괴물 같은 놈⋯⋯. 난 너 같은 놈은 두렵지 않다."

자카르는 아무에게도 안 들리도록 나지막하게 중얼거렸다.

*　　　*

나는 용병대가 배신하거나 제멋대로 왕도에 대한 공격을 개시할까 봐 가슴을 졸였는데, 그런 낌새는 보이지 않아서 엄청나게 안도했다.

자카르 대장을 감시하는 몬더 부대의 보고에 의하면, 그는 비라코야의 사자를 암살하고 또 다른 누군가와 서신 교환을 했다고 한다. 단, 그 내용은 밝혀내지 못했다.

그러나 그 편지의 주인은 아마도 연안 제후에게는 이롭지 못한 인물일 것이다.

자카르가 잠재적 위험 요소라는 것은 명백했다.

전직 용병인 워드 영감님은 몬더의 보고를 듣더니 즐겁게 웃었다.

"고용주에게는 '해고'라는 비장의 카드가 있지만, 용병에게는 '배신'이라는 비장의 카드가 있는 거지. 뭐, 꼭 용병만 그런 것은 아니지만."

"비라코야 님은 계약한 대로 보수를 지불하고 있는데요. 참 너무하네요."

"원래 그런 게 용병이야. 물론 '툭하면 배신하는 용병'이라는 딱지가 붙으면 일거리가 사라지니까. 나와 전우들은 배신을 하지 않았지만."

신용으로 먹고 사는 직업이니까.

"그럼 자카르 대장은 '용병으로서의 신용을 버리더라도 꼭 얻고 싶은 것이 있다'는 걸까요?"

"그럴지도 모르지. 하지만 난 잘 모르겠다."

워드 영감님은 씁쓸하게 웃으며 어깨를 으쓱했다.

"부관님, 방금 돌아왔습니다."

전령으로 보냈던 하맘 부대의 분대원 두 명이 밧자 공 비라코야를 만나고 돌아왔다.

내가 그 편지를 보낸 것은 몬더 부대에게 자카르를 감시하라고 명령하기 전이었으므로, 그런 사정은 아직 비라코야에게는 전해지지 않았다.

그러나 내 편지에 대한 대답은 현재의 내 판단과 동일했다.

『그 아이들이 배신하면 위험합니다. 당장은 묵인해주세요. 필요한 증거는 모으고 있고, 연안 제후의 의견도 이제 웬만큼 통합됐으니까요.』

비라코야는 용병대를 끝까지 실컷 이용하고, 그 후 천천히 처분하기로 한 것 같았다.

제멋대로 굴고 있는 용병대가 전적으로 잘못한 거니까. 나도 그들을 동정하지는 않았다.

나는 그 후로 더 수집한 정보를 문서화해서 하맘 부대에게 건네줬다.

"이제 막 돌아왔는데 미안하지만, 당장 비라코야 님에게 이것을 전달해줘."

"알겠습니다. 부관님."

시원한 우물물만 한 잔 마시더니 그들은 또다시 밧자를 향해 떠났다. 전화나 이메일이 있으면 편할 텐데.

이리하여 자카르 대장의 파멸은 확정됐다. 연안 제후는 자카르를 치워버리는 방향으로 움직이고 있었다.

임무를 마치고 밧자로 귀환한 그를 기다리는 것은 아마도 사문위원회 또는 해고일 것이다. 투옥이나 처형일 수도 있고.

단, 문제는 자카르 대장이 이것도 다 짐작하고 있으리란 것이었다.

얌전히 임무를 수행하기만 해도 충분한 실적을 쌓을 수 있을 텐데도 그는 일부러 그 길을 버리고 폭주하고 있었다.

역시 그런 위험을 감수할 만한 '무언가'를 추구하고 있는 것이리라. 아마도.

아주 위험한 냄새가 났다.

내가 가설 식당에서 그런 생각을 하고 있는데, 어느새 몬더가 옆에 다가와 앉았다.

"휴~ 피곤해. 아, 이거 내 저녁밥이지? 으음~! 마시써……."

몬더는 행복한 표정으로 음식을 먹었다. 양념을 듬뿍 넣은 닭고기 볶음이었다.

말릴 틈도 없었는데, 그것은 내 저녁밥이었다.

몬더는 감시 임무를 분대원에게 넘기고 휴식하러 돌아온 것 같았다. 그러고 보니 벌써 날이 저무는구나.

"움직임은 없어?"

"없어……."

좀 재미없다는 듯이 몬더가 고개를 끄덕이며 말했다.

"자카르는 오전에는 용병들을 훈련시키고, 오후에는 병법서를 읽거나 육체 단련을 하고 있어. 밤에는 용병들과 술을 마시지만 가끔은 야전 훈련도 하고."

의외로 정상적이군.

"그리고 한밤중에는 미녀를 거느리고 영차영차 잘 놀더라."

"뭐야? 그 영차영차란 것은."

내 말에 몬더는 히죽 웃었다.

"상대는 카르팔 공의 정부 두 명인데 말이지, 이런 식으로……."

"아, 됐어. 그 부분은 관심 없어."

몬더가 닭고기로 뭔가를 비유적으로 표현하려고 했다. 그래서 내가 막았다.

"카르팔 공에게는 아내가 있을 테지만, 크월의 법률에 의하면 도시를 맡은 귀족은 측실을 두 명까지는 거느릴 수 있으니까. 그건 합법이지. 만약 누군가가 측실을 빼앗는다면 그것은 중죄야."

"아~ 그럼 자카르 일당, 해치워버리는 거야?"

몬더는 입가에 양념을 잔뜩 묻힌 채 입을 우물거렸다.

나는 그녀에게 냅킨을 건네주면서 고개를 옆으로 흔들었다.

"유감스럽게도 전시에는 적용이 안 돼. 재산으로 취급되거든."

"우와, 너무하네."

"너무하긴 하지만, 이 지역의 법률이니까 어쩔 수 없어. 게다가 그 녀석에게는 아직 국왕의 친위대를 격파한다는 역할이 남아 있어. 그 일을 실제로 해줄지, 안 해줄지는 모르겠지만."

자카르나 간부들을 처치하더라도, 그 밑의 부하들이 연안 제후의 군대를 덮친다면 결과는 똑같다.

"아무튼 연안 제후의 군대에는 다른 육상전 지휘관이 없으니까. 정예군인 베르자 해병대도 군선의 육상전 요원일 뿐이야."

"그럼 대장이 지휘하면 되잖아?"

"말도 안 되는 소리 하지 마. 평범한 인간을 수천 명이나 지휘한다는 게 얼마나 어려운 일인지 알아?"

내가 기운 없이 대꾸하자, 몬더가 웃었다.

"하긴, 인간은 행동이 굼뜨고 포효도 못 하잖아."

"뭐, 그렇지."

인랑은 지면의 경사나 장해물을 무시하고 고속 이동을 할 수 있으며, 포효함으로써 실시간 상호 통신이 가능하다. 온라인 게임에서 간이 채팅을 하면서 싸우는 것과 같은 감각이다. 그래서 지휘하기가 매우 쉬웠다.

식량은 스스로 사슴이나 곰 같은 것을 사냥해오고, 잠자리가 불편해도 불평을 안 한다.

그러나 인간은 다르다.

무장한 인간은 갑옷의 무게 때문에 움직임이 둔해지고, 소음과 투구 때문에 나팔이나 북 소리도 잘 듣지 못한다.

명령이 전달되는 범위와 시간차도 고려해서 병사에게 지시를 내려야 하고, 병사의 보고는 전령을 통해 이루어진다.

높낮이가 다른 장소를 공격할 때는 반드시 병사의 속도 및 체력도 고려해야 한다.

게다가 병참 문제. 이게 엄청나게 어려웠다. 수천 명이나 되는 인간들을 인솔해서 낯선 곳을 여행한다고 생각해보라. 그러면 그게 얼마나 어려운 일인지 알 것이다. 그것도 적의 습격까지 당하면서.

지휘하는 사람의 숫자가 늘면 늘수록, 생각해야 하는 것이 늘어난다.

"내가 인간을 지휘한다면 아마 100명이 한계일 거야."

고등학교 3개 학급 미만이다. 경험 많은 프로 병사에게 그냥 평범한 작전행동만 시키는 것은 그럭저럭 할 수 있을 테지만.

"자카르 대장의 지휘 능력, 그것만은 가지고 싶다……."

내가 그런 한심한 말을 중얼거리고 있는데, 몬더가 귀를 쫑긋 세웠다.

"크메르크의 냄새가 나. 여자를 데려왔나 봐."

"아, 진짜네?"

잠시 후 밧자 용병대의 크메르크 부관이 등장했다.

얼마 전에 봤던 여자 세 명이 그 뒤를 따라오고 있었다.

오늘은 셋 다 크월의 민족의상을 갖춰 입었는데, 꼿꼿한 자세로 조용히 서 있었다.

역시 귀족의 시녀이다 보니 예법은 나보다 훨씬 잘 알고 있는 듯했다.

"바이트 경, 늦은 시간에 찾아와서 죄송합니다."

"크메르크 님, 어서 와. 자, 안으로 들어와."

나는 웃는 얼굴로 그를 맞이했다. 크메르크는 웃고 있었지만, 긴장했다는 것이 냄새를 통해 느껴졌다.

그는 몬더에게도 가볍게 인사한 뒤 나를 돌아봤다.

"얼마 전에는 정말 실례가 많았습니다. 미랄디아의 풍습은 잘 몰라서, 혹시 기분을 상하시게 했을까 봐 자카르 대장님이 걱정하고 계십니다."

그건 거짓말이구나.

하지만 그것이 나에 대한 배려라는 사실을 알았기 때문에 나는 웃으며 고개를 끄덕였다.

크메르크 부관은 이마의 땀을 닦으면서 이야기를 계속했다.

"그에 대한 사죄라고 하기는 뭐합니다만, 이 사람들을 바이트경의 몸종으로 써주실 수 없을까요?"

심술을 좀 부려도 되겠지? 될 거야.

나는 곤란하다는 듯이 잠시 생각하는 척을 했다.

"몸종이라……. 글쎄, 그럼 그분들을 우리가 지켜줘야 하는 거잖아. 병력도 부족해서 그건 좀 어렵겠는데."

그 순간 크메르크가 당황했다.

"그, 그러면, 진군할 때는 카르팔에 머물게 하면서 서류 정리 같은 것을 시키면 어떨까요? 모두 크월어는 능숙하게 읽고 쓸 줄 아니까요."

필사적이었다. 하지만 그 제안은 의외로 나쁘지 않았다.

글을 읽고 쓸 줄 알면서 또 적당히 신뢰가 가는 현지인. 그것은 미랄디아군에게는 상당히 고마운 존재였다.

자카르 대장이 저들을 스파이로 보냈을 가능성도 있지만, 인랑에게는 그런 것은 통하지 않는다.

인간에 대해서만은 압도적 우위를 차지할 수 있는 것이 우리 인랑들이었다.

왜냐하면 인간을 잡아먹는 데 특화된 종족이니까. 인간을 잡아먹는 짓을 그만뒀기 때문에 지금은 고생하고 있는 거지만…….

내가 그런 생각을 하고 있는데 크메르크가 불안한 표정을 지었다.

"저, 어떠십니까?"

지금 용병이 아닌 상인의 얼굴로 돌아오셨는데요. 크메르크 님.

나는 가볍게 고개를 끄덕이고 싱긋 웃었다.

"그쪽이 일부러 좋은 제안을 해주셨는데 거절할 수는 없지. 별로 나쁜 것도 아니고, 크메르크 님에게도 자기 입장이 있을 테니까."

그 순간 노골적으로 안도하는 표정을 짓는 크메르크.

"감사합니다. 덕분에 저도 체면이 서네요. 게다가."

"게다가, 뭐?"

크메르크는 이마의 땀을 닦으면서 진심으로 안도했다.

"이 사람들을 바이트 님이 맡아주신다면 저도 안심할 수 있을 겁니다. 비호자가 없는 상태였거든요."

응, 카르팔 공은 달아났으니까.

크메르크는 일반 평민이라서 시녀들을 먹여 살릴 만한 경제력도 없고, 그런 신분도 아니었다.

이렇게 말하긴 뭐하지만, 용병의 사회적 지위는 매우 낮았다.

범죄자 예비군과 비슷한 취급을 받았다. 용병대장이나 간부급이
어도 별로 대단하지는 않았다.

한편 상급 귀족을 모시는 고용인은 평민 중에서는 꽤 지위가 높
았다. 교양과 인맥이 엄청나기 때문이다. 그들이 은퇴한 뒤 장사
를 시작하면, 주변의 동업자들은 바짝 긴장한다고 한다.

그런 관계이다 보니, 용병들이 도시를 점령하고 귀족의 시녀를
전리품으로 삼으면 주위의 눈총을 받게 된다.

그래서 나는 싱글싱글 웃었다.

"크메르크 님은 집에서 살던 시절의 감각을 잃지 않은 것 같군."

"네, 그런 말 자주 듣습니다. 용병답지 않다고요."

이야기를 해봐도 진짜 성실한 것이 느껴졌다. 이 사람은 차라
리 위병대에 들어가는 것이 낫지 않았을까? 하는 생각이 들었다.
왜 용병이 된 걸까.

나는 씁쓸하게 웃으면서 은근슬쩍 그의 자존심을 자극해봤다.

"그래서 자카르 님도 당신을 중용하고 있는 게 아닌가?"

그러자 크메르크의 표정이 확 밝아졌다.

"네, 맞습니다! 저는 용병 동료들한테는 '쓸모없는 놈'이라고 냉
대를 받았지만, 그런 저를 부관으로 삼아주신 분이 자카르 대장님
이니까요! 그 은혜를 갚기 위해서라도 매일 노력하고 있습니다!"

아, 그래. 그쪽으로 반응하는 거야? 참 충직한 사람이구나…….

크메르크 부관 공략법을 발견한 나는 계속해서 그를 실컷 떠들
게 했다.

"자카르 님은 유능한 지휘관이지. 그런데 왜 관직을 얻지 않았

을까?"

"이건 비밀인데요, 과거에 몇 번이나 거절당하셔서……."

흐음?

"자카르 대장님은 유역 제후에게 고용되어 유목민 도적단 등과 싸우셨는데요. 아무리 공적을 쌓아도 관직은 얻지 못하셨어요."

이해는 간다. 인간적으로 신용할 수 없는 사람이니까.

유역 제후의 신용은 얻지 못했는데도 자카르는 용병들한테는 엄청나게 인망이 높았다.

그것도 이유는 알 만했다.

자카르는 귀족들 같은 부유층을 미워하니까. 그것이 용병들의 공감을 받는 요인 중 하나일 것이다.

"우리는 검을 쥔 약자야. 그러나 언젠가는 강자가 될 거다. 그 검이 아직 녹슬지 않았다면 나를 따라와라…… 그분은 그렇게 말씀하셨어요."

크메르크 부관은 아련한 눈빛으로 말했다. 그의 머릿속에서는 자카르는 존경스러운 리더일 것이다.

응, 이해는 해.

하지만 귀족을 증오하고 있는 남자가 너무 심하게 출세하는 것도 곤란하다.

나는 전생에서도 현생에서도 평민 같은 존재이지만, 지금은 귀족 사회의 일원이다. 귀족 가문에 데릴사위로 들어가기도 했고.

고로 자카르 대장과는 친해지지 못할 것 같았다.

그런데 문제는 그가 용병의 리더로서, 또 육상전 전문가로서 우수하다는 것이었다.

연안 제후에게는 그를 대신할 만한 인재가 없었다.

그 이야기도 한번 들어볼까.

"자카르 님은 육상전 지휘 능력이 뛰어나다고 들었는데, 카르팔 공략에서도 역시 그 수완을 발휘하셨나?"

"네, 물론이죠."

크메르크는 주먹을 불끈 쥐고 고개를 끄덕거렸다.

"자카르 대장님은 이번에 총대장 역할을 맡으셨는데, 카르팔 성문을 돌파하기 위해 스스로 진두에 서셨습니다. 비처럼 쏟아지는 화살들 속에서 분투하셨어요."

"카르팔 공략 당시 용병대는 심각한 손해를 입었다고 들었는데……."

"시가지에 돌입했을 때 거기서 기다리던 카르팔 위병대와 격전을 벌였다고 합니다. 저는 후발대로서 밧자 용병대 지휘를 맡고 있었으므로 자세한 것은 모르지만요."

그 결과, 돌입한 용병대는 큰 손해를 입었다. 그러나 카르팔 공의 명령으로 위병대가 항복했으므로 간신히 전멸은 면했다고 한다.

한편 자카르가 밧자 공한테서 위임받아 책임지고 있는 밧자 용병대는 나중에 돌입했다. 그리고 그 직후 카르팔 위병대가 항복했으므로 밧자 용병대는 여유롭게 도시를 제압했다.

큰 타격을 받아 여기저기 쓰러져 있던 용병들은 그때 밧자 용병대한테 구출됐다고 한다.

죽은 자들은 일회용으로 이용당해서 원한을 품고 죽었을 테지만, 구출된 자들은 밧자 용병대를 나쁘게 여기지는 않았나 보다.

그들은 치료를 받았고, 지금은 자카르 대장에게 의식주를 제공받고 있었다. 고용주인 제후들은 용병의 의식주에는 관심이 없다. 돈만 주고 끝이다.

이렇게 되면 필연적으로 자카르 대장에 대한 공포와 신뢰가 형성되는 것이다.

그는 이번에 총대장으로서 훌륭한 실적을 남겼다. 다음 전투에서도 총대장이 될 가능성이 높았다. 자카르 대장을 따르지 않으면, 다음 전투에서 자신은 일회용으로 이용당하고 버려질 것이다.

그래서 다른 도시의 용병들도 자기들의 대장보다도 자카르 대장을 따르게 되었다.

그에게 충성을 맹세하면 버려지지 않을 테고, 의식주를 보장받을 수 있다. 또 약탈한 금품도 받을 수 있다.

제일 중요한 것은 그가 '이기는 대장'이란 사실이었다.

패전의 용병만큼 비참한 것은 없었다. 고로 그들을 이기게 해주는 자카르 대장은 용병들에게는 왕이나 마찬가지였다.

이리하여 자카르는 완벽하게 강자로서의 지위를 확립하고 용병들을 지배하게 되었다.

그가 점령지에서의 약탈을 일절 금지한 것도, 알고 보면 자신이 지배자로서 전리품을 분배해주기 위한 것이었다. 그에게 반항하는 자는 처형되지만, 그를 잘 따르면 충분한 재물을 나눠받을 수 있는 것이다.

정말 동물적인 남자란 생각이 들었다.

그러나 용병들을 통솔하는 지도자로서는 더없이 완벽했다.

용병대의 사정은 어느 정도 알았으므로, 나는 슬슬 크메르크를 돌려보내기로 했다.

그런데 크메르크는 신이 나서 열심히 떠들어대고 있었다.

"그때 유목민 도적들 300기를 물리친 것이 자카르 대장님이셨고……."

"매우 흥미로운 이야기지만, 크메르크 님도 할 일이 있지 않나?"

"아뇨, 대장님이 저에게 충분한 시간을 주셨습니다. 네, 그래서 어디까지 이야기했죠?"

"유목민 도적단 300기를 자카르 님이 물리쳤다는 것까지 이야기했어……."

도대체 어떻게 해야 이 사람이 돌아가 줄까?

그는 나를 감시하는 역할이므로 돌아갈 것 같지도 않았는데, 그가 여기 눌러앉아 있으면 나도 활동하기 불편했다.

게다가 난처하게도 문밖에서 소곤거리는 소리가 들렸다. 저 목소리. 몬더 부대의 분대원이다.

"대장한테 보고할 것이 있어. 만나게 해줘."

"안 돼, 기다려. 지금은 '면회 중'이야."

"아니, 급하단 말이야. '군마'의 움직임이 평소랑 달라."

경비 중인 제릭과 말다툼을 하는 것 같았다.

그들은 둘 다 암호를 사용하고 있었다. '면회 중'은 용병대 관계자가 여기 와 있다는 뜻이고, '군마'는 자카르였다. 아마도 자카르가 평소와는 다른 행동을 하고 있나 보다.

서둘러 보고를 듣고 싶었지만, 용병대의 크메르크 부관이 여기 와 있었다.

수상한 짓을 했다간 들킬 것이다. 내가 자카르를 감시하고 있다는 사실을.

그때 시녀 한 명이 입을 열었다.

"크메르크 님, 죄송합니다만 당신께 전해드리려다가 깜빡한 것이 하나 있습니다."

"그게 뭐지? 슈라 님."

그러자 크메르크가 슈라라고 부른 시녀는 차분하게 대답했다.

"카르팔 공의 저택에 남겨진 미인도 말입니다만, 그것은 전부 다 루오니코의 그림이란 이야기를 들었습니다."

"루오니코……?"

크메르크의 표정이 변했다. 도자기 상점의 아들이므로 회화 분야도 다소 아는 것 같았다.

"설마 '미소의 루오니코' 말인가?! 그 요절한 천재 궁정화가?! 맙소사, 이거 큰일 났군. 용병들이 그걸 가지고 싶어 했는데. 당장 회수해야겠다."

크메르크는 허둥지둥 자리에서 일어나 시녀에게 꾸벅 인사했다.

"고마워, 슈라 님. 그림은 군자금을 위해 판매하게 될 테지만, 정식 미술상에게 의뢰해서 뭔가 손상되거나 누락되는 일이 없도록 할게."

그러더니 그는 나를 돌아봤다.

"죄송하지만 오늘 밤에는 이만 실례하겠습니다."

"응, 그래. 크메르크 님. 다음에 또 와."

나는 웃는 얼굴로 그를 보내줬다.

그는 아마 자카르 대장에게 보고하러 돌아가는 것이리라.

자, 문제는 그 자카르 대장인데. 그 전에 나는 카르팔 공의 시녀들을 쳐다봤다.

슈라라고 불린 시녀는 좀 전에 분명히 거짓말을 했다. 적어도 남을 속이려고 하는 냄새는 났었다.

"슈라 님?"

"네, 바이트 님."

슈라는 조용히 고개를 숙이더니 이렇게 말했다.

"크메르크 님이 계시면 불편하실 것 같아서, 꾀를 써봤습니다."

"그럼 그 루오니코의 그림이란 것도 거짓말인가?"

내 말에 슈라는 쓴웃음을 지었다.

"진짜 루오니코의 그림이라면 한 점만 있어도 저택을 세울 수 있으니, 제 주인님이 그냥 두고 가실 리 없습니다. 남아 있는 것은 루오니코파(派)의 모작과 습작입니다."

너무해. 이 사람, 너무하다.

슈라는 나를 보고 공손하게 머리를 숙였다.

"주제넘은 짓을 한 것을 용서해주십시오."

"아냐, 덕분에 살았어. 고마워."

"그런가요? 다행입니다."

생긋 웃는 미녀. 나머지 두 명의 시녀들도 미소를 지었다.

이거 혹시 우수한 인재를 손에 넣은 게 아닐까?

하지만 지금은 일단 감시자의 보고부터 들어야겠다.

"대장, 큰일 났어!"

내가 복도로 나가봤더니 몬더의 사촌 동생이 기다리고 있었다. 그는 데이먼이라는 청년인데, 파트너는 그의 아버지였다.

"데이먼. 무슨 일이야?"

"자카르가 심복 기마병 30기 정도를 데리고 시외로 나갔어!"

30기. 감시자인 인랑 두 명으로서는 이길 수 없는 인원이었다.

들키지 않으려고 이쪽은 인원수를 최소한으로 줄였었는데. 더 많은 감시자를 붙일걸 그랬다.

"혹시 야간 전투 훈련 아니야?"

그러자 데이먼은 안절부절못하면서 이렇게 말을 이었다.

"처음에는 1,000명쯤 데리고 근처의 평야로 나갔으니까 우리도 그렇게 생각했어. 하지만 자카르와 측근들만 점점 더 멀리 가는 거야. 그래서 나만 일단 보고하러 돌아왔어."

"방향은?"

"상류 쪽이니까 남쪽일 거야. 지금은 아버지가 미행하고 있는데, 혼자라서 걱정이야……."

"알았어. 괜찮아. 너희 아버지는 실력 있는 사냥꾼이잖아. 걱정할 필요 없어."

위험하다. 인랑 혼자서 할 수 있는 일은 한계가 있다. 빨리 합류해야겠다.

그런데 내가 움직이면 당연히 크메르크에게 들킬 것이다.

지금 그는 이곳에 없지만, 그에게도 부하는 있다. 감시자를 남겨두고 갔을 것이다.

내가 자카르의 행동을 감시하고 있다는 것은 절대로 들키면 안 된다. 그가 나를 경계하면 예상외의 행동을 할 가능성이 있다.

"좋아, 우선 몬더 부대는 즉시 자카르를 추적해. 다른 루트로 워드 부대도 보낸다. 양쪽 다 시외로 나가면 변신해도 돼."

몬더와 워드 영감님은 곧바로 고개를 끄덕였다.

"아하하, 재미있겠다!"

"음, 그래. 용병 일은 나에게 맡겨."

둘 다 믿을게요.

몬더 부대와 워드 부대가 출발한 뒤, 나는 일단 내 숙소로 사용하고 있는 민가로 돌아왔다. 이 동네에서는 호화 저택이라고 할 만한 집이었다.

예상보다 여기 오래 머무르게 되었으므로, 이 집의 주인들도 같이 살게 되었다. 집의 부서진 부분은 미랄디아군이 완벽하게 수리해줬다.

나는 이 민가의 방을 하나 빌려 쓰고 있었다. 마치 하숙생이 된 기분이었다.

이 집에는 원래 노부부 두 명만 살고 있었다. 그들은 파가 부처인데, 아들 가족에게 낚싯배와 생선 가게를 물려주고 유유자적하게 은거하고 있었다.

그 파가 부인이 불쑥 내 앞에 나타났다.

"대장님, 대장님."

"네? 부인, 무슨 일이시죠?"

또 민물고기 요리라도 주시려는 건가.

그런 생각을 했는데 노부인이 빙그레 웃었다.

"뒷문을 통해 옆집 마당으로 나갈 수 있어요. 우리 남편이 나무 상자를 쌓아놨으니까 길거리에서는 안 보일 거예요."

무슨 소리지? 하고 어리둥절했다가 금방 이해했다.

감시하는 용병들에게 들키지 않고 몰래 빠져나갈 수 있는 루트를 마련해준 거구나.

"좀 전에 옆집에 사는 샤샤르 씨한테 이야기하고 왔어요. 샤샤르 씨네 집 지붕에서 그 옆집인 다마드 씨네 집 지붕으로 넘어갈 수 있는 널빤지를 걸쳐놔 달라고요. 그다음은 건물 안을 통과해서 북문의 시장까지 갈 수 있을 거예요."

크월의 민가는 지붕이 평평해서 빨래 너는 데 사용되기도 했다.

샤샤르 씨네 집과 다마드 씨네 집은 현재 지붕 수리 중이므로 흙벽돌 같은 것들이 복잡하게 쌓여 있었다. 게다가 지금은 밤이니까, 마법으로 소음을 없애면 남에게 들키지 않고 이동할 수 있을 것이다.

"부인, 왜 그런 짓을……."

그러자 파가 부인이 재미있다는 듯이 깔깔 웃었다.

"왜냐하면 대장님, 아까부터 힐끔힐끔 창문을 보면서 안절부절 못하고 계셨잖아요?"

하숙집 아주머니한테까지 다 들켜버렸구나.

파가 부인은 웃으면서 나무판으로 막힌 창문을 봤다.

"그리고 또 최근에는 줄곧 그 끔찍한 용병들이 어슬렁거리고 있잖아요? 그래서 나도 딱 감이 왔죠."

그때 파가 영감님이 나타났다.

"이 사람아, 대장님과 언제까지 수다를 떨 거야? 나 참, 꼭 젊고 괜찮은 남자가 있으면 이런다니까."

"어머, 뭐 어때요. 집을 수리해주신 은인이신데. 저 용병 놈들을 막아주시는 것도 대장님이시고."

"그래서 이렇게 도와드리는 거잖아. 자, 대장님. 빨리 이리 와요. 생선이 다 썩겠어."

파가 영감님은 어부 시절에 입버릇처럼 하던 말을 중얼거리면서 나에게 손짓했다.

\*　　　\*

〈꿈틀거리는 야심 2〉

"좋아, 여기다."

자카르는 부하들에게 멈추라고 명령했다. 그리고 말에 탄 채 가만히 기다렸다.

이곳은 먼 옛날 도시가 있었던 폐허였다. 과거에는 성스러운 대하 메지레의 근처에 있었는데, 신앙심 없는 자의 소행으로 인해 강이 도시에서 멀어져버렸다고 한다.

사람들은 '위대한 메지레의 저주'라고 두려워하면서 그 도시를 버리고 새로운 도시를 건설했다. 그것이 현재의 카르팔이라고 한다.

자카르가 싫어하는 종류의 옛날이야기였다.

'강이 스스로 움직인다고? 말도 안 돼.'

미신을 믿지 않는 자카르는 어둠에 휩싸인 땅바닥을 내려다봤다. 그는 뒤돌아보면서 측근에게 질문했다.

"라프하드는 제대로 했어?"

"네, 아마도……."

"이번 계책이 실패하면 즉시 카르팔로 귀환한다. 그대로 카르팔에서 농성하는 거야."

부하들이 동요했다.

"농성이라니요. 그게 무슨 말씀이세요?"

"둔한 놈들."

자카르는 웃더니 앞을 바라봤다.

"전쟁터에서 화살은 앞에서만 날아오는 거냐? 자, 다들 흩어져. 계획대로 행동해."

"아, 알겠습니다."

자카르는 연안 제후의 움직임도 어느 정도는 파악하고 있었다.

용병이 제멋대로 움직이기 시작하면 고용주는 용병을 처벌한다. 그건 당연했다.

그러나 현재 그들의 눈과 손은 저 멀리 있었다. 자카르를 처벌할 수 있는 사람은 아무도 없었다.

'군대를 이끌고 왕도의 코앞까지 왔으면, 사나이가 할 일은 하나밖에 없지.'

이 기회를 최대한 이용해 야망을 충족시키는 것이다.

실패하면 카르팔에 가서 농성하면서, 그대로 카르팔의 지배자가 되어 왕좌에 군림한다.

카르팔은 왕도의 코앞에 있다. 용병들을 모으면 왕을 위협할 수도 있을 것이다.

자카르의 군략이 있으면, 제후의 군대 따위는 별로 무섭지도 않았다.

'아니, 잠깐만.'

그는 문득 300명도 안 되는 부하들을 데리고 카르팔에 주둔 중인 남자를 떠올렸다.

'바이트 경의 움직임은 예측할 수 없어. 우리 용병은 벌써 4,000명 정도로 불어났으니까 패배할 리는 없지만…….'

그 바이트라는 이국의 사나이는 단신으로 용병 1,000~2,000명 쯤은 해치워버릴 것 같은 분위기가 느껴졌다.

물론 그럴 리는 없다. 자카르는 마음속에서 들려오는 나약한 소리를 묵살했다.

'겁먹으면 지는 거야. 약해지지 마라.'

여차하면 유목민들과의 연줄도 이용할 수 있다. 수백 기 정도는 당장 불러 모을 수 있을 것이다.

자카르는 그들과 싸우는 척하면서 가짜 공적을 세웠고, 유목민은 자카르의 관할 구역 밖의 교역로에서 약탈을 자행했다. 그 연줄은 아직 멀쩡하게 살아 있을 것이다.

그런 생각을 하고 있는데 멀리서 마차가 이쪽으로 다가왔다.

마차를 선도하고 있는 기수는 자카르의 측근 라프하드였다. 지금은 문관의 약식 예복을 입고 있었다. 비라코야의 사자에게서 빼앗은 것이었다. 그리고 20기쯤 되는 근위 기병들이 마차와 함께 오고 있었다.

그들은 폐허가 된 도시 중앙의 광장 근처에서 정지했다. 자카르와 몇 명의 부하들이 대기하고 있는 장소였다. 횃불이 몇 군데 켜져서 주위가 밝았다.

이윽고 훌륭한 옷을 입은 청년이 마차에서 내렸다. 횃불 빛을 받은 왕관이 빛났다.

크월 국왕, 파잠 2세였다.

자카르는 그의 얼굴을 본 적이 있었다.


사실 얼굴을 본 것은 딱 한 번이었다.

국내에 수없이 많은 별궁 중 하나를 자카르가 임시로 경비했을 때였다. 그는 연줄과 미녀와 선물을 이용해서 어느 시종을 구워삶아 이 계약을 따냈다.

왕가가 나를 고용해줬다는 실적이 필요했고, 또 잘하면 국왕을 알현할 수 있을지도 모른다는 기대감도 있었다.

그러나 결국 국왕은커녕 왕족이나 중신을 만날 기회조차 얻지 못했다. 단기 고용된 용병대장에게는 아무도 관심이 없었던 것이다.

굴욕을 느끼면서도 지루한 경비 일을 계속하고 있었는데, 그때 우연히 파잠 2세가 그 별궁을 방문했다. 뱃놀이를 하다가 쉬러 왔다고 했다.

'드디어 기회가 왔구나!'

자카르는 이 천재일우의 기회를 놓치지 않았다. 온갖 수단과 방법을 다 동원해서 왕의 앞에 나설 기회를 만들었다. 근위병들과 시종들에게 마구 뇌물을 뿌림으로써, 정문 앞에서 왕에게 인사할 기회를 얻은 것이다.

단 한 번이라도 대화를 나눈다면, 아니, 왕이 내 모습을 봐주기라도 한다면, 나는 무인으로서 등용될 것이다. 그런 자신감이 있었다.

"외람되오나 폐하. 이자가 별궁을 경비하고 있습니다. 용병대장 자카르라고 합니다."

가마를 탄 왕의 면전에서 시종이 자카르를 소개해줬다. 그토록 염원했던 알현이었다.

그러나 파잠 2세는 자카르를 한 번 힐끗 보더니 더 이상 보려고도 하지 않았다. 왕이 말없이 고개를 반대로 돌렸다. 가마가 움직이기 시작했다.

자기소개의 기회를 잃어버린 자카르를 밀쳐내는 것처럼 왕의 일행은 별궁으로 들어갔다. 마치 아무 일도 없었던 것처럼 별궁의 문이 닫혔다.

그것으로 끝이었다.


'왕은 내 얼굴을 기억할 테니까, 내가 바이트인 척하는 것은 불가능해.'

자카르는 일단 말에서 내렸지만, 오른쪽 무릎을 꿇는 것은 주저했다.

용병들은 왼발을 앞으로 내밀고 방패를 든다. 그래서 오른쪽 무릎을 꿇으면, 무기를 든 오른팔을 상대에게 노출시키게 된다. 또 방패를 들기도 어려워진다. 그래서 본능적인 불안을 느끼는 것이다.

그러자 왕관 쓴 청년이 불쾌한 것처럼 눈살을 찌푸렸다.

그는 아무 말도 하지 않았지만, 옆에 있는 문관 차림의 라프하드가 황급히 끼어들었다.

"이, 이 남자가 바로 바이트 경입니다. 마왕의 부관인……."

"바이트 경은 크월의 예법도 모르는가? 적어도 미랄디아식 인사 정도는 해도 될 텐데."

그 순간 자카르는 말문이 막혀버릴 정도로 경악했다.

'이 자식, 내 얼굴을 기억하지 못하는 건가?!'

왕은 날마다 많은 사람을 만난다. 먼 옛날에 딱 한 번 봤던 용병대장의 얼굴 따위는 기억할 리 없었다. 하지만. 그래도 나는 다를 거라고 믿었다.

'나는 이 세상에 널려 있는 평범한 범인들과는 전혀 달라! 그런데 왜 기억을 못 해?! 사람 보는 눈도 없는 이 무능한 놈아!'

오랫동안 느껴보지 못했던 격렬한 분노가 온몸을 휘감았다.

자카르는 오른쪽 무릎을 꿇을지 말지 고민했지만 이제는 그냥 관둬버렸다. 어차피 협상의 여지는 없으니까.

그리고 자신의 존재가 왕의 머릿속 한구석에조차 남지 못했다는 것이 특히 자카르의 자존심을 마구 난도질해버렸다.

"됐어, 그만 끝내자. 라프하드."

자카르는 고개를 가로저었다. 그리고 정해진 암구호를 말했다.

"'새벽'이다."

그 직후, 폐가의 지붕 위에서 연달아 투망이 던져졌다. 검게 칠한 그물이었다.

튼튼하고 촘촘한 그 그물은 이곳에 밀집한 근위 기병들을 덮쳤다.

"이, 이게 뭐야?!"

"적의 습격이다!"

"폐하를 지켜!"

"잠깐만, 함부로 움직이지⋯⋯."

잘 훈련된 전사들은 말을 몰면서 창을 겨누려고 했지만, 그물에 걸려서 그럴 수 없었다.

용병들은 평민 출신이었다. 투망을 익숙하게 다루는 사람이 많았다. 은혜로운 바다와 강이 있는 크월에서는, 물고기를 잡는 투망이 생활 도구였다.

그러나 근위 기병들은 투망을 다루는 법 따위는 전혀 몰랐다. 무작정 몸부림치다가 동료들끼리 서로 발목을 잡게 되었다.

정렬한 채 발버둥을 치고 있는 근위 기병들. 그 머리 위로 용병들의 화살이 가차 없이 쏟아져 내렸다.

"크윽!"

"으아악!"

낙마해서 전우의 군마에 밟히는 사람도 있었다. 순식간에 전사들은 말에서 떨어졌고, 이윽고 아무도 움직이지 않게 되었다.

살육은 극히 짧은 시간 내에 끝났다.

"네 이놈! 이것이 미랄디아의 수법이냐?!"

파잠 2세는 자카르를 노려봤다. 그러나 그를 지켜주는 사람은 이제 없었다.

자카르는 무력한 왕을 보고 코웃음 쳤다.

"난 바이트가 아니야. 예의 용병대장이다. 나를 얕보니까 이런 꼴이 되는 거야. 자, 이번에는 네가 오른쪽 무릎을 꿇어봐."

모든 크월인을 다스리는 지배자, 고요한 달의 말예인 국왕.

그 절대적인 왕에게 평민인 자카르가 칼을 들이댔다.

"안 들려? 아니, 혹시 임금님은 강자에 대한 예의가 뭔지도 모르나?"

파잠 2세는 자카르를 쏘아봤는데, 갑자기 그 얼굴에서 분노가 사라졌다.

그 대신 그는 동정과 경멸의 표정을 지었다.

그걸 본 순간, 자카르는 분노했다.

"야, 네가 지금 여기서 임금님 행세를 할 수 있을 것 같아?"

자카르가 고개만 살짝 움직이자, 그의 부하인 용병들이 파잠 2세를 붙잡았다.

"이 무례한 놈들!"

왕의 노호에 용병들은 한순간 겁먹었다. 그러나 자카르가 그들을 질타했다.

"됐으니까 빨리 해. 꽉 누르라고."

용병들에게는 자카르가 왕이었다. 그들은 두려워하면서도 국왕의 양어깨를 붙잡더니 그를 땅바닥에 쓰러뜨렸다.

억센 전사들의 힘에 저항하는 것은 불가능했다. 왕은 결국 무릎을

꿇었다. 오른쪽 무릎이 지면에 닿았다.

"옳지, 그래. 그러면 돼. 가짜 사자한테 속아 넘어가서 붙잡힐 정도로 얼빠진 놈은 어차피 왕의 그릇이 아니야."

의기양양해진 자카르. 그러나 파잠 2세는 계속 침묵했다. 고요한 모욕의 시선으로 자카르를 바라보고 있었다.

"이봐, 무슨 말이라도 해봐."

자카르는 검을 한 손에 들고 웃었다. 그러나 그 직후, 왕의 침묵의 의미를 이해했다.

"이 자식, 나하고는 대화할 가치조차 없다고 생각하는 거냐?!"

그렇다.

마치 그렇게 말하는 것처럼 파잠 2세가 냉소했다.

왕의 냉소. 그것을 본 순간, 자카르의 내부에서 뭔가가 사납게 포효했다.

"됐어, 그럼 죽어!"

달인의 검이 무력한 왕을 덮쳤다.

자카르의 검은 왕의 어깻죽지를 확 갈랐다. 선혈이 밤하늘을 붉게 물들였다.

한쪽 어깨부터 비스듬히 몸통을 베인 왕은 그 자리에서 즉사했다.

"대, 대장님?!"

"임금님을 해쳐요?!"

"그, 그러면 저주 받는데요?!"

용병들이 식겁한 표정을 지었다. 그러나 자카르는 도신의 피를 떨어내고 피식 웃었다.

"저주? 그런 게 어디 있냐. 왕의 피는 달빛과 같은 금색이라더니, 이거 봐라. 그냥 빨간색이잖아. 이 녀석도 우리와 똑같은 인간이다. 전부 다 거짓말인 거야."

자카르는 그렇게 웃어넘겼지만, 미신은 그렇다 쳐도 왕을 죽인 것은 중죄였다.

부하들의 동요를 느낀 자카르는 그들의 마음을 장악하기 위해 이야기를 계속했다.

"이제 돌이킬 수 없어. 왕을 죽이는 음모에 가담한 이상, 너희들은 전원 사형이다. 아무리 변명해봤자 살아남을 수 없어."

용병들의 표정이 한층 더 굳어졌다.

그들의 공포가 최고조에 달했을 때, 그 순간을 노린 자카르가 시원스럽게 웃었다.

그리고 발로 모래를 쓸어서 왕의 시체 위에 뿌렸다. 실은 시체를 밟으려고 했지만, 아주 조금 무서워서 그렇게 했다.

"살고 싶으면 우리가 이 나라를 빼앗을 수밖에 없어. 사형을 당하느냐, 귀족이 되느냐. 어느 쪽이 더 좋아?"

"그거야 뭐…… 귀, 귀족인데요."

누군가가 그렇게 말하더니 마른침을 꿀꺽 삼켰다.

자카르는 웃었다.

"그렇지? 그럼 귀족이 되어보자. 내가 계책을 세워놨어. 너희들이 내 말대로 행동하면 반드시 이 나라를 빼앗을 수 있을 거야."

"저, 정말 그게 가능해요?"

다른 용병이 물어봤다. 자카르는 어깨를 으쓱했다.

"응, 간단해. 내가 왜 지금까지 이걸 안 했지? 하고 기막혀할 정도로 쉬운 일이야."

용병들이 술렁거렸다.

"그 정도예요?"

"아니, 그런데, 그게 가능해……?"

"어쨌든 해보는 수밖에 없잖아?"

"대장님이 단언했던 것 중에 불가능했던 것이 하나라도 있었어?"

"아, 하긴 그래. 대장님이라면…….."

불안이 서서히 가라앉는 그 타이밍을 노려서 자카르는 그들에게 계획을 설명했다.

"왕이 여기서 죽었다는 것은 우리들밖에 몰라. 그러니까 왕은 행방불명인 거다. 영원히."

"아, 그렇구나! 아직 안 들켰어!"

노골적으로 안도하는 표정을 짓는 용병들.

자카르는 신음하는 근위병의 숨통을 끊으면서 담담하게 말을 이었다.

"표면적으로는 왕은 연안 제후의 군대가 무서워서 달아난 거야. 달아난 왕을 따르는 사람은 아무도 없을 테지……. 이봐, 이놈들의 갑옷은 벗기지 마. 내다 팔면 꼬리를 밟힌다. 시체까지 통째로 낡은 우물 속에다 버려."

부하가 근위병의 시체에서 호화로운 무구를 강탈하려고 하자, 자카르가 그것을 제지했다.

"궁정의 높으신 분 중에는 나랑 아는 사람도 있어. 예전에 꽤 위험한 일을 나에게 의뢰했던 놈들이야. 내가 잘 이야기해놨지."

이건 다소 과장한 것이지만, 어차피 용병들은 모를 것이다.

자카르는 끝으로 이런 말을 덧붙였다.

"그러니까 우리는 오늘 밤 카르팔 부근에서 야간 전투 훈련을 한 거야. 자, 누구인지도 모를 이 시체들은 싹 치워버리고 얼른 튀자. 돌아가면 특급 당밀주를 너희에게 주마. 양고기도 곁들여서."

우와! 하고 용병들이 환성을 질렀다.

용병들이 낡은 우물 같은 곳에다가 시체를 던져 넣는 동안에 자카르는 부하 한 명을 불렀다.

"라프하드, 이리 와봐."

밧자 공 비라코야의 사자로 변장한 그 남자는 자카르의 부름에 응해 어두운 곳으로 들어왔다.

"네, 왜요? 대장님."

"가짜 사자 노릇을 하느라 수고했어. 그래서 말인데."

자카르는 단검을 뽑아 라프하드의 목에 푹 꽂았다. 소리를 내지 못하도록 그의 입과 움직임을 막아버렸다.

"읍?!"

"넌 얼굴이 너무 많이 알려졌어. 데려갈 수는 없지만, 그냥 내버려둘 수도 없어. 그래서 죽인다. 알았지?"

대답은 없었다.

그는 이미 죽었으므로.

털썩 쓰러진 부하의 시체. 자카르는 그것을 내려다보면서 단검을 도로 집어넣었다.

"너는 특별 임무 때문에 개별 행동을 하는 것으로 해둘게. 뭐, 완전히 거짓말은 아니고."

자카르는 폐가에서 나왔다. 그리고 아직 살아 있는 부하들에게 명령했다.

"서둘러라! 우리의 왕국이 기다리고 있다!"

*　　*

내가 카르팔 시에서 빠져나왔을 때는 이미 동료의 냄새는 많이 약해진 상태였다.

이건 변신하지 않으면 추적하기 어렵겠군.

나는 오랜만에 인랑으로 변신해서 암흑 속을 달렸다.

멀리서 희미하게 몬더의 포효소리가 들려왔다.

『빨리 와~!』

알았어.

드넓고 고요한 평야. 그래서 포효소리는 바람을 잘 타면 몇 킬로미터나 날아왔다.

좀 떨어진 언덕 위에서 워드 부대가 변신한 채 대기하고 있었다. 그걸 본 나는 안도했다.

"아, 찾았다. 이대로 미아가 될까 봐 걱정했어."

"어, 그럴 줄 알았지. 그래서 좀 쉬면서 기다린 거다. 몬더 부대는 한참 앞에 있으니까 우리랑 같이 가자."

베테랑 인랑들이 웃었다. 단체행동은 사냥의 기본이다.

내가 워드 부대와 함께 도착한 곳은 완전히 황폐해진 폐허였다. 카르팔만큼은 아니어도 상당히 규모가 컸다.

자카르 일행과 딱 마주치지 않도록 빙 돌아서 시내로 들어갔다.

"이렇게 아무것도 없는 곳에다 용케 도시를 건설했구먼. 허, 저거 봐라. 물 없는 선창도 있어."

"아, 그럼 옛날에는 이 도시 옆으로 메지레 강이 흐르고 있었을 거예요. 강물은 흙을 깎아내서 다른 곳에다 쌓으니까, 장기적으로는 흐름이 점점 바뀌거든요."

"그렇구먼. 수원이 사라져서 버려진 도시란 말인가."

우리는 그렇게 시답잖은 이야기를 나누다가 금방 이변을 눈치챘다.

"피 냄새가 나요."

"흠, 아마도 기병일 거다. 20기 정도인가."

"숫자까지 알 수 있어요? 워드 영감님."

내 말에 워드 부대가 웃으면서 일제히 지면을 가리켰다.

"남쪽에서 온 말의 발자국 숫자. 발자국이 깊으니까, 짐말이거나 중무장한 기병일 거야."

"짐말은 대체로 한 줄로 걷는데 이건 두 줄이지. 그럼 기병이다."

"맞아. 북쪽에서 온 말의 발자국이라면 용병들의 말일 테지만, 이건 아니잖아."

"게다가 마차 바퀴 자국도 있어. 용병들은 아닐 거다."

할아버지 인랑들이 신나게 설명해줬다. 그 덕분에 나도 겨우 깨달았다.

암흑 속에서 냄새에만 집중하느라 사냥감의 발자국을 눈치채지 못했다.

역시 베테랑은 주의 깊구나. 나는 감탄하면서 달렸다.

시내에서는 농후한 피 냄새가 났다. 아무래도 늦은 것 같았다.

우리가 말의 발자국과 냄새를 추적해서 도착한 곳은 폐허의 중심부였다.

여기서 무슨 일이 일어났는지는 일목요연했다.

대량의 피가 모래땅에 배어 있었다. 게다가 군마가 쓰러져 있었다. 기수들의 모습은 보이지 않았지만, 근처에 있는 오래된 우물에서 신선한 피 냄새가 났다.

"아~ 대장."

몬더가 반갑게 손을 흔들었다. 나는 그쪽으로 다가갔다.

다행히 감시자 역할이었던 자이먼도 무사했다. 몬더의 숙부이자 베테랑 사냥꾼인 자이먼은 침착해 보였다.

"왔냐? 바이트. 미안하다. 난 끝까지 지켜보는 것밖에 못했어."

"아니, 자이먼 씨가 무사해서 다행이야. 그런데 무슨 일이 있었던 거야?"

"어, 그게……."

사정을 듣자마자 나는 경악했다.

큰일 났다. 진짜로 큰일 났다.

상상을 초월하는 엄청난 사태였다.

"다들 저 낡은 우물 속에서 시체를 꺼내. 잘 차려입은 청년이야."

끌어올린 시체의 옷에는 금실 자수 문양이 있었다. 크월 왕가의 문장이었다. 피투성이 왕관도 나왔다.

이 청년은 아마도 현 국왕인 파잠 2세일 것이다. 본인인지 대역인지 확실하지는 않아도, 머릿기름과 향수의 냄새로 볼 때 신분이 높은 인물임을 알 수 있었다.

이 나라 사람들은 왕의 대역 따위는 황공해서 만들지도 못할 텐데. 그럼 진짜 본인인가?

그렇다면 이런 식으로 대면하게 될 줄은 몰랐다.

안타깝지만 이미 완전히 숨이 끊어졌다. 마법으로도 치유는 불가능하다.

"가엾구나."

나는 왕으로 추측되는 인물의 시신을 향해 합장했다. 주위의 인랑들도 적당히 나를 흉내 내서 합장했다.

정치도 경제도 군사도 잘 모르는 무능한 왕이었지만, 그는 이런 곳에서 살해될 정도로 나쁜 짓을 하지는 않았다.

"바이트, 범인은 자카르야. 내가 두 눈으로 똑똑히 봤어."

그러면서 자이먼이 분하다는 듯이 입술을 깨물었다.

"미안하다. 적어도 그 녀석 하나만이라도 구해주고 싶었지만, 궁병이 너무 많았어. 나 혼자서는 도저히 어쩔 수 없었어."

"아니, 철저히 감시만 하는 것이 옳은 선택이었어. 혹시나 자이먼 씨가 무슨 일을 당했으면 정보도 얻지 못했을 테니까. 고마워."

나는 몬더의 숙부를 위로했다.

"게다가 자이먼 씨가 늘 그런 말을 했잖아? 사냥꾼은 오로지 추적을 끝낼 때만 사냥감을 공격한다고."

인랑 사냥꾼에게는 공격이란 것은 '추적 과정 종료'를 뜻하는 것이지, 그 외의 결과를 낳으면 안 된다. 사냥감이 도망치거나 오히려 이쪽을 공격해오면 안 되는 것이다.

고로 승패를 알 수 없는 상황에서는 결코 사냥감을 건드리지 않는다.

그가 철저히 감시만 해준 덕분에 우리는 자카르에게 들키지 않고 중요한 정보를 입수할 수 있었다.

왕과 호위병들은 불쌍하긴 하지만, 그것은 우리가 책임져줄 수 없는 문제였다.

자이먼은 싱긋 웃더니 말을 이었다.

"고마워. 그런데 바이트, 자카르는 네 이름을 이용해서 국왕을 유인한 것 같았어. 왕은 너를 만난다고 생각해서 여기까지 온 것처럼 보였어."

"정말?!"

"문관처럼 생긴 놈이 하나 있었는데, 그놈은 습격을 당해서 죽기는커녕 자카르와 친하게 이야기를 나누더라고. 용병이거나, 왕을 배신한 측근일 테지. 나는 바이트 너만큼 크월어를 잘하진 못하니까 자세한 것은 모르겠지만."

점점 더 엄청난 사태가 되고 있군.

"그런데 그 녀석도 나중에는 결국 살해됐어. 자, 여기야."

자이먼의 말대로 폐가에서 약식 예복을 입은 문관의 시체가 나왔다.

"승마용 예복. 이건 아마도 사자의 복장일 거야. 겉옷에 밧자 공의 문장이 새겨져 있어."

"그럼 밧자 공이 배신한 거야?"

몬더가 쪼그려 앉아 시체를 콕콕 찌르면서 말했다. 나는 그것
을 말렸다.

"앗, 죽은 사람을 함부로 대하지 마. 밧자 공의 사자는 자카르
의 부하에게 살해됐잖아? 그러니까 이 녀석은 가짜 사자야. 아마
자카르의 부하일 거야."

"그럼 왜 살해된 건데? 입막음?"

"응, 아마도."

자, 이제 상황이 꽤 위험해졌다.

"있잖아, 대장. 이러면 어떻게 되는 거야? 크월이 폭발해?"

"거의 그렇게 될 거야. 크월은 국왕이라는 사람 자체보다는, '왕
이 있고, 모두가 그 왕을 경배한다'는 불문율이 중요한 거니까."

무슨 일이 있어도 왕과는 싸우지 않는다. 형식적으로나마 왕을
경배하고 존중한다. 그것이 크월 귀족들의 규칙이자 가치관이다.

제후들 사이에서 소규모 분쟁이 발생하는 경우도 있지만, 왕이
"그만해라"라고 말하면 양쪽 모두 군대를 철수시킬 수밖에 없다.

그와 동시에 '혼란이 장기화되면 임금님이 그걸 끝내주실 거다'
라는 안심감도 존재했다.

왕 자체는 강력한 군대를 가지고 있는 것도 아니고, 직할지도 적
은 편이다. 즉 무력과 경제력으로 나라를 통치하는 것이 아니다.

스포츠에 비유한다면 왕은 결코 강한 선수는 아니다. 애초에
선수도 아니고. 왕은 유일무이한 심판이다. 모든 선수와 관중은

심판의 지시를 거역할 수 없다.

그 심판을 죽여 버린 선수가 있다는 것은, 지금까지 크월을 지배해온 암묵의 규칙, 불문율이 깨져버렸다는 것을 의미한다.

스포츠 선수가 시합하기 전에 심판을 암살하는 것만큼이나 극악무도한 짓이었다.

그 후에 시작되는 것은 당연히 시합일 리 없었다.

절대로 깨면 안 되는 금기, '왕 살해'. 정상적인 크월인이라면 상상조차 할 수 없는 일인데, 그런 짓을 실행하는 놈들이 무력을 가지고 활동하고 있었다.

경기장에 살인마가 들어온 것이다.

이 사실이 널리 알려지면 어디서 어떤 사건이 터질지 전혀 예측할 수 없었다. 굉장히 위험했다.

나는 그런 식으로 대강 사정을 설명한 뒤, 시체를 즉시 오래된 우물 속에 다시 넣어두라고 명령했다.

"정식으로 장례를 치러주고 싶지만, 지금은 음모가 한창 진행되고 있다. 우리가 여기 있었던 흔적은 남기면 안 돼. 그러니까 증거가 될 만한 것도 카르팔에는 가져갈 수 없어."

섣불리 뭔가를 가지고 돌아갔다가 누구한테 들키기라도 하면, 틀림없이 우리가 왕 살해 용의자로 몰릴 것이다.

그것이 외교 문제로 커질 것은 불 보듯 뻔했고, 나 혼자서는 책임지지 못하게 될 것이다.

부디 용서해줘. 크월 왕과 근위병들. 또 입막음을 당한 아무개 씨. 반드시 언젠가는 자카르에게 그 죗값을 치르게 할 테니까.

몬더가 고개를 갸웃거렸다.

"그럼 자카르를 해치워버릴 거야? 암살은 당장 오늘 밤에도 할 수 있는데?"

"응, 그거야 할 수 있겠지. 하지만 그놈이 사라지면 곤란해."

"왜?"

"이게 진짜 국왕인지 아닌지는 아직 몰라. 게다가 국왕 암살 사건이 세상에 알려질 경우, 그 범인인 자카르는 아직 밧자 공의 부하이거든. 연안 제후들의 맹주인 밧자 공이 반역자로 몰릴 거야. 모든 것이 엉망진창이 되는 거지."

밧자 공 비라코야는 미랄디아에게는 중요한 인물이다. 이런 데서 그 사람을 잃어버릴 수는 없었다. 또 비라코야 본인은 왕가를 존경하고 있고, 국왕 살해를 명령한 적도 없었다.

"게다가 자카르가 사라지면 카르팔에는 약 4,000명이나 되는 용병들이 무질서하게 들끓게 될 거야. 그놈들은 두목이 없으면 산적이나 마찬가지인데, 그놈들을 진압할 수 있는 군대가 이 근처에는 없어."

통제에서 벗어난 용병들이 무슨 짓을 할지 모르고, 그렇게 되면 후발대인 연안 제후의 군대가 습격을 당할 가능성도 있다. 카르팔 시민도 피해를 입을 테고.

인랑 부대와 베르자 해병대로 진압하려고 해도 머릿수가 너무 심하게 차이가 났다. 아마 상당한 희생을 각오해야 할 것이다.

쫓겨난 카르팔 공은 아직 건재하므로 카르팔 탈환을 노리고 있을 것이다. 또 국왕이 없는 왕도는 앞으로 대혼란에 빠질 것이다.

외국인인 우리가 무력으로 사태를 수습한다는 것은 거의 불가능에 가까웠다.

하지만 또 한편으로는 각 세력의 의견과 이해관계를 잘 조정해 준다면, 자카르에게 모든 죗값을 치르게 함으로써 사건을 종결짓는 것도 가능할 것 같았다.

나는 타국의 외교관이다. 크월 국내의 싸움과는 직접적인 관계가 없다. 그리고 현재 가장 많은 정보를 가지고 있는 것은 우리들이었다. 음모의 한가운데에 있는 자카르와는 달리 우리에게는 무수한 선택지가 있었다.

처리 순서가 하나라도 잘못되면 끝장날 테지만, 그래도 어떻게든 될 것 같았다.

그럼 내가 어떻게든 해봐야지.

"국왕을 살해한 것을 보니 자카르의 목적이 뭔지는 알겠어. 그러니까 뒷수습은 그 녀석에게 시킬 거야."

"그게 가능해?"

"무조건 시켜야지. 안 그러면 혼돈의 크월 전국 시대가 개막될 거야."

제발 부탁이니까 좀 그만해라. 소중한 사탕수수 밭이 엉망이 되잖아.

"앞으로 한동안 이 폐허는 인랑 부대가 감시한다. 1개 분대를 주둔시켜서, 이곳에 접근하는 자를 감시하게 할 거야. 들키지 않도록 조심해."

자카르 본인이 이곳으로 돌아오지는 않을 테지만, 부하를 파견해서 증거 인멸을 하거나 가짜 증거를 조작할 가능성은 있다.

　이곳은 계속 감시해야 한다. 하지만 이러면 자유롭게 움직일 수 있는 분대가 점점 줄어드는군.

　"자카르는 스스로 국왕이 되려고 하는 것 같은데, 그건 불가능할 거야."

　내가 그렇게 말하자, 인랑들이 일제히 고개를 갸웃거렸다.

　"왜?"

　몬더의 질문에 나는 웃으며 말했다.

　"내가 온 힘을 다해 방해할 거니까."

　죽어라 발목을 잡아줄 테니 각오해라.

# 이어지는 마음

"현지에서 조달할 수 있는 것은 가능한 한 그쪽에서 조달할 건데, 예복이 여러 벌 필요한 것이 문제네……."

바이트는 크월로 건너가기 위해 짐을 꾸리면서 아일리아를 향해 웃었다.

그걸 본 아일리아는 저도 모르게 쓴웃음을 지었다.

"변신하면 옷이 찢어지니까요. 그래도 괜찮도록 예비 옷이 필요한 거잖아요. 어때요, 미리 여분의 옷을 만들어놓기를 잘했죠?"

"응, 고마워. 이러면 마음껏 찢을 수 있겠어."

비싼 옷이니까 가능하다면 좀 더 소중히 입어줬으면 좋겠는데. 아일리아는 그런 생각을 했지만, 말없이 웃기만 했다.

제일 중요한 것은 남편이 무사히 돌아오는 것이다. 예복은 중요하지 않았다.

바이트는 예복을 짐 속에 집어넣으면서 문득 생각난 것처럼 말했다.

"내가 여기 없는 동안에 혹시나 평의회에 상담하기 어려운 일…… 이를테면 반역이라든가, 뭐 그런 불온한 움직임이 있거든 마왕군에게 의지해줘. 스승님은 물론이고 멜레네 선배와 필니르도 믿음직한 동료들이니까. 이제는 모두가 당신의 가족이야."

"네, 알았어요."

아일리아는 웃으면서 이렇게 대답했다.

"당신이 입버릇처럼 말했듯이, 인간과 마족의 공존은 방심하면 순식간에 붕괴되는 거죠. 어디에 불씨가 숨어 있는지 알 수 없으니까."

"맞아. 물론 이제는 큰 정변은 없을 거라고 생각하고 싶지만, 방심은 할 수 없어."

바이트는 한숨을 쉬더니 아일리아의 손을 잡았다.

"미안해. 임신한 당신 곁을 떠나게 되어서."

"그렇게 괴로워할 필요 없어요. 가라고 한 사람은 나잖아요."

아일리아는 웃으면서 남편의 손을 살며시 맞잡았다.

──바이트에게서 아일리아에게.


그로부터 며칠 후.

"포르네 님, 일부러 여기까지 와주셔서 감사합니다. 덕분에 다음 평의회도 잘 진행될 것 같아요."

아일리아는 자리에서 일어났다. 이제 떠나려고 하는 포르네를 배웅하기 위해서.

그런데 아직 컨디션이 좋지 않았다.

"앗……."

아일리아가 약간 비틀거리자, 공예도시 비에라의 태수 포르네가 슬쩍 그녀를 받쳐줬다.

그리고 우아한 동작으로 멀어지면서 생긋 웃었다.

"무리하면 안 돼. 나는 남자라서 잘 모르지만, 임신한 사람에게 무리를 시키면 안 된다는 것은 알아."

"죄, 죄송합니다. 아직 컨디션이 회복되지 않아서."

아일리아의 말에 포르네는 한숨을 쉬었다.

"컨디션이 어떻게 회복되겠어? 당신은 지금 임신했잖아. 배웅 따위 필요 없으니까 좀 편하게 쉬어."

"감사합니다. 하지만 제 남편이 바다 건너에서 분투하고 있어요. 그러니 저도 힘을 내야지요."

"그렇게 신경 쓸 필요 없어. 바이트 님도 당신이 무리하면 슬퍼할 거야. 나는 남자라서 그쪽의 심정은 이해하거든."

포르네는 그렇게 말하면서 아일리아를 자리에 앉히더니 빙글 돌아섰다.

"바이트 님이 없는 동안에는 나한테 맡겨. 알았지?"

——아일리아에게서 포르네에게.


"자, 그럼 슬슬 시작해볼까."

포르네가 입을 열자, 모여 있는 남자들이 묵묵히 고개를 끄덕였다.

이곳은 비에라의 대극장에 있는 귀빈실. 포르네가 최고 수준의 밀담을 나누는 방이었다.

이곳에 모인 사람들은 인근 도시의 태수들이었다. 멀리 있는 태수들은 일족의 대리인 또는 고관을 파견했다.

그러나 흡혈귀 멜레네와 인마족 필니르, 또 마왕 아일리아는 이곳에 없었다.

미궁도시 자리아의 소녀 태수 샤티나와 개척공 워로이도 없었다. 그들은 모두 다 마왕군의 일원이거나 열렬한 지지자이기 때문이다.

나머지 태수들과 고관들은 포르네의 다음 말을 기다렸다.

"최근 마왕군의 움직임을 내가 나름대로 정리를 해봤어. 자료로는 남길 수 없으니 구두로 설명할게."

포르네는 메모 따위는 하나도 보지 않고 거침없이 이야기했다.

"우선 외교와 군사. 북부 롤문드에 대항하려면 마왕군의 전력은 필수 불가결이야. 만약에 마왕군과 인연을 끊는다면 어떻게 될지, 다들 알지?"

일동이 말없이 고개를 끄덕거렸다. 포르네는 이야기를 계속했다.

"롤문드의 새로운 황제 엘레오라는 미랄디아와 우호적인 관계를 맺고 있지만, 그것은 바이트 님의 개인적인 신뢰관계가 큰 비중을 차지하고 있어. 마왕군과 우리가 결별하면 엘레오라가 어떻게 움직일지 몰라."

그러자 북부 태수 중 한 명이 입을 열었다.

"반대로 마왕군이 엘레오라 측과 손을 잡는다면…….'

"여기 이 멤버들이 싹 물갈이될 테지. 우리 능력만 가지고는 롤문드군이나 마왕군과는 맞서 싸울 수 없어."

과거에 원로원이 가지고 있었던 군대는 해체됐고, 정예병은 마왕군으로 편입됐다. 지위와 명예와 보수가 전부 다 예전보다 훨씬 더 높아졌다. 그들이 그런 것들을 포기하고 태수들에게 복종

할 것 같지는 않았다.

롤문드 제국을 항상 경계하고 있는 북부 사람들이 살짝 한숨을 쉬었다.

"이쪽은 변한 것이 없네요. 교묘하게 칼을 빼앗긴 상태예요."

"그래, 이제 와서 왈가왈부할 필요도 없어. 마왕군과 결별할 작정이라면, 지금부터 스스로 전력을 준비해야 할 텐데…… 그럴 필요도 없잖아?"

포르네가 쓴웃음을 지으며 어깨를 으쓱하자, 모두가 고개를 끄덕거렸다.

그런데 갑자기 포르네가 정색했다.

"단, 내정 면에서는 새로 검토해야 할 문제가 생겼어. 미랄디아 대학이야."

"포르네 님, 그게 뭐가 문제죠?"

남부의 교역도시 샤르딜의 태수 아람이 고개를 갸우뚱했다.

그러자 포르네가 한숨을 내쉬었다.

"너 말고는 다들 알고 있어. 미랄디아의 부유층과 귀족들은 모두 다 자식들을 그 대학에 입학시키고 싶어 하잖아? 그게 중요한 거야."

"최첨단 학문을 배울 수 있는 곳이니까요. 마왕군과의 인맥도 생기고."

인간도 얼마든지 마왕군에서 요직을 차지할 수 있다. 그 사실은 아일리아와 마전기사들이 증명해줬다. 그렇다면 마왕군과의 인맥은 중요할 것이다.

포르네는 심각한 얼굴로 설명했다.

"미래의 태수들은 마왕군 교관이나 간부 후보생과 친해질 거야. 물론 마왕군에 대한 인상도 좋아질 테지. 아마 10년 내로 친마왕파 젊은이들이 눈에 띄게 늘어날 거야."

"아, 네. 확실히 그건 그렇죠."

"막상 마왕군과 결별하려고 해도, 잔류하기를 희망하는 태수들이 몇 명이나 속출하면 그 계획은 실현하지 못할 거야. 어휴, 진짜. 흑랑 경은 너무 유능하다니까……."

포르네는 과장스러운 동작으로 이마를 탁 짚으면서 한숨을 크게 내쉬었다.

"요컨대 군사적으로나 외교적으로나 지금은 마왕군과 손잡을수밖에 없다는 거야. 그리고 내정 면에서 생각해봤을 때, 장래에도 마왕군과 손잡을 수밖에 없는 거고."

그의 말에 북부 태수의 측근이 입을 열었다.

"지금까지도 그랬듯이 앞으로도 마왕군과 공생할 수밖에 없다…… 그겁니까?"

"그런 거야. 지금부터 우리가 어떻게 장기말을 움직여도, 마왕군의 승리는 변하지 않아."

"……알겠습니다. 저희 태수님에게도 그렇게 전하겠습니다."

일동이 고개를 끄덕였다.


밀담이 끝난 후, 포르네는 아람과 함께 테라스에서 술을 마시고 있었다.

"포르네 님은 명배우이시군요."

"후후후, 이래 봬도 연극으로 단련된 몸이거든?"

포르네가 몸을 배배 꼬면서 부끄러워했다.

아람은 컷글라스 술잔에 호박색 미주(美酒)를 따르더니 피식 웃었다.

"포르네 님은 결국 마왕군과 북부 태수들을 계속 이어놓고 싶은 거잖아요?"

"응, 맞아. 남부 태수 중에서 북부와 제일 깊은 관계를 맺고 있는 사람은 나잖아. 그러니까 이것은 내 역할이지. 더 이상 분쟁은 사양하고 싶거든."

그러더니 포르네는 테라스 저 멀리 있는 하늘을 바라봤다. 저녁 해가 지고 있었다.

"바이트 님은 이해득실을 따질 줄 알면서도 또 싸움을 싫어하는 온화한 인물이야. 그래서 이쪽의 입장을 잘 설명하고 이해해 달라고 부탁하면, 그다음에는 어떻게든 해결해주거든. 좋은 파트너야."

"그래도 북부 태수들은 마왕군의 침공으로 인한 앙금이 여전히 남아 있으니까, 좀처럼 신용할 수 없는 거겠죠."

"맞아. 그리고 모든 인간이 이해득실을 따질 수 있는 것은 아니야. 어리석은 타산이나 일시적인 격정이나 왜곡된 가치관을 바탕으로 움직이는 사람들도 많아. 그래서 항상 잘 감시해야 해."

포르네의 말에 아람이 고개를 갸우뚱했다.

"그 정도로 불안정한 상황이에요?"

"아니, 별로 걱정할 필요는 없어. 하지만 지금은 바이트 님이 바다 건너 크월에 가 있잖아. 그분이 없는 동안에 불미스러운 일이 생기지 않기를 바라니까. 게다가."

"게다가, 뭐죠?"

"바이트 님이 만에 하나라도 크월에서 목숨을 잃는다면, 이 위태로운 균형을 유지하는 것은 우리의 임무가 될 거야. 무작정 남에게 맡겨놓을 수는 없어."

그러더니 포르네는 가볍게 어깨를 으쓱했다.

"아, 물론 그 무적의 흑랑 경이 고작 크월의 분쟁에 휘말려서 죽을 리는 없지만. 빨리 돌아와서 무용담을 들려줬으면 좋겠어."

"그러게요."

──포르네에게서 아람에게.


그로부터 얼마쯤 지난 후.

워로이가 개척공이 건설 중인 도시에서, 아람은 이마의 땀을 훔치고 있었다.

"와~ 정말 장관이네요."

도시 중심부에 건축 중인 거대한 경기장. 그것은 아람이 아는 그 어떤 극장이나 투기장보다도 더 훌륭했다.

그 경기장 안에는 샤르딜에서 가져온 모래가 쫙 깔렸다. 모래를 운반하는 사람은 샤르딜 주변의 유목민들이었다.

워로이가 팔짱을 끼고 기분 좋게 웃었다.

"고마워, 아람 님. 경기장의 모래는 물 빠짐이 중요한데, 말랐을 때 먼지가 심하게 나면 관중과 선수가 불편해하거든. 알갱이가 너무 작아도 발이 푹푹 빠지고, 너무 커도 부상을 당하기 쉬워. 그 점에서 샤르딜의 모래는 딱 안성맞춤이야."

아람도 덩달아 저도 모르게 웃었다.

"도시 부근에서 얼마든지 구할 수 있는 모래가 이렇게 좋은 상품이 될 줄은 몰랐습니다."

"하하하, 다음에 또 보충용으로 잔뜩 살 거야. 앞으로도 신세 질게."

그러면서 워로이는 웃더니, 다시 공사 현장으로 시선을 돌렸다. 그리고 갑자기 화제를 바꿨다.

"이 나라는 현재 역사상 아직 아무도 도전하지 못했던 위업에 도전하려 하고 있어. 나도 그 일원이 됐고. 그러니 정신 바짝 차려야지."

"위업이라고요……."

아람은 문득 고개를 갸웃거렸다. 그리고 생각나는 것을 말해 봤다.

"인간과 마족의 공존 말씀이십니까, 워로이 님?"

"그것도 그렇지만, 그보다 더 위대한 일이야. 이민족이나 이교도까지 포함해서 온갖 존재들을 하나의 국가로 통합시키려는 시도는, 내가 아는 한 단 한 번도 성공한 적이 없었어. 아니, 애초에 아무도 그런 짓을 하려고 하지 않았어."

워로이는 뭔가 기억난 것처럼 미간에 주름을 잡으면서 말했다.

"같은 인간들끼리도 끊임없이 싸워왔지. 휘양교와 극성교는 처절한 투쟁을 벌였어. 그리고 휘양교 중에서도 이단자는 잔인하게 처단을 당했어. 인간은 자기들과 '다른' 존재를 결코 용서하지 않아."

"그러고 보니 롤문드와 미랄디아에서도 휘양교 경전 해석이나 계율이 서로 다르다고 하던데요."

"맞아. 같은 신앙을 가지고 있는데도 한없이 서로 '다른' 존재들이지."

아람은 정월교도이므로 자세한 사정은 몰랐지만, 곰곰이 생각해보니 정월교도들도 자기들끼리 현재 크월에서 싸우고 있었다.

워로이는 여전히 낯을 찌푸린 채 이야기를 계속했다.

"아주 약간의 사고방식의 차이가 피비린내 나는 싸움을 일으킨다. '저 녀석들은 우리와는 달라. 그러니까 아무렇게나 대해도 상관없어'라는 거지."

"……네, 그렇죠."

"그래서 단일한 법, 단일한 종교, 단일한 언어, 단일한 가치관으로 통치하는 거야. 그리고 거기서 한 발짝이라도 벗어나려고 하면 즉시 처단한다. '다르다'는 것은 용납하지 않아. 안 그러면 나라를 통치하는 것은 불가능하니까."

"실제로 미랄디아의 원로원은 정월교도를 다루는 데 실패했죠. 개종을 강요하지 않았던 것은 현명한 판단이지만, 냉대하는 바람에 남부가 결국 질려서 배신을 해버렸으니까요."

"응, 그렇지? 하지만 그들이 반대로 남부의 이교도들을 후대한다면 이번에는 또 북부가 불만을 느끼기 시작할 거야. 그걸 잘 이

끌어 나가는 게 어려운 건데, 원로원은 그 점을 이해하지 못했어. 그래서 실패했다."

아람은 그 말을 듣고 새삼스레 미랄디아 연방의 위험성을 깨달았다.

'그렇게 생각해보면 포르네 님의 물밑 작업도, 지나친 염려라고 할 수는 없는 거구나.'

아람이 생각에 잠겼기 때문일까. 워로이가 걱정스럽게 이쪽을 돌아봤다.

"아니, 이 나라를 나쁘게 평가하려는 것은 아니야. 어렵기 때문에 도전할 가치가 있다고 생각해. 아람 님, 당신도 그렇지?"

"저요?"

"사막의 유목민들을 도시로 편입시키기 위해 고심하고 있잖아. 유목민 장로의 딸과 결혼하는 것도, 단순히 사랑해서 그런 것은 아닐 테고."

"네, 당신 말씀이 맞습니다. 얼른 가족이 되는 것이 지름길이라고 생각하거든요. 그리고 제가 유목민들을 후대하면 그들도 도적질은 자제할 테지요."

교역으로 번성한 내륙 도시의 경우에는, 교역로에 출몰하는 도적단이 골칫거리였다.

더구나 그들은 도시에 축산품을 팔러 와서 생활용품을 사 가지고 돌아가는 손님이기도 했다. 시민과 깊은 관계가 있어서 무턱대고 단속할 수도 없었다.

그래서 아람은 조금씩 유목민과의 신뢰관계를 쌓으면서 서서히 그들을 도시에 안주하도록 유도했다. 그 집대성이 바로 유목민과의 결혼이다.

아람은 머리를 긁적거리면서 말했다.

"물론 정치적인 혼인이긴 한데요, 그래도 진심으로 사랑하지 않으면 결혼은 못 해요. 그분은 밤의 사막을 비추는 달처럼 온화합니다. 제 마음을 치유해주는 사람이에요. 또 말 타고 황야를 달리는 그녀의 야성적인 모습은 뭐라 형용하지 못할 정도로 아름다워요."

워로이가 히죽 웃었다.

"아람 님이 아내 자랑을 하다니, 별일이 다 있네."

"아, 아니, 저, 이건…… 어휴, 부끄럽네요."

아람은 얼굴이 화끈거리는 것을 느끼면서 고개를 좀 숙였다.

그러자 워로이는 한순간 몹시 당황한 듯한 표정을 지었다. 대담하기로 유명한 호걸에게는 어울리지 않는 표정이었다.

하지만 그 표정도 금방 사라졌다. 그는 평소처럼 밝은 미소를 지었다.

"성실하고 한결같은 남자가 여자에게 반했을 때의 표정이란 것은, 롤문드에서나 미랄디아에서나 다 똑같구나."

"네? 무슨 말씀이세요, 워로이 님?"

"아니……. 옛날에 비슷한 광경을 본 적이 있거든. 갑자기 그리워져서. 그냥 그런 거야."

"그런가요……."

아람은 잠시 생각에 잠겼다. 그러다 문득 포르네의 말을 떠올렸다.

"워로이 님."

"응?"

"저는 정월교도이고 남부의 태수이므로, 워로이 님과는 출신도 종교도 다 다르지만……. 모든 것이 '다른' 당신과 이렇게 손잡고 나아가게 되어서 무척 기쁩니다. 진심이에요."

아람의 말에 워로이는 다소 놀란 표정을 지었지만, 곧바로 호쾌하게 웃었다.

"하하하. 당신이 그렇게 솔직하게 말하니까 오히려 내가 당황스럽잖아! 당신의 아내 분이 달이라면, 아람 님은 미랄디아의 태양이다. 풍요로운 결실을 맺게 해주는 눈부신 존재야."

"아, 아뇨, 저 같은 놈이 무슨……."

"겸손해할 필요 없어. 나 같은 떠돌이를, 그것도 이웃 나라에서 반역자로서 목숨의 위협까지 받았던 나 같은 인간을 흔쾌히 받아들여줬잖아. 나는 결코 그것을 가벼이 여기지 않아."

워로이는 여전히 웃으면서 이야기를 계속했다.

"나는 당신과 다른 점이 많아. 하지만 그런데도 이렇게 같은 길을 걷고 있지. 앞으로도 같이 걷게 해줘, 아람 님."

그러더니 그는 아람에게 손을 내밀었다.

아람은 머뭇머뭇 워로이의 손을 맞잡았다. 싸움터에서 돌아온 호걸의 손은 두툼하고, 놀라울 정도로 컸다.

워로이가 소년처럼 순수하게 한층 더 해맑은 미소를 지었다.

"그런데 아람 님. 당신은 전구는 안 하나?"

"아, 저는 거친 행위는 별로 안 좋아해서……."

──아람에게서 워로이에게.


아람이 돌아간 후에도 워로이는 정신없이 일을 계속했다.

건설 공사 시찰, 주민들을 수용할 준비. 새 도시를 위한 법률과 세금제도 정비. 또 롤몬드 망명 귀족들의 상담에도 응해줬다.

그리고 또다시 공사 시찰을 했다.

'동쪽 나라에서 누에와 싸웠던 시절이 그립구나.'

그때는 자유롭게 싸웠었다. 책임져야 할 가문도 영지도 없었고, 죽을지도 모르는 부하도 없었다. 그저 강적과, 사투와, 믿음직한 전우만 있었을 뿐.

그렇기 때문에 전사로서의 충실감은 굉장했고, 그것은 잊을 수 없는 싸움이 되었다.

'우리 가문과 뤼니에만 없으면 그냥 유랑 전사가 되어도 좋을 텐데…….'

워로이는 가볍게 한숨을 쉬고 시찰을 계속했다. 공사 진척 상황과 현장의 문제점, 또 사람들의 상태를 직접 알아두는 것은 꼭 필요한 일이었다.

그렇게 시찰하고 있는데, 아는 사람이 이쪽으로 다가왔다.

"워로이 전하."

"나는 이제 '전하'가 아니야. 뮈레 님."

상대는 뮈레였다. 해운도시 로초의 태수 페트레의 손자이자, 유력한 차기 태수 후보로 꼽히는 수재였다.

또 자신의 조카인 뤼니에의 친구이기도 했다.

그래서 워로이도 그를 친근하게 대했다.

그럼 뮈레는 어떤가 하면, 오늘도 변함없이 긴장한 것 같았다. 워로이를 쳐다보면서 온몸을 딱딱하게 굳히고 있었다.

"뭐, 뤼니에…… 아, 뤼니에 님의 초대를 받아서, 또 시찰을 하러 왔습니다……."

"차기 태수 후보인 뮈레 님이 직접 시찰하러 와주신다면 이 도시로서는 매우 명예로운 일이야. 고마워. ……그런데 뤼니에는 어디 있나?"

그 질문에 뮈레는 고개를 좀 숙이면서 대답했다.

"방금 전에 공사 현장에서 가신들에게 붙잡혀버렸어요. 도면을 보기도 하고, 불평을 들어주기도 하느라 바쁜 것 같았어요."

"아무리 학우여도 그렇지, 손님을 이렇게 방치하는 것은 좋지 않아. 나중에 설교를 해야겠구나. 미안해. 뮈레 님."

"아, 아닙니다! 그 녀석은, 아니, 뤼니에 님은 인망도 높고 일도 잘하니까 어쩔 수 없어요! 나 같은 놈하고는 다르거든요."

열심히 친구를 감싸주는 뮈레. 워로이는 저도 모르게 쓴웃음을 지었다.

"그렇게 자기를 비하할 필요는 없어. 그러면 스승인 바이트가 슬퍼할 거야."

워로이는 뮈레의 어깨에 손을 올리면서 자기 조카의 친구를 격려했다.

"그대는 장래성 있는 젊은이야. 문무를 겸비했고 뤼니에보다도 패기가 있어. 슈베린 왕조의 롤문드였다면, 음, 그래…… 100기 정도는 안심하고 맡길 수 있었을 거야."

"100명이나?!"

"100기야. 창을 든 졸병 등도 추가되니까, 아무리 적게 잡아도 수백 명 규모의 군대야."

"그, 그렇게 많이 맡기신다고요?!"

"빈말은 아니야. 그대가 가독의 자리를 계승한 다음에는 500기는 맡길 수 있을 거야."

"네에엣?!"

뮈레는 그게 의외였나 보다. 몸을 뒤로 확 젖이면서 놀라워했다. 롤문드와는 달리 미랄디아의 군대는 전통적으로 규모가 작은 편이니까.

워로이는 그런 뮈레를 바라보다가 문득 물어보고 싶은 것이 생겼다.

지난 며칠 동안 워로이 본인이 생각해본 주제였다.

"뮈레 님. 이 나라는 마족과 이교도 등을 이것저것 다 모아놨는데도 특별한 분쟁도 없이 잘 통합된 상태를 유지하고 있잖아? 그 이유가 뭐라고 생각해?"

뮈레는 고개를 갸웃거리더니 별로 고민하지도 않고 즉시 대답했다.

"그건 역시 바이트 선생님이나 워로이 전하 같은 위대한 영웅이 있기 때문이라고 생각합니다."

"나는 뭐 그렇다 치고, 바이트의 실적과 실력은 확실히 대단해.

분명히 그 녀석의 비중은 엄청나. 그 녀석은 인간의 입장도, 마족의 입장도 다 이해하면서 양측 모두 이익을 볼 수 있게 해주니까. 자비로운 남자야."

그렇게 말한 뒤 워로이는 입꼬리를 비틀면서 히죽 웃었다.

"그런데 또 혹시라도 반항하는 녀석은 인랑의 힘으로 찍어 누를 수 있지. 그게 아주 무서워."

"여, 역시, 무서운가요?"

"응, 나는 알아. 롤문드의 전장에서 그 녀석과 일대일로 대결한 적이 있으니까. 잘 훈련된 전사 수백 명이 한꺼번에 덤벼도 못 이겨. 절대로. 인간의 힘으로 맞설 수 있는 상대가 아니야. 용맹함에 관해서는 바이트를 이길 수 있는 자는 아무도 없어."

"흐으윽."

뮈레가 목을 움츠리자, 워로이는 웃었다.

"자비로움과 용맹함, 강함과 부드러움을 둘 다 교묘하게 나눠서 사용하는 회유. 그것이 바로 흑랑 경의 수법이야. 그와 동시에 그 남자의 야심 없는 성격, 정말 상쾌할 정도로 고결한 그 인성이 모든 이들을 안심하게 해주지. 바이트가 있는 한, 마족과의 공존은 흔들림 없을 거야."

"그렇죠?! 바이트 선생님은 굉장해요!"

기뻐하는 뮈레. 그걸 본 워로이는 좀 재미있다고 생각하면서도 일단 충고를 해뒀다.

"물론 이것은 인간과 마족 사이의 이야기야. 인간들끼리의 싸움은 역시 인간 태수들과 성직자들이 해결해야 하는 거야. 즉, 우리의 책무이다."

"그, 그렇죠. 알겠습니다."

"그 희대의 영걸인 흑랑 경도 영원히 우리 모두를 인도해줄 수 있는 것은 아니야. 언젠가는 후계자가 필요해질 테지. 바이트뿐만 아니라 태수들도 다 그래."

뮈레는 워로이의 말뜻을 이해한 것 같았다.

"앗, 그, 그건 혹시…… 나인가요?"

"응. 뤼니에한테도 도와주라고 할 거지만, 마족과는 달리 인간 사회에서는 지도자의 혈통을 무시할 수 없으니까. 뮈레 님은 미래의 미랄디아를 짊어져야 해."

"내가…… 미래의 미랄디아를……?"

"응, 당연하지. 그럴 만한 능력이 있다고 생각하기 때문에 이렇게 우리 도시에 몇 번이나 초대하는 거야. 무능한 후계자라면 이렇게 바쁜 시기에 일부러 초대하지도 않아. 다 완성한 다음에 준공식에나 부르면 되지."

뮈레를 초대하라고 뤼니에게 권했던 장본인이 바로 워로이였다.

뮈레는 금방 그 사실을 이해했다. 그의 얼굴에 놀라움과 흥분의 감정이 퍼져 나갔다.

"나, 나를, 그렇게 높이 평가해주시는 겁니까?!"

"응. 그런데 무척 힘들 거야. 우리에게는 인랑의 이빨도 없거니와 숙달된 마법도 없어. 흑랑 경 같은 선견지명과 배짱도 없고. 그러니까 그것을 대신할 무언가가 필요해."

"아, 알았어요! 정진하겠습니다!"

뮈레는 몸을 꼿꼿이 세우고 긴장했다. 워로이는 웃으면서 그를 향해 가볍게 인사했다.

"자, 그럼 뮈레 님. 앞으로도 우리 조카를 잘 부탁할게. 그대가 옆에 있으면 그 아이도 문제없을 테지."

"네……?"

어리둥절해하는 뮈레. 그때 등 뒤에서 뤼니에가 쫓아와 말을 걸었다.

"앗, 뮈레! 미안해, 이제야 겨우 상담이 끝났어! 어, 그래서 내 일부터 작업을 3교대로…… 으응? 뭐야, 뮈레. 왜 그래?"

뤼니에가 의아하다는 듯이 뮈레의 얼굴을 들여다봤는데, 뮈레는 그저 진지한 얼굴로 워로이를 쳐다봤다.

그리고 고개를 끄덕였다.

──워로이에게서 뮈레에게.


그 후의 어느 날, 해운도시 로초.

"있잖아, 할아버지."

"예끼 이놈아, 적어도 집무실에 있을 때에는 태수님이라고 불러라."

페트레는 뮈레의 부름에 퉁명스럽게 대꾸하더니 돋보기안경을 벗었다.

"왜, 뭔가 할 말 있냐?"

그러자 뮈레가 불만스러운 얼굴로 로초 시의 결재 문서 복사본을 내밀었다.

"할아버지, 이거 너무 심하지 않아? 미랄디아의 수출품에 이렇게 높은 항만 사용료를 부과하다니."

"흥, 항구를 유지·관리 하고 운용하는 일은 전부 다 로초가 하고 있어. 이 정도 돈은 받아야지, 안 그러면 항구를 가지고 있는 의미가 없잖아?"

페트레가 딱 잘라 말했지만 뮈레는 물러나지 않았다.

"그래도 이건 아니지. 이러면 크월에 대한 수출품이 너무 비싸지잖아? 항만 사용료도 가격에 포함시켜야 하니까."

"뭐 어때? 그냥 포함시키면 되지."

"그러면 화국과의 가격 경쟁에서 지게 될 거야. 그쪽이랑 이쪽이랑 겹치는 품목도 있으니까."

오늘따라 손자가 유난히 끈질겼다. 페트레는 인상을 찌푸리면서도 다시 돋보기를 꼈다.

"좋아, 그럼 한번 물어보자. 너는 요금을 어떻게 매기는 것이 적당하다고 생각하느냐?"

"각 배의 선주(船主)에게 연간 사용료를 정액으로 지불하게 하고, 화물 소유주한테서는 징수를 안 하면 된다고 생각해. 어때?"

"뭔 헛소리를 하는 거냐……."

페트레는 깜짝 놀랐다. 그러면 막대한 이익을 잃어버리게 될 것이다. 선주들이 지불할 수 있는 금액은 어차피 한계가 있을 텐데.

그러나 뮈레는 어깨를 으쓱하며 대꾸했다.

"연간 사용료로 전환하면, 항구에서의 검품 및 징수를 하는 수

고를 덜 수 있잖아? 쓸데없는 사무 처리도 줄어들고. 항구의 회전율도 좋아질 거야."

"그래, 물론 인건비는 줄어들 테지만……."

미랄디아식 주판을 톡톡 튕기면서 간단히 계산을 해보는 페트레.

"아냐, 안 돼. 이건 너무 심각한 손해야. 더 나은 방법을 제안해 봐라."

"아니, 난 이 방법이 제일 좋다고 생각해. 할아버지, 내 이야기 좀 들어봐."

진지한 얼굴로 뮈레는 벽에 걸린 미랄디아 지도를 가리켰다.

"앞으로는 독립적인 도시의 시대가 아니게 될 거야. 연방의 시대야. 항만 사용료가 정액이 되면, 미랄디아 각지에서 대량의 상품이 로초로 운반되어 올 거야."

"뭐, 그건 확실하지. 항구를 마음대로 쓸 수 있을 테니까."

엄청난 손해잖아…… 하고 페트레가 투덜거렸다.

뮈레는 웃는 얼굴로 지도를 탁탁 두드렸다.

"하지만 그렇게 되면 17개 도시 전부가 풍요로워질 거야. 안 그래? 들어오는 것은 외화야. 국내에서 돈을 버는 것과는 다르다고."

"흠."

"그러면 각 도시의 산업이 발달하고, 더 좋은 상품이 더 많이 항구로 들어오게 될 거야. 미랄디아 전체가 풍요로워지고 로초도 지금보다 더 번영할 거야."

"흠……."

페트레는 돋보기를 책상에 내려놓고 손자의 얼굴을 물끄러미

응시했다.

"그건 네 머릿속에서 나온 지혜냐?"

"당연하지. 나도 제법 똑똑하거든?"

조금 의기양양해진 뮈레.

페트레는 한숨을 쉬더니 냉담하게 대꾸했다.

"네 예상대로 되지는 않을 거다."

"어? 진짜?"

"그 사용료를 냈는지 안 냈는지는 그때그때 증서 같은 것으로 확인해야 하잖아? 발행 절차, 증서 위조 방지, 등록 서류와의 비교 조회, 갱신 처리. 게다가 책임 전가를 당하는 선주들은 맹렬하게 반대할 거야. 그게 말처럼 쉬운 일은 아니란 거다."

"아, 그렇구나……."

풀 죽은 뮈레.

페트레는 폐기 서류 뒷면에다가 메모를 하면서 삭삭 선을 그었다.

"더구나 항구 회전율에도 한도는 있어. 기대하는 것만큼 잘되지는 않을 거다. 발상은 좋았지만, 결국 어린애의 유치한 생각인 거지."

힐끔 위를 쳐다보니, 뮈레는 완전히 의기소침해진 상태였다.

페트레는 가볍게 어깨를 으쓱하고 목을 이리저리 돌렸다.

"뭐, 어쨌든 너도 조금은 머리를 쓸 수 있게 되었구나. 네 아버지보다는 다소 나아진 것 같다."

"할아버지, 우리 아버지는 욕하지 마."

"흥."

페트레는 입술을 삐죽거렸다. 귀여운 딸을 빼앗긴 원한이 아직도 남아 있나 보다.

그러나 손자의 성장이 기쁘기도 했다.

"할아버지, 표정이 왠지 기뻐 보이는데?"

"이놈아, 넌 왜 그렇게 건방진 소리만 하냐? 좀 더 괜찮은 지혜나 길러."

"아, 또 잔소리야. 아무튼 앞으로는 연방의 시대야. 할아버지도 로초, 로초 하고 집착하지 말고 미랄디아 전체를 생각해봐."

뮈레는 그렇게 말하고 방에서 나갔다. 그 후 페트레는 팔짱을 꼈다.

"나 참, 이놈도 저놈도 다 똑같구먼."

──뮈레에게서 페트레에게.


그로부터 또 시간이 흘러서 페트레가 마도 륜하이트를 방문하게 되었다.

"페트레 님, 갑자기 웬일로 오셨어요? 중대한 사건이라도 있나요?"

아일리아는 깜짝 놀라면서도 늙은 태수를 환영해줬다.

페트레는 묘하게 안절부절못하는 태도였지만 그래도 웃고 있었다.

"아니, 그게 말이지. 우리 항구의 사용료 말인데. 지금은 개별적으로 징수하고 있지만, 차라리 각 도시의 태수가 지불하는 방식으로 바꾸는 것은 어떨까? 하고 생각해봤거든."

"어, 태수가요?"

페트레는 두꺼운 서류 봉투를 꺼내더니 서류들을 내밀었다.

"음, 그래. 물론 태수는 자기 도시의 상인들에게서 그 돈을 세금으로 징수하면 돼. 각 도시의 방식에 맞춰서. 태수들이 다소 고생하게 될 테지만, 그 대신 사용료를 지금보다 훨씬 싸게 해줄 생각이야. 자, 이게 구체적인 방안인데."

"흐음, 네……."

팔락팔락 서류를 넘기면서 쭉 훑어보는 아일리아. 거기에 적힌 숫자를 보고 머릿속으로 재빨리 계산을 해봤다.

교역의 중계 지점인 륜하이트의 경우, 사용료가 정액이 되면 꽤 저렴해지는 것 같았다.

나쁘지 않은 제안이었다. 하지만 너무 갑작스러웠다.

"저 혼자서 결정할 수는 없으니까 일단 맡아둘게요. 검토해본 후에 다음 평의회에서 의제로 삼읍시다."

"그래, 그거면 돼. 나 참, 이제야 좀 체면이 서겠구먼."

아까부터 페트레가 왠지 모르게 즐거워 보였으므로 아일리아는 호기심을 느꼈다.

"혹시 이 안건은 뭔가 특별한 사정이 있는 건가요?"

그 순간 페트레의 입담이 폭발했다.

"어, 맞아. 우리 뮈레가 나에게 자기 의견을 말했거든. 아주 건방져지고 입만 살아서 문제라니까."

"그럼 이것은 뮈레 님이 제안한 건가요?"

"후후, 뭐, 그렇지. 구체적인 계획이 엉성해서 내가 직접 손봐 줬어. 어휴, 진짜. 어찌나 힘들던지."

유난히 즐거워하면서 자기 어깨를 주무르는 페트레.

성격이 삐뚤어진 것으로 유명한 페트레인데, 의외로 애처가라는 사실도 잘 알려져 있었다. 그리고 딸들과 손자들을 무척 사랑한다는 사실도.

아일리아는 웃으면서 방금 건네받은 서류를 소중히 책장에 보관했다.

"뮈레 님도 눈부시게 성장하는 것 같네요."

"어이구~ 아냐, 아직도 햇병아리야. 쓸데없이 머리만 좋고 위태위태해서 영 못 써먹겠어! 심지어 '앞으로는 도시의 시대가 아니야, 연방의 시대야!'라는 의견까지 내놓더라니까."

더더욱 기뻐 보이는 페트레. 그는 결국 후후 하고 웃었다.

"……나도 늙었구먼. 설마 손자 덕분에 깨달음을 얻을 줄은 몰랐어."

"뮈레 님은 미랄디아 대학에서도 손꼽히는 수재이니까요. 뤼니에 님과 경쟁하면서 빠르게 지식과 경험을 쌓고 있는 모양이에요."

"음. 좋아, 좋아."

페트레는 열심히 고개를 끄덕거렸다. 그리고 아일리아를 향해 진지한 얼굴로 고개를 숙였다.

"이것도 전부 다 바이트와 아일리아, 당신들 마왕군의 협력 덕분이야. 아무리 감사해도 모자랄 지경이다. 정말 고마워."

"아뇨, 새삼스럽게 왜 그러세요. 왠지 부끄럽잖아요……."

아일리아는 난처한 미소를 지으면서도 부드럽게 대응했다.

"어쨌든 만사가 바람직한 방향으로 흘러가고 있는 것 같네요. 이대로 차세대에게 잘 넘겨주기 위해 다 함께 노력해봅시다."

"네, 마왕 폐하."

페트레는 주름투성이 얼굴로 웃더니 자리에서 일어났다.

"자, 그럼 돌아가서 크월의 상황이라도 조사해봐야겠군. 새색시를 내버려두고 뛰쳐나간 신랑이 있으니까. 어, 덤으로 그 뭐냐, 편지라도 있으면 바이트에게 전달할 방법을 찾아볼 수도 있는데. 어때?"

"네? 아, 그럼 잠깐만 기다려주세요. 지금 쓸게요."

아일리아는 허둥지둥 책상 서랍 속에서 펜과 잉크를 꺼냈다.

──페트레에게서 아일리아에게.


머나먼 남쪽, 바다 건너에 있는 크월.

카르팔의 숙소로 돌아온 몬더가 바이트를 발견하고 손을 흔들었다.

"이봐~ 대장. 뭐 해?"

"아, 좀 전에 룬하이트에서 편지가 왔거든. 속달로 온 거라 서둘러 확인해봤는데……."

바이트가 고개를 갸웃거리며 말을 이었다.

"특별한 문제는 없는 것 같아."

"으응~?"

"속달로 보낼 정도로 심각한 편지는 아니야. 암호문도 아닌 듯하고. 뭔지 잘 모르겠군."

또 고개를 갸웃거리는 바이트.

그러자 몬더는 바이트의 어깨를 팍팍 두드리면서 무사태평하게 웃었다.

"어~ 그건 틀림없이 그동안 대장이 일을 잘했기 때문일 거야. 아마도."

"네가 그런 말을 해봤자 전혀 설득력이 없는데……?"

곤혹스러워하면서도 바이트는 고개를 들었다.

"에이, 뭐 됐어. 걱정할 일이 없는 것은 좋은 거니까. 미랄디아에 있는 동료들도 모두 건강한 것 같고, 학생들도 자기들 나름대로 노력하고 있는 것 같아."

"아하하, 잘됐네."

"그러니까 나도 힘내서 얼른 크월의 내란을 종식시켜야지. 빨리 돌아가서 내 자식의 얼굴을 보고 싶어."

"와~! 응, 기대된다!"

바이트가 웃자, 몬더도 웃으면서 주먹을 힘껏 치켜들었다.

──아일리아에게서 바이트에게.

# 후기

기념할 만한 제10회 후기로 인사를 드리게 되었습니다. 안녕하세요, 효게츠입니다.

〈인랑 전생, 마왕의 부관〉도 무사히 10권에 도달했습니다. 이렇게 오래오래 사랑받는 작품이 되다니, 정말 놀랍고 감사할 따름입니다. 고맙습니다.

네, 이번에는 '아군 중에 적이 있다'는 가장 성가신…… 그리고 현실에서도 자주 발생하는 난제에 바이트가 도전하게 되었습니다.

과감하게 자카르를 확! 해치워버리는 스토리도 의외로 나쁘진 않을 텐데요. 바이트의 성격상 그것은 좀 불가능해서요(시민들을 희생시킬 수도 있는 선택은 절대로 안 하려고 하니까요). 그게 문제였죠.

바이트는 마왕 프리덴리히터한테서도 '비정한 결단을 내리지 못하는 것이 약점'이란 지적을 받았는데요. 작가로서도 '그럼 비정한 결단을 내리지 못한 채 사태가 악화된다면, 이 녀석은 과연 어떻게 할까……?'라는 생각이 들었습니다.

물론 다음 권인 11권에서는 이 질문에 대한 결론도 나오니까 걱정하지 마세요.

저는 언제나 '이세계가 무대이기 때문에 오히려 현실세계에서도 흔히 접하는 문제를 다루자'고 생각하고 있습니다만, 이번에는 정말로 흔한 문제입니다.

이 시리즈의 초반에 다루려면 용기가 필요할 것 같은 주제였는데요. 이제는 바이트도 경험과 실적을 쌓았으므로, 이 타이밍에 도입하면 좋은 스토리가 될 것 같았습니다.

아 참, 이번에는 아일리아의 입덧 때문에 당황하는 바이트의 모습이 등장했는데, 그것은 작가의 실제 체험담입니다.

저는 남자라서 그저 상상만 할 수밖에 없지만요. 여성에게는 결혼도 임신도 출산도(또 육아도) 전부 다 굉장히 부담스럽고 힘든 일인 것 같습니다.

저는 완전히 실패했었는데, 이번에 바이트는 최대한 노력하는 모습을 보여드리고자 했습니다.

아무리 노력해봤자 바이트는 서투른 남자라서 '이게 바로 이상적인 남편이다!'란 말은 절대로 할 수 없지만요. 저보다는 훨씬 나으니까 너그럽게 봐주시길 바랍니다.

그리고 이번에도 니시E다 선생님께서 패기 넘치는 멋진 일러스트를 그려주셨습니다(순 남자들밖에 없지만요). 롤문드도 그렇고 화국도 그렇고 크윌도 그렇고, 디자인에 지역성이 많이 반영되어 있는데요. 매번 멋지게 그려주셔서 늘 기대하고 있습니다.

그리고 이번에도 담당 편집자 후사농 각하, 즉 사이토 님에게도 또 신세를 많이 졌습니다. 특전이나 기타 등등을 어떻게 만들지 생각이 안 날 때에는 후사농 각하에게 여쭤보면 아이디어가 금방 쏟아져 나오거든요. 덕분에 살았습니다. 감사합니다.

게다가 사이토 님과 한 팀으로 또 다른 신작도 준비하고 있습니다. '소설가가 되자'에서 이미 연재하고 있는 〈조연 함장의 이세계 항해기〉라는 작품입니다.

조직 안에서 출세하는 이야기는 〈인랑 전생〉에서 이미 다뤘으므로, 이번에는 조직 밖에서 대활약하는 남자의 모습을 그려보려고 합니다. 파이팅, 개인 사업자! (저도 개인 사업자이기 때문에 의욕이 넘칩니다!)

주인공인 '함장'에게는 숨겨진 설정이 있거든요. 그래서 〈인랑 전생〉의 애독자 여러분에게 추천하고 싶습니다. 이유가 뭐냐고요? 하하, 여기서는 말할 수 없지만요. 아무튼 추천해드립니다.

그리고 코스미 유치 선생님이 그려주신 〈인랑 전생〉 만화판 〈시작의 장〉도 제3권이 발매될 예정입니다.

바이트의 온화하면서도 장난스러운 모습, 또 역경에 맞서는 강인함을 마음껏 즐길 수 있는 작품입니다. 그래서 원작자로서 여기서 광고를 하고 싶어요. 아마 저의 미공개 소설도 실려 있을 테니까요. 꼭 봐주시길 바랍니다(꾸벅꾸벅).

네, 그리고 다음 권인 11권은 드디어 본편의 마지막 권입니다.

바이트는 끊임없이 확대되는 불화와 증오를 막아내고 크월의 내전을 평정할 수 있을까? 무사히 미랄디아로 귀환할 수 있을까?

그리고 이번에야말로 아일리아와의 약속을 지켜서, 제 자식이 태어나는 순간에 늦지 않고 함께할 수 있을까?

책임질 것들이 많아져서 점점 더 힘들어지는 흑랑 경의 고군분투를 기대해주세요.

그럼 11권에서 다시 만나요.

クォール編 크월 편
キャララフ
캐릭터 러프

軽装ver.
캐주얼 ver.

クメルク 크메르크
初期
초기

침침한 눈, 피로한 눈
かすみ目 目の疲れ
西E田.
니시E다.

料理長.
주방장

ザカル
자카르

第10巻
発売おめでとうございます！

제10권,
발매 축하드립니다!!

The Werewolf  Vol. 10
©2018 by Hyougetsu / Nishi(E)da
First published in Japan in 2018 by Hyougetsu / Nishi(E)da
Korean translation rights reserved by Somy Media, Inc.
Under the license from EARTH STAR Entertainment Co., Ltd. Tokyo JAPAN
Korean translation rights © 2024 by Somy Media, Inc.

## 인랑 전생, 마왕의 부관 10

2024년 2월 15일 1판 1쇄 발행

저　　　자 효게츠
일 러 스 트 니시E다
옮 긴 이 한수진
발 행 인 유재옥
이　　　사 조병권
출판본부장 박광운
담 당 편 집 조찬희
편 집 1 팀 박광운 최서영
편 집 2 팀 정영길 조찬희 박치우 정지원
편 집 3 팀 오준영 이해빈 이소의
디자인랩팀 김보라 박민솔
디지털사업팀 박상섭 김지연 윤희진
라이츠사업팀 김정미 맹미영 이윤서
영업마케팅팀 최원석 박수진
물 류 팀 허석용 백철기
경영지원팀 최정연
인쇄제작처 ㈜코리아피엔피
발 행 처 ㈜소미미디어
등　　　록 제2015-000008호
주　　　소 서울시 마포구 토정로222, 403호 (신수동, 한국출판콘텐츠센터)
판매 및 마케팅 (070) 8822-2301

ISBN 979-11-384-8196-0
ISBN 979-11-5710-458-1 (세트)